WILDES GELÜBDE

MAFIA EHEN BUCH DREI

WILLOW FOX

SLOWBURN
PUBLISHING

Wildes Gelübde

Mafia Ehen Buch Drei

Willow Fox

Veröffentlicht von Slow Burn Publishing

Cover Design by MiblArt

© 2022

Übersetzt von uragaan

Überarbeitet von Daniel T.

v4

ÜBER DIESES BUCH

Mir wurde befohlen, sie zu exekutieren...

Ich hätte nie erwartet, sie wiederzusehen.

Wir hatten vor einigen Jahren eine wilde Nacht miteinander verbracht.

Sie hatte keine Ahnung, dass ich für die Mafia arbeite.

Ich bin ein wilder, skrupelloser Killer, aber sie ist unschuldig.

Sie rettet Leben.

Ich nehme sie.

Sie ist Krankenschwester in der Kinderonkologie.

Könnte sie noch mehr eine Heilige sein?

Sie hat das falsche Hotelzimmer betreten.

Es darf keine Zeugen geben.

Mein Chef will sie tot sehen.

Ihr Leben liegt in meinen Händen.

Ich habe vor, sie zu meiner Frau zu machen, um sie zu beschützen.

Sie wird mich hassen, aber wenigstens kann ich sie in Sicherheit bringen.

Diese geheime Mafia-Baby-Romanze handelt von einer arrangierten Ehe und ist das dritte Buch der Mafia-Ehen-Reihe. Dieses Buch kann als Einzelband gelesen werden und endet mit einem Happy End.

1

KARINA

„WOLLEN WIR WIRKLICH EINBRECHEN?",
frage ich.

Meine Schwester Ivy ist ein Profi, wenn es darum
geht, Partys zu stürmen.

Ich bevorzuge ein unauffälliges und einfaches
Leben. Ich war noch nie ein Partygirl, aber
irgendwie hat sie mich heute Abend dazu überredet,
mit ihr ein wenig Spaß zu haben.

„Es ist kein Einbruch, wenn die Tür weit offen
steht ", sagt sie.

Ivy hat nicht Unrecht.

Die Tür steht weit offen. Genauso wie das Tor
von der prestigeträchtigen Villa.

Aber mein Magen ist wie verknotet.

Das ist eine schlechte Idee.

Die schlechteste, die man sich vorstellen kann, aber ich folge ihr.

Das Mädchen bereitet nur Ärger und wenn sie nicht mein eineiiger Zwilling und mein bester Freund wäre, hätte ich sie wahrscheinlich schon vor Jahren abserviert.

Komisch, eine Zwillingsschwester zu sein bedeutet nicht, dass wir uns etwas ähnlich sind. Wir haben das gleiche Gesicht, den gleichen Körper und das gleiche Lächeln, Ivy ist aber das wilde Kind und ich bin die Zurückhaltende.

Wir schlendern durch die offene Tür hinein.

Der Wachmann, der am Haupteingang steht, räuspert sich und fragt mit einem starken italienischen Akzent: „Name?"

Der Herr trägt einen schicken Anzug und hat dickes, dunkles Haar. Er ist etwa so groß wie ein Footballspieler, und könnte uns leicht herauswerfen oder verhaften lassen, wenn wir nicht aufpassen, was wir sagen.

Ich mache den Mund auf, aber Ivy kommt mir zuvor.

„Sie wissen nicht, wer wir sind?" Sie tritt näher an den Wachmann heran, legt ihre Hand auf seine Brust und lässt ihre Finger über seinen Blazer zu seinem Gürtel gleiten. „Zola und Etta Bianchi", sagt

Ivy. Sie rattert die Namen mit einer Selbstsicherheit herunter, die ich nie aufbringen könnte.

Ivy muss die Gästeliste gesehen haben, als sie mit dem Wachmann geflirtet hat.

Ich versuche, nicht zu kotzen.

Dieser Mann hat etwas an sich, das mir einen Schauer über den Rücken jagt. Wir sollten gehen, bevor wir tot sind.

Sein Blick verengt sich und er deutet an, dass wir hereingehen sollen.

Sie winkt dem Wachmann zu, ergreift meinen Arm und zieht mich mit hinein.

Das Haus ist extravagant, kein Wunder, dass es bewacht wird. Wegen der Party muss das Tor weit offen gelassen werden. Die Gästeliste sah sehr umfangreich aus.

Die Musik dröhnt und lässt mein Herz rasen, als Ivy mich weiter in das Haus zieht. „Bist du dir da sicher?", frage ich.

Die meisten der Männer tragen Geschäftsanzüge und sprechen kein Englisch. Es ist, als ob wir durch die Eingangstür in eine andere Welt, oder ein fremdes Land, eingetreten wären.

Die Frauen tragen schicke, glitzernde Kleider und haben ihre Haare für den Anlass hochgesteckt. Es gibt kein Anzeichen dafür, weshalb die Party stattfindet. Ich sehe kein Brautpaar, oder Luftballons für eine Geburtstagsfeier, keine Banner, obwohl das für eine Veranstaltung dieser Größenordnung ziemlich taktlos wäre.

Es ist ein prestigeträchtiger Ball und wir sind am anderen Ende des Ozeans. Was ist der Anlass?

Der Kronleuchter im Ballsaal glänzt und eine Live-Band spielt für die Gäste.

Mehrere Frauen in smaragdfarbenen Kleidern laufen mit Tabletts voller Champagner herum. Ich nehme mir ein Glas Sekt und trinke es ziemlich schnell.

Der Geschmack ist exquisit. Er ist süß und sprudelnd und kitzelt meine Zunge. Es ist wirklich der beste Sekt, den ich je probiert habe.

Ivy löst sich von meinem Arm und ich möchte sie packen und fragen, wo sie hin will, als sie mir ein beruhigendes Lächeln schenkt. „Entspann dich, hab Spaß, trinke, tanze, und mach das Beste aus deinem freien Abend. Du hast es dir verdient."

„Wo gehst du hin?", frage ich.

„Ich werde sehen, ob ich einen heißen Typen finden kann. Das solltest du auch tun. Es gibt viele heiße Typen auf der Party. Die meisten von ihnen sind älter. Lecker!"

„Okay", sage ich. Ich fühle mich nicht im

Geringsten wohl dabei, einen Fremden abzuschleppen. Ich war noch nie ein Mädchen, das ein One-Night-Stand hat. Aber mein Leben ist auch nicht gerade dazu angetan, eine Beziehung zu führen.

Ich arbeite viel, und muss auch viele Überstunden machen.

Mein letzter Freund beschwerte sich, dass ich nicht genug Zeit mit ihm verbringe und mich zu sehr auf meine Karriere konzentriere. Er war vier Jahre jünger und benahm sich, als hätte er gerade die Highschool abgeschlossen.

Ich seufze schwer bin aber froh, dass Ivy mich dazu überredet hat, mich für heute Abend schick zu machen. Ich wusste nicht, dass die Party so extravagant ist, aber ich passte kaum in mein langes schwarzes Kleid mit Spaghetti-Trägern.

Mein Outfit ist einfach, aber elegant. Hoffentlich falle ich nicht zu sehr auf.

Ich schnappe mir ein weiteres Sektglas, als eine Frau vorbei schlendert, und ich stoße versehentlich mit dem Herrn hinter mir zusammen.

„Das tut mir leid." Ich entschuldige mich schnell, aber es hat nicht geholfen, sodass ich den Sekt auf meinem Kleid verschüttet habe.

„Das macht doch nichts", sagt er. Er entschuldigt

sich bei mir, holt ein Taschentuch aus seiner Jackentasche und bietet es mir an.

„Danke", sage ich und tupfe die verschütteten Reste meines Getränks von meinem Handgelenk und meinem Kleid ab. Die meiste Flüssigkeit perlt von meinem Kleid ab, sodass es leicht zu reinigen ist.

Nachdem ich alles weggewischt habe, gebe ich ihm sein Taschentuch zurück.

„Ich glaube, wir kennen uns noch nicht. Ich bin Aurielo", sagt er und hält mir seine Hand hin.

Er sieht gut aus, aber sein kühles Äußeres strahlt eine gewisse Gefährlichkeit aus. Das liegt wahrscheinlich daran, dass er mich verhaften lassen könnte, wenn ich die Party störe.

Aurielo ist einige Zentimeter größer als ich, sein Haar ist kurz, dicht und dunkel. Seine Augen sind tiefbraun mit bernsteinfarbenen und goldenen Sprenkeln.

Ein Blick auf ihn und er raubt mir den Atem.

Ich kann nicht anders, als mich zu fragen, was sich unter seinem Anzug verbirgt. Er ist groß, stark und muskulös.

Er sieht besser aus als alle anderen Männer, mit denen ich je ausgegangen bin, aber das ist egal.

„Etta Bianchi", lüge ich und nenne den Namen des Gastes, den wir benutzt haben, um uns auf die

Party zu schleichen. Ich reiche ihm meine Hand und erwarte, dass er sie schüttelt. Stattdessen führt er sie an seine Lippen.

„Es ist mir eine Freude, dich kennenzulernen, Etta." Seine Augen funkeln, während er mich betrachtet.

Die Geste macht mich schwindlig. Vielleicht liegt es auch an dem Champagner, den ich getrunken habe.

Noch nie hat mir ein Mann so viel Aufmerksamkeit geschenkt. Ich lächle, denn ich bin mir sicher, dass ich rot werde. Der Raum ist um einige Grad wärmer und mit einem Blick auf Aurielo sehe ich, wie Ivy mit einem anderen Mann tanzt, der fast doppelt so alt ist wie sie.

Ivy gibt mir ein Daumen-hoch-Zeichen, weil sie sich freut, dass ich mich mit unter die Leute mische.

Meine Güte, könnte sie noch auffälliger sein?

Zum Glück steht er mit dem Rücken zu ihr.

„Bist du mit einem Date gekommen?", fragt Aurielo.

„Nein", sage ich. Meine Schwester zählt nicht. Ich bin mir nicht sicher, worauf er hinaus will. „Warum?"

„Tanz mit mir." Er wartet nicht auf meine Antwort.

Er fragt nicht.

Er fordert mich auf.

Er ergreift meine Hand und führt mich auf die Tanzfläche.

Die Art und Weise, wie er sich bewegt, finde ich sehr attraktiv, er weiß was er will und setzt es auch durch.

Er ist kein Junge. Er ist ganz und gar ein Mann.

Aurielo zieht mich beim Tanzen dicht an sich heran, seine Hand drückt gegen meinen Rücken. Sein Atem kitzelt an meinem Ohr, als er fragt: „Wie heißt du wirklich?"

Ein unmissverständlicher Schauer durchfährt meinen Körper.

„Wie hast du—"

Ich beende meinen Satz nicht. Ich möchte mich losreißen, weglaufen und sicherstellen, dass Ivy nicht in Schwierigkeiten ist, aber er lässt mich nicht los. Sein Griff ist stark und fest.

„Etta ist meine Ex-Freundin. Du bist definitiv nicht diese Hexe", sagt er mit einem Grinsen. „Wie heißt du wirklich?"

„Karina", flüstere ich, während mein Blick nach unten fällt.

Die Scham brennt in mir, weil ich den Fremden

angelogen habe, und noch mehr, weil er mich durchschaut hat.

Er drückt eine Hand auf meinen Rücken, mit der anderen hebt er mein Kinn an, um mich mit seinem strengen Blick anzusehen. „*Micetta*, das muss dir nicht peinlich sein."

Bevor ich Zeit habe, auf seine Worte zu reagieren, legt er seinen Mund auf meinen. Sein Griff um mich wird fester, während der Kuss tiefer wird.

Seine Berührung hat ein Feuer in mir entfacht. Er schiebt mich einige Meter zurück, bis ich die Wand in meinem Rücken spüre.

Aurielo drückt mich an sich und sein Bein schiebt sich zwischen meine Schenkel, sodass ich die perfekte Reibung bekomme, die mich in den Wahnsinn treibt.

Wärme strömt durch meinen Körper.

Wir sollten das nicht tun. Schon gar nicht in einem Raum voller Menschen.

Auch wenn ich keinen von ihnen jemals wiedersehen werde, ist es mir nicht egal, was sie denken.

Die Musik schallt weiter durch den Raum, aber mein Verstand ist wie benebelt, während er meinen Nacken verwöhnt. „Aurielo", flüstere ich.

Er hebt mich hoch, meine Beine schlingen sich um ihn und er trägt mich um die Ecke den Flur hinunter. Er öffnet eine Tür, schiebt mich in das Zimmer und schließt sie gewaltsam um mich gegen die Tür zu drücken.

Wir sind allein.

Nur wir beide.

Er stellt mich wieder auf den Boden. Seine Hände schieben den Saum meines Kleides Zentimeter für Zentimeter nach oben. Seine Berührung ist rau und befehlend, ein Mann mit einer Mission.

Aurielos Augen bohren sich in meine. „Sag mir, dass du das willst, *Micetta*." Mein Kleid ist bereits bis zu meiner Taille hochgezogen.

Seine Finger kitzeln am Saum meines schwarzen Spitzenhöschens.

Ich will nicht, dass er aufhört.

„*Micetta*?" Er flüstert an meinen Nacken und zieht sich zurück, um meinen Blick zu erwidern.

„Ja", räuspere ich mich, meine Stimme ist kaum zu hören, weil mein Herz so heftig pocht.

Er lächelt, erfreut über meine Erklärung.

„Braves Mädchen." Er kniet sich vor mich, spreizt meine Beine weiter auseinander und atmet meinen Duft ein. „*Bellissima*", sagt er, seine Stimme ist rau und seine Hände sind fest.

Er reißt mir das Höschen vom Leib und ich schnappe nach Luft, überrascht von seiner Aktion und der Dominanz, die er ausübt.

„Du bist schon feucht für mich."

Ich schließe meine Augen und genieße das Gefühl, das er in mir auslöst, die Macht, die er ausstrahlt.

Seine Zunge kitzelt und schnalzt gegen meine Perle. Zwei Finger streicheln meinen Eingang, bevor sie hineinrutschen. Seine Lippen wandern meinen Bauch hinauf, er schiebt mein Kleid mit einer Hand höher, während die andere mein Inneres streichelt.

„Du bist so eng, *Micetta*", warnt er. „Ich möchte dir nicht wehtun."

Ich keuche bei seinen Worten, seinen Berührungen und der Tatsache, dass ich seit Monaten nicht mehr mit einem Mann zusammen war. Und um ehrlich zu sein, so etwas wie das hier war es noch nie.

Er öffnet den Reißverschluss von meinem Kleid. Seine Finger gleiten wieder heraus und ich wimmere aus Protest.

Das Lächeln auf seinem Gesicht vertreibt alle meine Bedenken. „Komm her, *Micetta*", sagt er.

Aurielo packt meine Hüften und zieht mich durch den Raum.

Es ist ein Büro und die Papiere liegen verstreut auf dem hölzernen Schreibtisch. Er schiebt sie auf den Boden, drückt mich mit dem Rücken gegen den Schreibtisch und schüttelt den Kopf. „Ich habe eine bessere Idee", flüstert er und führt mich um den Schreibtisch herum.

„Aurielo?" Ich schnappe nach Luft denn ich bin nackt.

Was ist, wenn jemand ins Büro spaziert und uns hier drin findet?

Gab es ein Schloss an der Tür? Ich habe nicht bemerkt, dass er uns im Zimmer eingeschlossen hat.

Er beugt mich über den Schreibtisch und drückt seine Hand auf meinen Rücken, sodass meine Brüste bündig mit dem Schreibtisch abschließen. „Was machst du—" will ich fragen, aber da höre ich das Klicken seiner Gürtelschnalle, und dann folgt sein Reißverschluss.

Mit einer raschen Bewegung dringt er in mich ein. Ich keuche und stöhne. Er ist groß.

Riesig.

Ich keuche, als sich Schmerz und Lust mischen. Er dehnt mein Inneres aus, um ihm entgegenzukommen.

Er hat mich über den Tisch gebeugt. Mein Körper wird fest gegen das Holz gepresst, während er seinen Schaft in mich stößt und mich mit jedem Stoß näher an den Rand des Möglichen bringt.

Ich bin noch nie gefickt worden, nicht auf diese Weise.

Es ist roh.

Ursprünglich.

Und doch so leidenschaftlich.

Mein Herz rast und mein Inneres krampft sich um ihn, während ich zu zittern beginne.

Ich keuche und stöhne um mich an ihn zu drücken, während mein Inneres pulsiert und mich ein Orgasmus durchfährt.

Aurielo hält noch ein paar Sekunden länger durch, stöhnt und explodiert in mir.

Es klopft heftig an der Tür. „Aurielo", schreit ein Mann über die Musik hinweg und klopft erneut an die Tür.

Er ist hartnäckig.

Aurielo rückt seine Hose zurecht und schnappt sich mein Höschen. „Das ist meiner", sagt er und schiebt ihn in seine Tasche.

Bei seinen Worten wird mir ganz warm ums Herz, aber gleichzeitig mache ich mir Sorgen, dass jemand entdecken könnte, dass ich keinen

Schlüpfer trage. Ich ziehe mein Kleid an und er reißt die Tür auf, gerade als ich den Reißverschluss hochziehe.

Er macht keinen Hehl daraus, dass er mit mir gegangen ist, zu dem Herrn der im Flur auf ihn wartet.

Es gibt keinen Abschiedskuss.

Kein Austausch von Telefonnummern oder Höflichkeiten.

Aurielo schlendert hinaus und der dunkelhaarige Herr klopft ihm auf den Rücken und gratuliert ihm.

„Schau an, mein Bruder, wie du auf Nicos Verlobungsparty flachgelegt wirst."

Ich versuche, so gut es geht aus dem Büro zu schleichen, aber ich höre, wie sich die beiden Männer unterhalten. Als ich die Holztür weiter aufziehe, knarrt sie in den Angeln.

„Giovan, beruhige dich." Aurielo wirft mir einen Blick zu. Er schenkt mir ein halbherziges Lächeln und nickt, bevor er seinen Bruder in die andere Richtung schiebt.

Ich eile den Flur entlang und zurück zum Ballsaal. Es ist nicht weit, aber meine Absätze klappern auf dem Marmorboden. Das Haus, in dem wir uns befinden, hat eine gewisse Eleganz, so wie ein Haus, das für Hochzeiten und besondere Anlässe vermietet wird. Aber das hier ist keine Villa, die vermietet wird.

Sie gehört jemandem, der reich ist. Ich bin mir nur nicht sicher, wer oder was er beruflich macht.

Als ich den Ballsaal betrete, wird die Musik lauter und ich werfe einen Blick in die Menge der Partygäste, um nach meiner Schwester zu suchen.

Ivys dunkelviolettes Kleid mit der gelbe Borte sticht aus der Menge heraus. Obwohl wir eineiige Zwillinge sind, haben wir seit der Vorschule nicht mehr das gleiche Outfit getragen, als Mom uns noch gleich angezogen hat.

Ich schnappe mir einen weiteren Drink von einer Kellnerin, die den Gästen eine Runde Champagner bringt. Als ich mein Kleid glatt streiche, habe ich das Gefühl, dass mich alle im Raum beobachten.

Wahrscheinlich mache ich mir zu viele Sorgen.

Es ist ja nicht so, dass sie sehen können, dass ich kein Höschen trage.

„Ma'am", ein Herr in einem dunklen Anzug mit einem Ohrhörer kommt auf mich zu. Er sieht aus wie ein Wachmann, er ist aber nicht derselbe Herr, der den Vordereingang bewacht hat.

Ich presse meine Lippen fest zusammen und

schaue hinter mich zu Ivy. Sie löst sich von dem Mann, mit dem sie tanzt, aber sie ist vorsichtig und eilt auf mich zu.

Weiß sie etwas, was ich nicht weiß?

Der Wachmann packt mich am Arm, sein Griff ist kraftvoll. „Bitte, komm mit mir", sagt er, aber sein Ton ist kein bisschen warm oder freundlich. Er verlangt, dass ich tue, was er will.

Ich werfe noch einmal einen Blick über meine Schulter zu Ivy, aber sie ist nicht in Sicht.

Ist sie gegangen?

Geflohen?

Kommt sie, um mir zu helfen?

„Lass mich los", sage ich und reiße meinen Arm aus seinem Griff.

„Was machst du—"

Bevor er seinen Satz beenden kann, befreie ich mich aus seinem Griff und stürme durch die Menge zurück in den Gang, aus dem ich vor ein paar Minuten gekommen bin.

Die Schritte des Wachmanns sind dicht hinter mir, als er durch den Gang stapft.

Ich sollte auf den Ausgang zugehen, aber ich bin mir nicht sicher, welcher Weg nach draußen führt. Ich sprinte den Korridor hinunter, biege um die Ecke und renne direkt in Aurielos Arme.

Aurielo packt mich an den Unterarmen, um mich zu stützen. „Nicht so schnell, *Micetta*", sagt er.

Ich werfe einen Blick über meine Schulter und schnappe nach Luft. Wie soll ich erklären, dass eine der Wachen mich verfolgt?

Ich vermute, dass es daran liegt, dass wir uns auf die Party geschlichen haben, aber ich bin mir nicht hundertprozentig sicher, ob das die Antwort ist. Er scheint sauer zu sein, und ich kann nicht glauben, dass es nur daran liegt, dass wir eine Verlobungsparty gestürmt haben.

„Halt!", warnt der Wachmann, als er es schafft, mich einzuholen.

Solch ein Mist.

Ich werfe einen Blick über Aurielos Schulter.

Kann ich es schaffen, zur Tür zu rennen um hier wegzukommen?

Sie ist etwa sechs Meter hinter ihm.

Es ist zwar nicht der Haupteingang, aber ich nehme jeden Ausgang, der mich davor bewahrt, wegen Hausfriedensbruchs verhaftet zu werden.

Mein Job hat eine Null-Toleranz-Politik für Gesetzesverstöße.

„Was ist das Problem?", fragt Aurielo.

Ich schaue zu ihm auf. Wird er mich ausliefern, wenn er erfährt, dass ich nicht eingeladen war?

„Herr, sie ist nicht Etta Bianchi."

Aurielo weigert sich, seinen Griff zu lockern, er ist fester denn je.

„Glaubst du, das weiß ich nicht, Francesco?", fragt Aurielo. „Geh zurück auf deinen Posten. Sie gehört zu mir."

Francesco schnaubt leise, macht auf dem Absatz kehrt und geht den Flur entlang.

„Danke", sage ich und bin erleichtert, dass er mich verteidigt hat.

Aurielo führt mich schweigend den Flur entlang zur Tür.

Er sieht mich nicht an. Sein Kiefer ist fest, seine Schultern sind gerade. Es gibt etwas, was er nicht sagt. Aurielo entriegelt die vier Riegel, packt den Türgriff und reißt die Tür weit auf.

Vier Riegel sind ein wenig übertrieben. Wer sind diese Leute?

„Ihr müsst gehen."

2

KARINA

Sechs Jahre später

ALLES AN DIESEM HOTEL IST TEUER, vom Kristallkronleuchter an der Rezeption bis zum Pianisten, der den Raum mit warmen Klängen beschallt.

Meine Schwester hat die ganze Nacht für mich als Geschenk gebucht.

Ivy hat darauf bestanden, dass ich mir für eine Nacht eine Auszeit von meinem Leben und meinen Verpflichtungen nehme. Auf ihre Kosten sollte ich verwöhnt werden, mit allen Annehmlichkeiten des Spas, dem Zimmerservice und allem, was ich sonst noch möchte.

Ivy ist die fürsorglichste, sensibelste und

beschützende Schwester, die ich kenne - und das für ein Mädchen, das in jungen Jahren wilde Partys feierte. Außerdem ist sie eine tolle Tante für Ashton, meinen Sohn.

Die Frau hinter der Rezeption gibt mir den Zimmerschlüssel und notiert sich die Zimmernummer, bevor sie mir den Weg zum Aufzug zeigt.

Ich habe nicht viel mitgenommen, nur eine Übernachtungstasche und mein Portemonnaie.

Für den frühen Herbst ist das Hotel ziemlich voll.

Vielleicht findet an diesem Wochenende ein Kongress in Chicago statt. Ich habe nicht die geringste Ahnung. Normalerweise verbringe ich meine Tage mit Arbeit oder kümmere mich um meinen kleinen Verbrechensbekämpfer Ashton.

Er möchte Polizist werden, wenn er älter ist.

Das ist niedlich, aber die Vorstellung macht mir Angst. Er ist fünf Jahre alt und ich hoffe, dass er aus diesem Wunsch herauswächst.

Ich stehe mit ein paar anderen Gästen in dem Aufzug und werfe einen Blick auf die Zimmernummer, die auf den Umschlag meiner Schlüsselkarte gekritzelt ist.

Ich drücke den Knopf für die oberste Etage und

muss meine Karte benutzen, um vom Aufzug aus in die Suite zu gelangen.

Ivy hat die Penthouse-Suite für mich gebucht.

Ich kann mir die Kosten gar nicht vorstellen, geschweige denn, wie sie sich das mit ihrem mickrigen Gehalt leisten konnte. Ich liebe das Mädchen, aber sie ist verrückt. Es ist nicht so, dass ich vorhabe, den ganzen Nachmittag in der Suite zu verbringen.

Nach zwei Stockwerken ist der Aufzug leer, und ich fahre zu meiner Suite hinauf. Ich nehme meine Reisetasche über die Schulter und trete in den Flur hinaus.

Es gibt nur einen Satz Doppeltüren und einen schwarzen elektronischen Kartenleser. Ich ziehe meine Zimmerkarte durch, und das Schloss klickt.

Ich greife nach dem silbernen Griff, öffne die Tür und trete in die Suite.

Die Tür knallt hinter mir zu.

Der Raum ist riesig, mit malerischen Fenstern vom Boden bis zur Decke. Die Vorhänge sind zurückgezogen und geben den Blick auf die Stadt unter mir frei.

Ich stelle meine Tasche auf dem Sofa ab und gehe um die Möbel herum.

Auf dem Boden vor der Couch liegt eine übergroße schwarzeTasche.

„Ivy?," rufe ich.

Hat sie beschlossen, mir mit Ashton einen Überraschungsbesuch abzustatten?

Die Tasche ist riesig für ein Übernachtungsabenteuer, aber wie ich meinen Sohn kenne, würde er darauf bestehen, alle Plüschtiere und Lastwagen aus seiner Spielzeugkiste mitzunehmen. Ich beuge mich hinunter und öffne den Reißverschluss der Tasche.

Männerstimmen dringen durch die Wände in den Raum.

Jemand ist im Schlafzimmer, und dem Klang seiner Stimme nach zu urteilen, ist es weder ein kleines Kind noch meine Schwester.

Mein Magen flattert.

In der Tasche befinden sich Dutzende von halb automatischen Waffen. Worüber zum Teufel bin ich da gestolpert?

Ich trete von der Tasche zurück, schnappe mir meine Reisetasche von der Couch und nehme sie über meineSchulter.

Ich mache mir nicht die Mühe, die Tasche wieder zu schließen. Ich muss hier raus, bevor jemand mein Eindringen bemerkt. Ich habe mich nicht gerade leise verhalten, als ich nach meiner Schwester rief.

Die Schlafzimmertür wird aufgerissen und zwei Männer mit Pistolen richten ihre Waffen auf mich.

„Wie bist du hier hereingekommen?", fragt der kleinere der beiden. Er hat dunkles, fettiges Haar und die schwärzesten Augen, die ich je gesehen habe.

Meine Stimme bleibt mir im Hals stecken, als ich versuche, zu sprechen.

„Sprich lauter!", fordert er. Er schleicht sich näher an mich heran und schließt den Abstand zwischen uns.

„Das Hotel muss mir den falschen Schlüssel gegeben haben", sage ich.

Er versperrt mir den Weg aus dem Zimmer, da seine Waffe auf mich gerichtet ist, kann ich nirgendwo anders hin.

„Wir können keine losen Enden haben", sagt ein glatzköpfiger Herr, als er aus dem Schlafzimmer tritt und die Tür weit offen lässt.

Ein jüngerer Mann mit blasser Haut und kupferfarbenem Haar ist an einen Holzstuhl gefesselt und geknebelt. Sein Gesicht ist blutig, die Hände sind vermutlich hinter seinem Rücken gefesselt.

Ich habe mitbekommen, wie jemand gefoltert wurde.

Die Luft wird mir aus der Lunge gesaugt.

Mir wird gleich schlecht.

„Aurielo", ruft der glatzköpfige Mann.

Der Name kommt mir bekannt vor. Das muss ein Zufall sein. Keiner der Männer, die mit ihren Waffen auf mich zielen, antworten dem Glatzkopf.

Aurielo tritt aus dem Schlafzimmer und schließt die Tür hinter sich. An seinem weißen Hemd und seinen Händen klebt Blut.

„Ja, Don Rinaldi", sagt Aurielo.

Mein Mund ist wie ausgedörrt, meine Kehle brennt. Die Tränen haben sich noch nicht gebildet, aber ich weiß schon, was kommt.

Ich hatte nicht einmal die Chance, mich von meinem Sohn zu verabschieden.

„Töte sie", sagt Don Rinaldi.

Aurielos Kiefer ist fest. Er packt mich am Arm, öffnet die Schlafzimmertür und zerrt mich hinein, bevor er sie zuschlägt.

Der Mann, der an einen Stuhl gefesselt ist, ist nach vorn gebeugt. Ich kann nicht sagen, ob er tot ist oder nicht.

„Macht ihr es euch zur Gewohnheit, Menschen

in Hotelzimmern zu foltern und zu töten?" Ich schieße auf Aurielo.

Das ist er, der Mann, mit dem ich in jener wilden Nacht vor sechs Jahren geschlafen habe. Es wäre eine Lüge zu sagen, ich hätte nie wieder an ihn gedacht.

In einer törichten Nacht wurde ich schwanger und bekam neun Monate später einen Sohn. Bis zu diesem Moment hatte ich diese Entscheidung noch nie bereut, denn sie brachte mir Ashton.

Er atmet einen schweren Seufzer durch seine Nase aus. Sein durchdringender bernsteinfarbener Blick jagt mir einen Schauer über den Rücken, während seine Augen über meinen Körper wandern.

„Machst du es dir zur Gewohnheit, einzubrechen?", erwidert er.

3

AURIELO

ES IST ETWA sechs Jahre her, dass ich die Schönheit, die mein Herz gestohlen und sich fast in Schwierigkeiten gebracht hat, weil sie eine Party auf dem Gelände gestürmt hat, zum letzten Mal gesehen habe.

Karina.

Zumindest war das der Name, den sie mir in jener Nacht sagte.

War er echt?

Ich habe keine Ahnung.

Ich habe nicht versucht, sie aufzuspüren. Es war besser, sie gehen zu lassen, sie freizulassen und nie wieder an sie zu denken.

Ist es Schicksal, das wir uns wiederbegegnen? Das uns wieder zusammenbringt?

Sie sollte nicht hier sein, meine *Micetta*.

„Machst du es dir zur Gewohnheit, einzubrechen?" Frage ich auf ihre Bemerkung über das Töten von Menschen in Hotelzimmern. Sie weiß nicht, worauf sie sich da eingelassen hat und wie gefährlich die Situation für sie ist.

Sie presst ihre perfekten rubinroten Lippen aufeinander.

Wenn sie Angst vor mir hat, zeigt sie es nicht. Ich vermute, dass sie verängstigt ist, aber ihre Gefühle gut versteckt. Es gibt nur wenige Menschen, die nicht um ihr Leben betteln, wenn sie den Moment ihres Untergangs erleben.

„Nicht meine Schuld, dass das Hotel mir den falschen Schlüssel gegeben hat", sagt sie.

Sie ist feurig und schön. Ihr Aussehen ist blass im Vergleich zu der Persönlichkeit hinter ihrem ruhigen Äußeren. Sie ist ein Feuerwerkskörper. Ich kann es in ihren kühlen blauen Augen sehen. „Karina", sage ich und erinnere mich an ihren Namen aus der Nacht, in der wir zusammen waren.

„Du", sie öffnet den Mund und schließt ihn schnell wieder.

„Was war das?", frage ich und trete näher, um den Abstand zwischen uns zu verringern. Meine

Hand wandert zu ihrer Kehle. Ich könnte ihr Leben leicht auslöschen.

Sie keucht, als ich sie berühre, aber mein Griff wird nicht fester.

Sie zu erwürgen ist das Letzte, was ich dieser Frau antun möchte.

Es sei denn, es geht um das Vorspiel.

„Willst du mich umbringen?", flüstert sie und starrt zu mir hoch.

Sie fordert mich heraus.

Der Mafiaboss selbst hat mir befohlen, sie zu töten.

Einem Befehl zu widersprechen, ist Selbstmord. Ich bin mir nicht sicher, ob ich damit leben kann, sie zu töten.

Zumindest jetzt noch nicht.

Es gibt noch zu viele unerledigte Dinge.

Ich möchte herausfinden, ob sie so süß schmeckt, wie ich mich daran erinnere und ob ihr Körper sich perfekt an meinen schmiegt.

Wenn sie tot ist, kann ich das nicht tun.

Mein Schweigen verwirrt sie.

Karina macht einige Schritte rückwärts und greift hinter sich. Sie reißt die Lampe vom Tisch und zieht den Stecker aus der Steckdose, wobei sie ihn wie ein Schwert schwingt.

„Bleib zurück", ruft sie.

Ich lächle und versuche, nicht zu lachen. „Meine *Micetta*, glaubst du wirklich, du kannst mich verletzen?" Sie ist nur halb so groß wie ich, obwohl ein Schlag mit einer Lampe zweifellos wehtun würde, mache ich mir keine Sorgen, dass sie entkommen könnte.

„Aurielo", warnt sie. Ihre Augen sind groß und wütend.

„Was glaubst du, wie weit du kommen wirst, *Micetta*?", frage ich. Sie kann nicht klar denken. „Selbst wenn du mich außer Gefecht setzt, stehen draußen vor der Tür Männer mit Gewehren. Sie werden dich erschießen, bevor du es bis zur Zimmertür schaffst."

Ihre Augen flackern.

Sie weiß, dass ich recht habe.

Aber sie sieht nicht besiegt aus. „Dann werde ich dich als Geisel nehmen", droht sie.

Es ist schwer, nicht über ihre Unverfrorenheit zu lachen. Sie ist süß. Der Kosename, den ich Karina gegeben habe, passt sogar noch besser zu ihr, als ich es mir je hätte träumen lassen.

„Ich habe einen besseren Vorschlag", sage ich und gebe ihr mit einer Geste zu verstehen, dass sie die Lampe abstellen soll. Das Letzte, was ich will, ist, dass sie sich verletzt.

Sie nimmt die Lampe nicht herunter, aber sie greift mit ihrer linken Hand nach dem Kabel. Hat sie vor, mich zu erwürgen?

„Ich höre."

„Don Rinaldi wird dich nicht lebendig gehen lassen."

„Was ist daran ein besserer Vorschlag?" Karina spottet, bevor ich überhaupt zu Ende sprechen kann, was ich ihr sagen will. Sie umkreist mich, als ob ich ihre Beute wäre.

Das Mädchen hat keine Ahnung, mit wem sie es zu tun hat, welche Macht ich habe und wie nah sie dem Tod ist. Sie zu töten erscheint mir falsch, und das nicht nur aus den Gründen, die man in Betracht ziehen könnte. Sie ist wunderschön, perfekt, alles in einem engen kleinen Körper vereint. Ihr Tod wäre eine echte Schande.

„Heirate mich", sage ich.

Sie wehrt sich gegen meinen Vorschlag. „Dich heiraten? Das kann doch nicht dein Ernst sein."

Es ist die einzige Möglichkeit, sie zu beschützen.

„Alessandro Rinaldi wird dich nur auf zwei Arten gehen lassen. Entweder als meine Braut oder in einem Leichensack."

KARINA

ES WÄRE eine Lüge zu sagen, dass ich nie über die Party nachgedacht habe, darüber, Aurielo wiederzusehen oder ihm seinen Sohn vorzustellen.

Aber nicht auf diese Weise.

„Alessandro Rinaldi, der Kopf der Rinaldi-Familie? Du arbeitest für die Mafia?" Ich kann das Entsetzen nicht verbergen, das mir den kalten Schweiß auf die Stirn treibt.

Ich kann ihn niemals wissen lassen, dass er einen Sohn hat, dass Ashton sein Kind ist.

„Du wirst mich heiraten, Karina, und ich werde dich beschützen." Aurielo tritt näher an mich heran.

Ich halte einen sicheren Abstand, so sicher wie möglich, wenn man die Umstände bedenkt. Ich laufe praktisch im Kreis um einen blutigen Mann, der auf einem Stuhl zusammengesackt ist, während Aurielo immer näher kommt.

Ist der Mann, der an den Stuhl gefesselt ist, tot?

Ich sehe ihn nicht atmen. Ich möchte die Hand ausstrecken, seinen Puls prüfen, dem Mann helfen, aber das kann ich nicht, während ich mich verteidige.

„Ich brauche deinen Schutz nicht", spotte ich.

Ja, den hätte ich in der Nacht, in der wir miteinander geschlafen haben, gut gebrauchen können.

Aber dann wäre Ashton nicht geboren worden, und ich liebe meinen Sohn mehr als alles andere auf der Welt. Ich würde mein Leben für ihn aufs Spiel setzen.

„Wenn du leben willst, heiratest du mich und wirst Teil der Familie Rinaldi."

Ich presse meine Lippen fest aufeinander.

Ich will leben. Ich möchte meinen kleinen Jungen wiedersehen, aber das Monster zu heiraten, das nur ein paar Meter von mir entfernt steht, ist das Letzte, was ich will.

Er zwingt mich, ihn zu heiraten.

„Und wenn ich nein sage?"

„Dann muss ich die Befehle des Dons befolgen. Ich biete dir eine Alternative zum Tod."

Ich habe keine Angst vor dem Tod, aber ich habe Angst, dass er erfährt, dass er einen Sohn hat. Meine Schwester wird sicher nicht erfahren, was passiert ist, wenn der Wilde bei meiner Beerdigung zusieht oder, dabei ist, kann ich Ashton nicht beschützen, wenn ich tot bin.

5

AURIELO

„BLEIB HIER", befehle ich. „Und rühre nichts an."

Ich schleiche aus der Tür, um mit Alessandro zu reden.

Ich habe Karina davon überzeugt, mich zu heiraten, aber jetzt muss ich den Chef noch überzeugen, dass dieses Arrangement für alle Parteien vorteilhaft ist.

„Solch eine Schande, dass ein hübsches Mädchen in unser Zimmer stolpert", sagt Alessandro. Er wühlt in ihrer Tasche, die sie vorhin hat fallen lassen.

Ich räuspere mich und kann nicht anders, als ihn anzustarren, als er ihre Sachen durchwühlt und den Inhalt auf den Boden wirft. Ihr schwarzes Spitzenhöschen erregt meine Aufmerksamkeit.

Die Erinnerungen an die Nacht, in der ich sie an die Bürotür und den Schreibtisch gepresst haben, kommen mir in den Sinn.

„Genau das", sage ich. „Darf ich dir einen Vorschlag machen?"

Er lässt die leere Tasche fallen und scheint enttäuscht zu sein. Glaubt er, dass Karina eine Spionin ist oder mit dem FBI zusammenarbeitet? Wenn das so sein sollte , wären wir bereits umzingelt.

„Sie ist noch nicht tot?"

Als ich seinen Verdacht nicht bestätige, seufzt er und sein Blick verengt sich. „Sprich weiter", sagt er und deutet mit seiner Hand an, dass ich fortfahren soll. „Es muss etwas geben, was du in ihr siehst, wenn du sie noch nicht getötet hast."

Die Wahrheit ist, dass ich nur sehr wenig über Karina weiß, außer ihrem Namen, ihrem Geruch und das Gefühl, das ich in ihrem Körper habe. Keine dieser Eigenschaften wird Alessandro davon überzeugen, sie am Leben zu lassen.

„Du hast mein Wort, dass sie zu niemandem etwas sagen wird."

Alessandro verschränkt die Arme vor der Brust. „Und wie kommst du darauf, dass solch ein kleines Mädchen dieses Versprechen hält? Sobald sie geht, wird sie zu den Bullen rennen. Dein Ruf und deine Freiheit stehen auf dem Spiel", sagt er.

Er hat nicht Unrecht.

Ich bin blutverschmiert und das nicht nur im übertragenen Sinne.

„Sie wird genauso schmutzig sein wie der Rest von uns, wenn ich sie heirate und sie Teil der Rinaldi-Familie wird", sage ich.

Er schnaubt leise vor sich hin. „Das würde ich gerne sehen", sagt Alessandro. Seine Lippenwinkel verziehen sich zu einem Grinsen. „Ich bin nicht überzeugt, dass sie dich oder die Familie nicht verraten wird, aber wenn sie es tut, werde ich euch beide persönlich töten."

6

KARINA

IN DEM MOMENT, in dem Aurielo den Raum verlässt, um mit seinem Chef zu reden und ihn davon zu überzeugen, mich nicht zu töten, eile ich zu dem Mann, der an dem Stuhl im Schlafzimmer gefesselt ist.

Ich fühle nach seinem Puls, er ist schwach, aber gleichmäßig.

„Wie ist dein Name?", frage ich.

Ich möchte ihm helfen. Er ist noch am Leben und wird wahrscheinlich von der Mafia zu Tode gefoltert.

Er murmelt unzusammenhängende Worte.

„Ich suche in seiner Tasche nach einem Ausweis". Ich versuche dabei leise zu sein. Ich möchte nicht, dass Aurielo weiß, was ich vorhabe.

Es gibt weder eine Brieftasche, noch einen Ausweis. Wahrscheinlich wurde er bereits entfernt.

„Ich bin gleich wieder da", sage ich.

Ich eile in das angrenzende Badezimmer. Dort gibt es auch keine Taschen, oder Besitztümer von dem Mann, nichts, womit ich ihm helfen könnte, da er gegen seinen Willen festgehalten wird.

Ich bin mir nicht sicher, was ich vorfinden werde. Ich hatte gehofft, ein paar Arzneimittel zu finden, etwas, das ich zusammenmischen oder zerkleinern könnte, um sein Leiden zu lindern.

Es gibt nichts, was ich als Waffe benutzen könnte, um mich zu verteidigen.

Als ich ins Schlafzimmer zurückkehre, bücke ich mich und löse die Fesseln des Mannes. „Ich kann nichts finden, was ich als Waffe benutzen kann", sage ich, „aber wenigstens hast du eine Chance zu kämpfen."

Ich möchte glauben, dass er überleben und sich verteidigen kann, aber die Männer auf der anderen Zimmerseite haben Waffen.

Die Schlafzimmertür schwingt auf.

„Geh weg von ihm!" Aurielo schreit mir Befehle zu. „Er ist gefährlich."

Ich stehe auf und Aurielo stürmt auf mich zu und reißt mich von dem gefesselten Mann weg.

Ich bezweifle ernsthaft, dass der angegriffene Mann mir etwas antun wird.

Aurielo zerrt mich aus dem Schlafzimmer in das Wohnzimmer der Penthouse-Suite.

Mein Tasche wurde auf dem Boden ausgeschüttet.

Von meinem Slip bis zu meinem Lippenstift liegt alles auf dem Boden verstreut.

Was haben sie erwartet zu finden? Ging es um Gleiches mit Gleichem? Ich habe ihre Tasche durchsucht und ihre Waffen entdeckt, und jetzt durchwühlen sie meine Sachen?

„Sammle ihre Sachen ein. Giovan und Francesco, ihr begleitet Aurielo und das Mädchen zum Gericht, um eine Heiratslizenz zu erhalten. Morgen werden sie verheiratet sein."

Ich bücke mich und Aurielo hilft mir, meine Sachen zusammenzusuchen und alles in meine Tasche zu packen, die ich für die Nacht mitgebracht habe.

Der Inhalt meiner Handtasche ist unter meinen Kleidern vergraben, und ich stopfe alles schnell in meine Tasche. Das Letzte, was ich will, ist eine Sekunde zu verschwenden, damit diese Männer es sich nicht noch einmal überlegen, ob sie mich am Leben lassen.

Aurielo schnappt sich meine Brieftasche, klappt sie auf und starrt auf meinen Ausweis. Zum Glück habe ich keine Fotos in meiner Brieftasche. Bei meinem Telefon sieht das anders aus. Ich greife nach dem Gerät, das auf dem Boden unter meiner Pyjamahose liegt.

Er hält mir seine Handfläche hin.

So ein Mist.

„Das nehme ich", sagt er und nickt in Richtung meines Handys.

Ich kaue auf meiner Unterlippe und er schnappt sich das Telefon, bevor ich eine Ausrede finden kann, warum ich mich nicht von dem Gerät trennen will.

Er holt sein Handy aus der Tasche und schießt ein Foto von meinem Führerschein. „Für den Fall, dass du abhaust", sagt er. „Weiß ich, wo du wohnst."

Aurielo wirft mir mein Portemonnaie zu, und ich stecke es in meine leere Handtasche.

Er hat das Geld in meinem Portemonnaie gelassen. Es war nicht viel.

Er ist kein Dieb.

Nur ein Mörder.

7

AURIELO

DON RINALDI BEENDET die Geschäfte im Hotel, während Giovan Karina und mich zum Gericht fährt, um eine Heiratslizenz zu erhalten.

Ich ziehe mich im Auto um und wische mir die Hände ab, um jede Blutspur zu beseitigen.

Francesco wartet mit Giovan vor dem Gerichtsgebäude.

Ich stelle sicher, dass ich meine Waffe im Auto lasse. Karina trägt keine Waffe bei sich, sonst hätte sie diese gegen mich eingesetzt.

„Keine faulen Tricks", warne ich, als wir die Treppe zum Gerichtsgebäude hinaufgehen.

Der Sicherheitskontrollpunkt befindet sich nur wenige Meter hinter den Glastüren.

Meine Hand liegt auf ihrem Rücken und hält sie

fest. Ich vertraue nicht darauf, dass sie nicht wegläuft, mich verrät oder versucht zu fliehen. Ich habe zwar ihre Adresse, aber ich bezweifle, dass sie dorthin zurückkehren wird, wenn sie weiß, dass wir hinter ihr her sind.

Sie gibt dem Wachmann ihre Handtasche. Er wirft einen kurzen Blick hinein und überzeugt sich, dass sie nichts Gefährliches ins Gerichtsgebäude bringt.

Ich werfe mein Portemonnaie zusammen mit meinem Schlüssel in einen Behälter.

Karina geht durch die Metalldetektoren, und ich folge ein paar Meter hinter ihr. Ich hole meine Sachen, sie schnappt sich ihre Handtasche und geht ein paar schnelle Schritte vor mir in Richtung Aufzug.

Glaubt sie, dass sie mich abhängen kann?

Mit zwei Schritten hole ich sie ein, als sie in den Aufzug einsteigt, und lege meinen Arm um ihren und halte sie fest an mich gedrückt.

„Hast du dir gemerkt, in welches Stockwerk wir müssen?", frage ich. Da wir bereits im Erdgeschoss waren, muss sie sich keine Sorgen machen, einen Aufzug zu erwischen, der nach unten fährt.

Karina schüttelt den Kopf: „Nein."

Ich stoße einen schweren Seufzer aus, doch

bevor sich die Doppeltüren schließen, steigt ein Polizist mit uns in den Aufzug und drückt den Knopf mit der Nummer sieben auf der Aufzugtafel.

Die Türen schließen sich.

„Können Sie uns sagen, in welchem Stockwerk wir das Büro des Bezirksbeamten finden? Meine Verlobte und ich werden heiraten", sage ich.

„Sie müssen in das Zimmer 120." Der Beamte lächelt uns beide an. „Und ihr müsst wieder nach untenfahren." Großzügig drückt er für uns den Knopf für den ersten Stock.

Der Aufzug klingelt. Auf dem Weg aus dem Aufzug wünscht er uns „Glück".

„Danke", sage ich und schaue meine Verlobte an.

Sie schenkt dem Polizisten ein falsches Lächeln. Er scheint ihren verzweifelten Blick nicht zu erkennen, aber ich sehe ihn und stoße Karina mit dem Ellbogen an.

„Danke", krächzt sie.

Zwei weitere Herren fahren mit dem Aufzug in den zwölften Stock, bevor wir zu unserem Ausgangspunkt zurückkehren.

Es bereitet mir Sorgen, dass sie etwas sagt oder ihnen zu verstehen gibt, dass sie in Not ist.

Meine Lippen kitzeln ihr Ohr und verweilen auf ihrer Haut. Ich vergewissere mich, dass sie nicht die

Einzige ist, die mein Flüstern hören kann. „In unserer Hochzeitsnacht werde ich jeden Zentimeter von dir einfordern, *Micetta*.“

Ihr Atem stockt und ich schlinge meine Arme um sie, ziehe sie an mich und drücke meine Lippen auf ihre.

Sie schmeckt noch genau so, wie ich sie in Erinnerung hatte, süß, wie Pfirsiche und Sahne. Karina riecht sogar genauso gut und es kostet mich alles, was in meiner Macht steht, um nicht ihren Hals zu lecken und sie im Aufzug auszuziehen.

Ich drücke sie mit dem Rücken gegen die Fahrstuhlwand, mein Knie ist zwischen ihren Schenkeln, während ich sie an mich drücke.

Karinas Arme legen sich um meinen Hals und halten mich fest. Sie stößt mich nicht weg.

Ihre Lippen sind warm und ich höre meine *Micetta* schnurren, genau wie an dem Abend im Büro, als ich sie über den Schreibtisch beugte.

Der Aufzug bimmelt. Die Türen öffnen sich, die beiden Herren steigen aus und fahren in den zwölften Stock. Als wir hinunterfahren, löse ich meinen festen Griff und trete einen Schritt zurück.

Eine leichte Röte überzieht Karinas Wangen. Sie schiebt sich eine Haarsträhne hinters Ohr, während sie meinem strengen Blick ausweicht.

Sie hat sich gut geschlagen, besser, als ich erwartet habe. Aber ich werde nichts sagen, noch nicht. Im Aufzug gibt es Kameras als Sicherheitsmaßnahme. Wer weiß, ob sie auch mithören.

Wir erreichen den ersten Stock, und ich richte meine Krawatte.

Ich schwitze im Aufzug - Schweißperlen stehen auf meiner Stirn. Mein Magen ist wie verknotet aber ich bin mir nicht sicher, ob es daran liegt, dass ich Karina zwinge, mich zu heiraten, oder das ich sie zu meiner Frau machen will.

Sie hat nicht annähernd so viel dagegen, wie ich dachte.

Karina hat noch nicht versucht zu fliehen. Klar, sie ist zu dem Aufzug gerannt, aber das zählt wohl kaum. Ich erwartete eher eine Verfolgungsjagd, ein Katz- und Maus-Spiel, aber sie gehorcht mir aufs Wort.

Ich weiß nicht, warum.

Wir gehen zum Standesamt, füllen die erforderlichen Papiere aus, zeigen unsere Ausweise und bekommen die Heiratsurkunde ausgehändigt.

Als wir nach draußen gehen, kühlt mich die Herbstluft ab.

Karinas Wangen sind wieder leicht errötet, aber nicht mehr ganz so rosig wie vorhin im Aufzug.

Giovan und Francesco warten draußen auf uns.

„Das hat ja lange genug gedauert", murmelt Francesco. Er war schon immer ein kleiner Miesepeter.

Ich lege meinen Arm um Karinas Schultern. Nur für den Fall, dass sie beschließt zu fliehen, bevor wir am Auto sind. „Wir hatten einen kleinen Umweg auf der Suche nach dem Büro des Bezirksbeamten", sage ich.

Mein jüngerer Bruder Giovan zieht neugierig eine Augenbraue hoch. Er sagt nichts, aber ich bin mir sicher, dass ihm ein Dutzend verschiedener Gedanken durch den Kopf schießen.

„Zum Gelände?", fragt Francesco, als er uns zum Fahrzeug zurückbegleitet.

„Noch nicht. Ich würde gerne noch bei Karina vorbeischauen und sie ein paar Sachen packen lassen, die sie mitnehmen möchte."

„Ist das eine kluge Idee?", fragt Giovan. Er mustert Karina von oben bis unten. „Sie könnte eine Waffe einpacken."

Ich werfe ihr einen Blick zu, als wir den Bürgersteig entlang in Richtung Parkhaus gehen. „Muss ich mir Sorgen machen, dass du eine Waffe mitbringst?" Ich habe vor, sie in ihre Wohnung zu begleiten, während sie packt.

Ihre Augen weiten sich und sie scheint ein wenig nervös zu sein. „Ich habe keine Waffen. Außerdem bin ich mir ziemlich sicher, dass ihr das schon geregelt habt", sagt sie.

Ich versuche, nicht über ihre Bemerkung zu lächeln.

Francesco fährt uns zu der Adresse ihrer Wohnung. Sie liegt in der Southside, einer etwas raueren Gegend als das Gelände.

Wir haben ein Haus in Chicago, in dem wir auch geschäftlich tätig sind, aber das Gelände befindet sich in einem florierenden, gehobenen Viertel im Norden der Stadt. Uns gehört der ganze Block.

Francesco parkt das Auto, ich steige mit Karina aus und begleite sie zum Vordereingang des Wohnblocks.

Sie bleibt mit den Schlüsseln in der Hand stehen.

Karina dreht sich um und sieht mich an. „Wenn ich dich mit nach oben nehme, erschreckst du meine Mitbewohnerin."

Sie lebt also nicht allein.

„Ist es ein männlicher Mitbewohner? Ein Freund?" Ich habe mir nicht die Mühe gemacht, sie zu fragen, ob sie sich mit jemandem trifft oder in einer Beziehung ist. Als ich ihr vorschlug sie zu heiraten, nahm ich einfach an, dass sie Single ist.

„Nein, nur ein Freund." Sie kaut auf ihrer Unterlippe.

Es gibt etwas, das sie mir nicht sagt. „Ich warte vor der Wohnungstür", sage ich, „aber du nimmst mich mit ins Haus."

Sie stößt einen Seufzer aus und nickt kurz.

Karina scheint meinen Vorschlag anzunehmen.

Sie schließt die Tür auf und ich folge ihr ins Foyer und die Treppe hinauf. „Benutzt du nicht den Aufzug?"

„Er ist defekt", sagt sie.

Ich gehe ein paar Schritte hinter ihr aber halte mit ihr Schritt, während wir acht Stockwerke hochsteigen.

Karina ist in Form. Mir waren zwar ihre üppigen Kurven aufgefallen, aber ich habe nicht gewusst, wie sie ihr Training absolviert.

Sie bleibt vor der Wohnungstür stehen, den Schlüssel in der Hand. „Bleibst du hier?"

„Ja, unter einer Bedingung."

„Und die wäre?", fragt sie.

„Ich muss dich und deine Tasche durchsuchen,

um sicherzugehen, dass du keine Waffe mit auf das Gelände bringst.

Sie scheint, meinen Vorschlag zu akzeptieren.

„Na gut. Aber komm nicht rein. Du würdest meinen Freund erschrecken."

Sie schließt die Wohnungstür auf.

„Fünf Minuten", warne ich sie. „Oder ich schlage die Tür ein." Sie schlüpft hinein und knallt die Tür zu, bevor ich ein weiteres Wort sagen kann.

Muss ich mir Sorgen machen, dass sie sich über die Feuerleiter hinausschleichen wird?

8

KARINA

„WAS MACHST du schon so früh zu Hause? Ich habe für einen Wellness-Tag bezahlt. Du solltest dich jetzt verwöhnen lassen."

Ich knalle die Tür zu und schließe sie ab.

Nicht, dass der Riegel etwas nützen würde, wenn Aurielo die Tür aufbricht. Ich gebe Ivy mit zwei Fingern ein Zeichen, mir zu folgen, während ich in mein Schlafzimmer eile.

Ich gehe zu meinem Kleiderschrank und nehme die erstbeste Tasche, die ich finden kann, um meine Kleidung hineinzustopfen. Sie ist ziemlich groß und hat Räder und einen Griff, damit man sie leichter transportieren kann.

„Ich stecke in der Klemme", sage ich und halte meine Hand hoch, um Ivy zum Schweigen zu bringen. „Ich bin in etwas hineingestolpert, das ich hätte nicht sehen sollen, und die Mafia ist hinter mir her.

„Was?" Ivy quiekt.

Ich lege meine Hand auf meine Lippen. „Sei still!", schnauze ich sie an.

„Aurielo steht vor der Wohnungstür, und seine Männer warten unten auf mich. Wenn ich nicht mit ihnen gehe, wird alles nur noch schlimmer." Ich reiße meine Kommodenschubladen auf und fange an, so viele Klamotten wie möglich in den Koffer zu stopfen.

Ich muss Ashton beschützen.

„Bist du wahnsinnig?", fragt Ivy. „Willst du wirklich mit der Mafia gehen?"

Was ich will, spielt keine Rolle.

„Sie werden mich umbringen, Ivy. Du musst auf Ashton aufpassen, bis ich herausgefunden habe, wie ich diesen Schlamassel in Ordnung bringen kann."

Ivys Stirn ist gerunzelt, und sie hält meine Hände fest und legt ihre auf meine. „Wir drei können fliehen."

„Diese Männer sind kaltblütige Killer." Ich greife nach dem Reißverschluss und kämpfe damit, den Koffer zu schließen, aber er bewegt sich nur ein paar Zentimeter.

Ivy klettert auf meinen Koffer und drückt ihn zu, während ich den Reißverschluss ganz zuziehe. „Das ist ein weiterer Grund, nicht mit ihnen zu gehen", sagt sie.

Ich kann nicht riskieren, dass Aurielo herausfindet, dass Ashton sein Sohn ist. „Ich brauche dich, um auf Ashton aufzupassen. Du musst ich sein", sage ich.

„Nein!" Ivy schüttelt unnachgiebig den Kopf. „Ich kann nicht du sein. Das ist Wahnsinn. Was wir als Kinder gemacht haben, wird nicht mehr funktionieren. Ich kann nicht zu deinem Job gehen. Ich weiß nichts darüber, was man als eine Kinderkrankenschwester in der Onkologie macht."

Ich atme einen schweren Seufzer aus. Ich hasse es, dass sie recht hat.

„Okay, dann kümmere dich einfach um Ashton. Lass ihn wissen, dass Mami ihn liebt."

Ein festes Klopfen ertönt an der Wohnungstür.

„Das ist er." Ich schleppe den Koffer aus meinem Schlafzimmer.

Im Wohnzimmer stehen Spielsachen, am Kühlschrank hängen Bilder, die Ashton gemalt hat. Beweise dafür das ich einenSohn habe. Zum Glück ist Ashton in der Schule. Ich bin mir nicht sicher, ob ich den Mut hätte, herauszugehen, wenn er zu Hause gewesen wäre.

„Ich komme!", rufe ich durch den Raum und hoffe, dass Aurielo mich durch die Tür hören kann.

„Wie kann ich dich erreichen?", fragt Ivy.

„Aurielo hat mein Telefon. Ich melde mich bei dir auf deiner Arbeit", sage ich.

Ivy scheint davon nicht überzeugt zu sein.

Sie umarmt mich und drückt mich so fest, wie ich es noch nie erlebt habe. „Ich liebe dich. Es tut mir leid."

Bevor ich fragen kann, warum es ihr leid tut, schubst sie mich hart und wirft mich zu Boden. Sie schnappt sich meinen Koffer und schlüpft aus der Tür, um meinen Platz einzunehmen.

9

AURIELO

„ICH BIN BEREIT", sagt Karina und schleppt einen riesigen Silber-schwarzen Koffer.

„Ich muss dich durchsuchen", sage ich und erinnere sie an unsere Vereinbarung.

Karina macht sich über meinen Vorschlag lustig. „Den Teufel musst du."

Sie schiebt mir den Koffer zu, damit ich ihn acht Stockwerke hinunter trage. Ich hatte zwar vor, ihren Koffer zu nehmen, aber ich habe nicht mit diesem Verhalten gerechnet.

„Hast du dich umgezogen?", frage ich und bemerke, dass sie ein knallrotes Kleid trägt.

Ich kann mich nicht mehr erinnern, was sie anhatte, aber es war nicht dieses sexy Kleidchen. Im Hotel hatte sie etwas viel Praktischeres an.

„Du bist aufmerksam", sagt sie.

Ich zucke mit denSchultern, drehe sie herum und stoße sie gegen die Wand.

„Au", murmelt sie. „Lass mich los, du Unhold!"

Ich spreize ihre Beine und halte sie zwischen mir und der Wand fest.

„Das ist nicht Teil der Abmachung", sage ich ihr ins Ohr. „Du hast mir versichert, dass ich dich gründlich durchsuchen kann, wenn ich nicht mit in die Wohnung komme, und genau das werde ich auch tun", sage ich.

Ich muss zwar nicht mit meinen Fingern an ihren nackten Beinen entlangfahren, aber ich nutze die Gelegenheit, um jeden Zentimeter von ihr gründlich abzutasten.

„Mich wonach durchsuchen? Ich habe doch kaum etwas an", erwidert sie.

Ist das etwa der Grund, warum sie sich umgezogen hat? Warum sonst ist sie in ein aufreizendes und freizügiges Kleid geschlüpft, wenn sie nicht versuchen würde, etwas vor mir zu verbergen?

Meine Finger wandern ihre Oberschenkel hinauf und schieben den Saum ihres Rocks höher, um sicherzugehen, dass sie kein Messer oder eine andere Waffe unter ihrer Kleidung versteckt hat.

„Lass mich los, du Perversling!" Sie schlägt meine Hand weg.

Ich drehe sie herum, ihr Rücken ist immer noch an die Wand gepresst.

Im Aufzug war sie nicht so, sie drückte sich an meinen Körper und wehrte sich nicht gegen mich. Sie hatte mich bereitwillig geküsst.

Was hat sich geändert?

War das alles nur gespielt, weil andere sie beobachtet haben und sie Angst hatte?

„Falls du es vergessen hast, ich rette dein Leben", erinnere ich sie.

„Ja, klar", schnaubt sie. „Mich zu entführen und aus meinem Haus zu zerren, rettet nicht mein Leben. Du ruinierst es, du Mafiamonster."

Ich starre in ihre blauen Augen. Da sind smaragdfarbene Flecken, die ich vorher nicht gesehen habe.

Etwas stimmt nicht, aber ich kann es nicht genau benennen.

Ich vertraue ihr nicht.

„Wir gehen jetzt rein und ich mache eine Leibesvisitation." Ich kann sie nicht mit einer Waffe auf das Gelände bringen und damit Don Rinaldis Leben riskieren.

Dann werden wir beide sterben.

„Nimm deine dreckigen Pfoten weg!"

Ich reiße ihr die Schlüssel aus der Hand und drücke sie an mich, während ich die Wohnungstür aufschließe. Ich vertraue nicht darauf, dass sie nicht weglaufen wird.

Gerade als ich die Wohnungstür aufschließe, dreht sich der Griff, bevor ich sie öffnen kann.

Die Wohnungstür wird aufgestoßen und diese tief blauen Augen starren mich an.

Sind sie Zwillinge?

Karina trägt einen langen elfenbeinfarbenen Pullover und Leggings. Auf ihrem Pullover ist ein Blutfleck, den ich vorher nicht bemerkt hatte.

Zum Glück hat der Beamte im Gerichtsgebäude ihn nicht gesehen.

„Karina?", sage ich.

Ich schaue verwirrt von Karina zu dem Mädchen, das zwischen uns steht.

Die beiden hätten mich ganz schön verarschen können.

Sie haben es auf jeden Fall versucht.

Karina tritt auf den Flur hinaus, um ihre Schwester herum. „Bitte lass meine Schwester aus dem Spiel. Sie hat nur versucht, mir zu helfen."

Ich packe Karina am Arm und lasse ihre Schwester an der Tür stehen. Ich muss mich nicht um sie kümmern, ich kann es nicht gebrauchen, dass zwei von ihnen mir Ärger bereiten.

„Sag auf Wiedersehen." Ich schleppe Karinas Koffer in einer Hand zum Treppenhaus. „Francesco und Giovan warten auf uns."

Hinter mir tauschen die Mädchen eine kurze Umarmung aus.

Ich höre nicht auf die wenigen Worte, die gewechselt werden. Es steht mir nicht zu, sie zu belauschen, aber ich achte darauf, dass sie nicht die Kleidung tauschen oder andere alberne Taktiken versuchen, um mir ein Bein zu stellen.

Einen Moment später begleitet mich Karina die Treppe hinunter.

„Bist du sauer?", fragt Karina. Sie läuft neben mir und hält mit meinem Tempo mit.

„Du hast mich wie einen Idioten aussehen lassen. Das wird ein Nachspiel haben", warne ich. Sie kann nicht erwarten, dass sie mich demütigt und nicht mit den Konsequenzen leben muss.

Ich lege ihr die Hand auf den Rücken und spüre, wie sie erschaudert.

10

KARINA

SEINE BERÜHRUNG IST wie ein Blitz auf meiner Haut. Aurielos Hand auf meinem Rücken sendet ein warmes Kribbeln durch meinen Körper.

Seit ihm habe ich mit keinem anderen Mann mehr geschlafen.

Mein Sohn hat mich auf Trab gehalten, und der Gedanke, mit jemandem auszugehen, ist mir bis jetzt noch nicht gekommen.

Wenn ich Aurielo heiraten muss, werde ich wahrscheinlich nie wieder ein Date haben.

„Was hast du eingepackt, Ziegelsteine?", murmelt er, als wir die letzten Stufen zum Hauptgeschoss erreichen.

„Ich benötige etwas, um mich zu verteidigen", witzle ich.

Seine Augen verdichten sich und er bleibt stehen, als wir den Treppenabsatz erreichen. Mit einem lauten Knall lässt er den Koffer auf den Boden fallen. Aurielo bückt sich und öffnet den Reißverschluss meines Koffers.

„Ernsthaft?" Ich kann nicht glauben, dass er jetzt mein Gepäck durchsucht, nachdem er es acht Stockwerke hinuntergetragen hat.

Er wühlt sich durch einen Haufen T-Shirts, Jeans, Pyjamas, nichts, was ihn interessiert. Er nimmt meinen schwarz-lila durchsichtigen Spitzen-BH in die Hand und begutachtet ihn mit einem süffisanten Grinsen. „Hast du den für mich eingepackt?"

Ich stoße ihm in die Schulter. „Leg meine Sachen zurück."

Zufrieden damit, dass ich keine Waffen in sein Haus schmuggle, schließt Aurielo meinen Koffer und macht den Reißverschluss wieder zu, bevor er ihn am Griff packt und nach draußen rollt.

„Das wurde auch Zeit", murmelt Francesco, als wir uns dem Fahrzeug nähern. Er schließt den Kofferraum auf und Aurielo schiebt meinen Koffer in den Kofferraum, bevor er die Hintertür öffnet und ich mich ins Auto setzen kann.

Wortlos klettere ich auf den Rücksitz, und Aurielo rutscht neben mich.

„Der Aufzug ist ausgefallen, also mussten wir die Treppe in den achten Stock nehmen", erzählt Aurielo.

Ich atme leise aus und bin überrascht und erleichtert, dass er nichts weiter verrät, was mit meiner Schwester Ivy passiert ist.

Die Männer unterhalten sich miteinander, während ich aus dem Fenster schaue und die Stadt an uns vorbeizieht. „Wohin fahren wir?", frage ich. Meine Stimme ist leise und zaghaft.

„Nach Hause", sagt Aurielo.

Rechts von Aurielos Fenster liegt das Seeufer.

Wir fahren nach Norden, nicht, dass ich damit rechne, eine Gelegenheit zur Flucht zu haben. Außerdem, wohin sollte ich gehen? Ich wäre immer auf der Flucht, und müsste mir ständig Sorgen machen von ihm gefunden zu werden.

Ich möchte dieses Leben nicht für meinen Sohn.

Er hat etwas Besseres verdient.

Francesco fährt noch ein paar Kilometer weiter, bevor er an einer Einfahrt hält. Der schmiedeeiserne Zaun mit scharfen Metallspitzen ragt empor und lässt niemanden hinein- oder hinausklettern.

In der Einfahrt gibt es ein Schlüsselbrett und

eine Überwachungskamera, die uns beim Betreten des Geländes beobachtet.

Der weitläufige Hof ist mit üppigem grünen Gras bedeckt. In der Ferne entlang des Zauns stehen Bäume, die die Illusion von Privatsphäre vermitteln.

Der Fahrer stellt den Motor ab, Giovan steigt aus und öffnet die Hintertür für Aurielo. Er steigt zuerst aus und bietet mir seine Hand an, damit ich aussteigen kann.

Ich zögere eine kurze Sekunde lang. „Ich kann allein aussteigen", sage ich schärfer, als ich beabsichtige.

Er muss nicht so tun, als würden wir uns etwas bedeuten.

Aurielo lässt meine Hand los und lässt mich aus dem Auto steigen, während er den Kofferraum öffnet und mein Gepäck herausholt.

„Willst du deinen Koffer auch reintragen?", schießt er zurück.

Er hat den riesigen Koffer bereits abgestellt, die Räder auf dem Boden, den Griff ausgefahren, aber er hat den Griff nicht losgelassen.

„Ich kann meine Sachen drinnen tragen", sage ich.

Er atmet einen schweren Seufzer aus, übergibt mir aber nicht mein Gepäck, sondern schleppt es über die kopfsteingepflasterte Einfahrt und die Treppe zum Haus hinauf.

„Das ist dein Zuhause?" Ich werfe einen Blick auf Aurielo.

Mir dreht sich der Magen um, wenn ich an die weit geöffnete Haustür denke, an die Musik, die Ivy und mich ins Haus gelockt hat.

Ich zögere auf der untersten Stufe der Eingangstür.

„Ja, ich wohne hier, und du auch. Komm schon", sagt Aurielo.

Giovan hat bereits die Haustür aufgeschlossen und Aurielo schleppt meinen Koffer die Treppe hinauf.

Francesco klettert zurück auf den Fahrersitz und schlägt die Autotür zu. Fährt er das Auto weg oder zurück zum Tatort von vorhin?

Aurielo wirft mir einen Blick über seine Schulter zu.

Er wartet darauf, dass ich ihm folge.

Ich will Aurielo nicht folgen, aber ich muss alles in meiner Macht Stehende tun, um Ashton zu schützen.

„Schönes Haus", flüstere ich. Meine Absätze klacken über den Marmorboden. Das Geräusch hallt durch das Foyer und den langen Flur hinunter.

„Komm mit mir", sagt Aurielo. Er schleppt meinen Koffer die Wendeltreppe hinauf.

Das Haus scheint sich von der unteren Halle aus ewig zu erstrecken.

Auf halber Höhe der Treppe hält er inne. „Karina, kommst du?"

Schwer atmend folge ich ihm. Alles kommt mir nach der kurzen Begegnung vor Jahren bekannt vor, und doch ist es eine verblasste Erinnerung. Ich kannte mich in dem Haus nicht aus. Ich hatte mich verlaufen, als ich versuchte, dem brutalen Kerl zu entkommen, der hinter mir her war.

Aurielo führt mich die Wendeltreppe hinauf. Das hölzerne Geländer windet sich, während wir in den zweiten Stock hinaufsteigen. Es gibt noch eine weitere Treppe, die sich noch höher windet, aber Aurielo geht den langen Flur hinunter.

Es gibt Dutzende Zimmer. Ich bin mir nicht sicher, wie ich mein Zimmer von den anderen daneben unterscheiden und wiederfinden soll. Er dreht den Griff und stößt die Tür auf.

Durch die Vorhänge fällt Licht ins Zimmer.

Aurielo schleppt meinen Koffer ins Zimmer und stellt ihn neben der Kommode an dem Doppelfenstern ab. Er zieht die Vorhänge zurück, sodass mehr Licht in das Schlafzimmer fällt.

„Bis wir verheiratet sind, hast du dein eigenes Schlafzimmer. Hier wirst du schlafen."

Ich bin mir nicht sicher, ob er ein Dankeschön erwartet, dass ich ein eigenes Zimmer habe, aber ich antworte nicht. Was sollte ich auch sagen?

„Die Schubladen und der Schrank sollten leer sein." Er reißt die oberste Holzschublade der Kommode auf; die Schiene klemmt, aber es geht.

Die Schublade ist innen leer.

Aurielo schiebt die Schranktüren auf. Auf dem obersten Schrankbrettern sind ein paar Sachen verstaut. „Ich lasse alles herausnehmen", sagt er, bevor er die Schranktüren wieder schließt.

Mit einem zaghaften Schritt nähere ich mich der Fensterbank und blinzle in das helle Sonnenlicht. Unten füllt ein riesiger Garten den Innenhof aus.

Ich kann mein Zimmer nicht verlassen, um mich nach draußen zu schleichen.

„Das Badezimmer", sagt Aurielo, während er die Badezimmertür aufreißt und das Licht anknipst. „Du solltest alle Annehmlichkeiten vorfinden, die du brauchst. Wenn du noch etwas benötigst, kannst du Francesco eine Liste geben, damit er die Sachen besorgen kann."

„Ich kann alles, was ich brauche, nach der Arbeit

holen", sage ich. Das bin ich gewohnt, oder ich hole es an meinem freien Tag.

„Arbeiten?" Aurielo schüttelt den Kopf. „Meine Frau muss nicht arbeiten und du verlässt das Gelände nicht ohne einen Bodyguard."

Ich drehe mich auf den Fersen und wende mich ihm zu. „Wie bitte? Nur weil ich zustimme, dich zu heiraten, heißt das nicht, dass du mein Leben zerstören kannst. Ich habe einen Job, der nicht nur für mich wichtig ist, sondern auch für die Menschen, denen ich helfe."

Seine Augen verengen sich, und sein Kiefer wird steif.

„Ist das so, *Micetta*?"

Er hat mich nicht einmal gefragt, was ich beruflich mache oder wo ich arbeite. Ich bezweifle, dass er sich auch nur einen Deut um mich schert.

„Du kannst mich hier nicht wie eine Gefangene einsperren." Ich verschränke meine Arme vor der Brust und schaue ihn von oben bis unten an. „Ich bin sicher, dass du täglich weggehst. Ich habe auch einen Job."

Er presst seine Lippen fest aufeinander. Seine Stirn ist gerunzelt. „Sag mir, was du tust, das so wichtig ist, dass du nicht hier leben und hinter unseren Mauern in Sicherheit sein willst?"

Sicher?

Wovon redet er?

„Ich bin Kinderkrankenschwester in der Onkologie in einem Kinderkrankenhaus in der Innenstadt", sage ich. „Die Kinder sind auf mich angewiesen, genauso wie die anderen Mitarbeiter der Station."

Was hat er denn gedacht, dass ich zu Hause bleibe und eine Babyfabrik für ihn werde? Er ist verrückt, wenn er glaubt, dass er mich in diesem Haus einsperren kann.

Eine ungewöhnliche Stille erfüllt das Schlafzimmer.

Aurielos Kiefer ist angespannt, aber sein Blick hat meinen nicht verlassen. „Francesco kann dich zur Arbeit begleiten."

„Den Teufel kann er", schimpfe ich. „Ich bin eine erwachsene Frau, falls du das vergessen hast. Ich brauche keinen Bodyguard, der auf mich aufpasst."

Er zuckt kurz zusammen, bevor er näher kommt und in meinen persönlichen Bereich eindringt. „Du wirst Francesco jeden verdammten Tag zur Arbeit mitnehmen."

Meine Hände fallen an die Seite. „Er kann in der Krankenhauslobby warten", sage ich. „Mein

Vorgesetzter wird ihn niemals auf die Kinderstation lassen."

„Gut, aber er wird dich täglich zur und von der Arbeit begleiten. Wenn du beschließt, außerhalb des Gebäudes zu Mittag zu essen, wird er dich begleiten." Aurielo erhebt sich über mich. Die Hitze seiner Worte lässt meine Wangen brennen.

„Warum denkst du, dass ich einen Bodyguard brauche?", frage ich. Ich kann mir nicht vorstellen, dass er sich Sorgen um mein Wohlergehen macht. „Vertraust du nicht darauf, dass ich nicht vor dir weglaufe?"

Er spottet vor sich hin. „Deine Schwester hat schon versucht, deinen Platz einzunehmen. Vertrauen ist ein wichtiger Teil einer Beziehung, und um es ganz offen zu sagen: Nein, *Micetta*, ich vertraue dir nicht."

11

AURIELO

„VERTRAUEN?" Karina wirft ihren Kopf zurück und lacht. „Wir sind nicht wirklich in einer Beziehung. Du zwingst mich, dich zu heiraten."

„Entweder das oder ich bringe dich um", erinnere ich. „Ich widersetze mich dem Don nicht."

„Aber vielleicht solltest du das", schnauzt sie. „Versuch einmal, selbst zu denken, anstatt das zu tun, was dir andere sagen."

Sie bringt mein Blut zum Kochen. Mein Herz klopft gegen meine Brust. Der Schlag ist hart und rau.

Ich starre auf sie herab, sie ist zum Greifen nah und ihr Duft ist berauschend.

Ich will sie wie in jener Nacht, als ich sie über

den Schreibtisch gebeugt hatte. In ihrem Blick brennt ein Feuer, und mein Körper reagiert darauf.

Ich greife nach ihrem Nacken, ziehe sie näher heran, meine Finger verheddern sich in ihren Haaren und ich führe ihre Lippen zu meinen.

Aber ich küsse sie nicht.

Ich will ihr die Kleider vom Leib reißen, sie auf das Bett werfen und jeden Zentimeter ihrer Haut lecken, bevor ich sie zum Höhepunkt kommen lasse.

Beim Einatmen holt sie scharf Luft.

Karina hält ihren Atem an.

Hat sie vergessen, wie man atmet?

„Du gehörst mir, *Micetta*. Du wirst tun, was ich dir befehle, und du wirst lernen, auf deine Zunge und deinen Ton zu achten."

„Oder was?"

Sie fordert mich heraus.

Nur weil wir heiraten werden, heißt das nicht, dass ich sie haben kann.

Auch, wenn ich sie will.

Und ich will sie —mehr als alles andere auf der Welt.

„Oder ich bin gezwungen, dich zu bestrafen."

Sie zieht eine Augenbraue hoch. „Was könnte das bedeuten?" Der Atem stockt in ihrem Hals.

Will sie mir einen Herzinfarkt verpassen?

Bei ihrem Tonfall und ihrer Frage regt sich mein Schwanz in meiner Hose.

Es sollte eigentlich keine verführerische Drohung sein, aber verdammt, sie hat eine Art, den Spieß umzudrehen. „Du wirst gezwungen sein, Tag für Tag allein in diesem Zimmer zu verbringen. Eine Wache wird vor deiner Zimmertür stehen, wenn du nicht tust, was man dir sagt."

Ihr Lächeln verschwindet. „Ich muss noch arbeiten."

„Francesco wird dich zur Arbeit begleiten, aber wenn du dich nicht benehmen kannst, werden wir weder den Garten erkunden, noch im Esszimmer zu Abend essen oder in der Bibliothek lesen. An den Wochenenden könnten wir beide zusammen ausgehen, wenn Francesco mir berichtet, dass du ihm keinen Kummer bereitest."

„Du bist ein echter Spaßvogel. Weißt du das?"

Ich versuche nicht, ihr die Freiheit zu stehlen. Ich will sie nur beschützen, da sie nicht versteht, was außerhalb des Geländes auf uns zukommt.

„Das hat man mir gesagt", sage ich achselzuckend. Ich muss mich ihr gegenüber nicht rechtfertigen. Ich trete einen Schritt zurück, atme scharf aus und gehe auf die Tür zu. „Willst du eine

Führung durch das Haus oder nicht?" Ich werfe ihr einen Blick über meine Schulter zu.

Es ist anstrengend, mit ihr zusammen zu sein. Ist es das, worauf ich mich bei ihr freuen kann?

Karina folgt mir schnell aus dem Schlafzimmer. Sie ist mir praktisch auf den Fersen, als ich sie nach unten begleite. Ich führe sie kurz herum und zeige ihr die Räume, die sie kennen muss, wie die Küche und das Esszimmer.

„Was ist mit dem Garten?", fragt sie, als wir am Büro vorbeigehen.

Ich führe sie in die entgegengesetzte Richtung und um das Gebäude herum zu den Doppeltüren, die in den Garten führen.

„Ich hätte euch nie für den Gartentyp gehalten", sagt Karina.

„Was glaubst du, woher wir die Gifte beziehen?"

Sie lächelt oder lacht nicht. Karina ist sich wahrscheinlich nicht sicher, ob ich mit ihr scherze oder nicht.

Ich schenke ihr ein Grinsen. „Keine Sorge, das meiste ist ungefährlich, und alles im Gemüsegarten ist essbar."

Ich öffne die Glastüren und lasse sie in den Garten hinaus. „Es steht dir frei, ihn zu besuchen, wann immer du willst", sage ich. „Aber wenn du das

Gelände verlassen und über diese vier Wände hinausgehen willst, musst du Francesco, mich oder einen anderen Wächter immer bei dir haben."

„Warum?" Karina schlüpft aus ihren Schuhen und tritt barfuß auf das saftige, grüne Gras.

„Wir haben eine Menge Feinde", sage ich. Das ist die einzige Erklärung, die sie bekommt. „Gefällt es dir hier draußen?" Ich versuche, das Gespräch wieder auf sie zu lenken.

Sie schlendert weiter in den Garten, durch die Öffnung des kleinen Zauns, über die Trittsteine. Drinnen gibt es eine Holzschaukel, sie setzt sich auf dieSchaukel, drückt ihre Füße gegen das Gras und lässt die Schaukel durch die Luft gleiten.

Ich brauche nicht zu fragen, ob es ihr gefällt. Ein schwaches Lächeln erhellt ihr Gesicht.

„Kommst du oft hier raus?", fragt Karina.

Ich habe noch nie jemanden gekannt, der so neugierig und keine Ratte in unserem Geschäft ist. Sie kommt mir nicht wie ein Verräter vor, aber ich kenne sie auch noch nicht sehr lange.

Eines Tages.

„So gut wie nie", gestehe ich. „Es ist zu ruhig."

„Du kommst mir nicht wie der meditative Typ vor."

Damit hat sie nicht Unrecht.

„Komm, setz dich zu mir", sagt sie. „Die Aussicht von hier ist wunderschön. Vielleicht gefällt sie dir."

Hinter dem Gebüsch gibt es einen Wasserfall. Ich höre das Rauschen des Wassers, aber vom Weg aus kann ich außer ihr nicht viel sehen.

„Bitte", sagt sie mit der süßesten Stimme, die mein Herz zum Schmelzen bringt.

„Gut."

Ich stapfe durch das Gras und überquere die Steine.

Karina bremst die Schaukel ab und ich lasse mich neben sie plumpsen, wobei die Schaukel für eine kurze Sekunde wackelt. Sie bringt die Schaukel wieder in Schwung, und ich lehne mich mit dem Rücken an die Holzlatten der Bank, was ich als leicht entspannend empfinde.

Nicht, dass ich es ihr gegenüber zugeben würde.

„Schön, nicht wahr?", sagt sie und starrt auf den Meerjungfrauenbrunnen.

Ich habe keine Ahnung, wer die Dekoration ausgesucht oder den Garten entworfen hat. Es ist selten, dass jemand den Innenhof benutzt, außer um eine Dame zu umwerben.

„Das ist schon was", murmle ich vor mich hin.

„Du bist mürrisch", meint sie und wirft mir einen abschätzigen Blick zu.

Ich zucke nur mit den Schultern.

Was soll's, wenn ich das bin?

Karina stößt einen lauten Seufzer aus. „Wenn wir heiraten wollen, sollte ich etwas über dich wissen."

Sie hat damit nicht Unrecht. Aber ich öffne mich nicht für jeden. Ob Ehefrau oder nicht, niemand hat gesagt, dass die Vereinbarung bedeutet, dass wir miteinander schlafen müssen.

Nicht, dass wir das nicht schon vorher getan hätten.

„Was machst du beruflich?", fragt sie. „Ich meine, abgesehen davon, Menschen zu töten." Ein nervöses Lachen entweicht ihren Lippen.

Ich bin zwar kein Auftragskiller, aber ich habe schon mehr als genug Männer getötet. Meistens haben diese Männer Informationen für uns, weigern sich aber zu sprechen. „Ich bin ein Verhörspezialist für die Familie Rinaldi", sage ich.

Sie presst ihre Lippen zusammen. „Verhörspezialist? Das hast du also mit dem Typen im Hotelzimmer gemacht?"

Ich räuspere mich. Karina stellt eine Menge Fragen, mehr, als mir lieb ist.

Ich weiß zwar schon, dass sie als Krankenschwester arbeitet, aber ich weiß nicht, was sie zu diesem Beruf gebracht hat. Sie könnte mich aber das Gleiche fragen. Vielleicht wäre es am besten, wenn wir unsere aktuellen Berufe nicht erwähnen würden.

„Du hast eine Zwillingsschwester."

„Das ist keine Frage", stellt sie fest. Die Schaukel gleitet mühelos und ich merke, dass die Bewegung mir hilft, mich zu entspannen.

„Du hast mich unterbrochen, bevor ich eine Frage stellen konnte", sage ich.

„Fahre fort." Sie deutet mit ihren Händen an, dass ich fortfahren soll.

„Wie ist es, eine Zwillingsschwester zu haben? Lebt ihr beide zusammen?" Ich hatte nicht damit gerechnet, was vorhin passierte, als wir ihre Sachen abholen wollten.

Ein schwaches Lächeln zerrt an ihren Lippenwinkeln. Sie bemerkt, dass ich sie anschaue, und ihre Wangen erröten. „Ivy und ich sehen uns vielleicht ähnlich, aber wir sind völlig gegensätzlich. Manchmal denke ich, das Einzige, was wir gemeinsam haben, ist unser Aussehen und unsere Eltern."

„Das sind zwei Dinge", stelle ich fest.

Sie lacht leise und zuckt mit den Schultern. „Ja, das ist es wohl. Und ja, sie lebt mit mir zusammen.

Sie hilft mir im Haus und verdient ihren Unterhalt, weil sie ein Partygirl ist."

„Das erklärt Nicos Verlobungsparty."

„Ach du meine Güte, du erinnerst dich daran?" Ihre Wangen werden noch röter.

Wie könnte ich mich nicht an diese Nacht erinnern?

„Ja", sage ich mit einem schiefen Grinsen. „Ich erinnere mich an jede Sekunde." Ich kann nicht anders, als sie von oben bis unten zu mustern.

Sie verdeckt ihr Gesicht mit ihrer Hand.

„Sei nicht schüchtern, *Micetta*", sage ich, greife nach ihrer Hand und lege sie auf ihren Schoß. „Ich mag es, wenn du rot wirst."

Ihre Wangen werden durch mein Geständnis noch dunkler.

„Ich habe nicht die Angewohnheit, uneingeladen auf Partys aufzutauchen", sagt Karina. Sie kaut mit ihren Zähnen auf ihrer Unterlippe, während sie spricht. „Ivy hat mich überredet, mitzukommen und das, was wir gemacht haben, passt nicht zu mir."

Die Erinnerungen an jene Nacht, in der meine Finger ihr Kleid höher schoben, schießen mir durch den Kopf. „Ich verurteile dich nicht." Ich habe jede

Minute genossen, in der sie sich unter mir gewunden hat.

Sie kämpft damit, meinen Blick zu erwidern. „Hast du Geschwister?", fragt sie und versucht, das Thema zu wechseln.

„Du hast ihn kennengelernt, Giovan", sage ich.

Ihre Augen weiten sich, als ihr klar wird, wer mein Bruder ist, denn sie hat ihn bereits kennengelernt. „Oh, ich wusste gar nicht, dass ihr verwandt seid."

„Er ist ein paar Jahre jünger, aber genauso beschützend wie ein großer Bruder." Ich schaue von Karina zum Wasserbrunnen. Das Wasser glitzert in der Sonne. Es ist beruhigend, es zu beobachten. Friedlich.

„Möchtest du deine Schwester morgen zum Gericht einladen, wenn wir heiraten?"

„Das ist keine gute Idee", sagt sie.

„Hast du Angst, dass sie mich austrickst, damit ich sie heirate?" scherze ich und werfe ihr einen Blick zu.

„Das tut mir leid", entschuldigt sich Karina. „Ich habe nicht damit gerechnet, dass Ivy mich zu Boden wirft und meinen Platz einnimmt."

Ich erschaudere bei ihrer Bemerkung, meine Hände ballen sich zu Fäusten bei der Erinnerung das ich meine Hände an ihrer Schwester hatte. „Hat sie dir wehgetan?" Ich drehe mich auf der Schaukel um und schaue Karina an.

Wie konnte ich nur denken, dass Ivy Karina ist? Ihr freches Mundwerk und ihre Frechheiten ähnelten nicht im Geringsten denen von Karina. Sicher, sie hat eine große Klappe, aber es gibt einen deutlichen Unterschied in der Art, wie sie sich unterhalten.

„Es war keine Absicht", sagt sie und verteidigt ihre Schwester. „Ivy wollte mich nur beschützen."

„Beschützen ist nicht gleichbedeutend mit verletzen", schimpfe ich. Als ich sie anschaue, sehe ich keine verräterischen Anzeichen einer Verletzung. Bevor sie es mir gesagt hat, wusste ich nicht, was zwischen den beiden vorgefallen war. „Hat sie irgendwelche blauen Flecken hinterlassen?"

Karina verzieht das Gesicht zu einem Grinsen. „Ich habe meinen Hintern noch nicht im Spiegel betrachtet, aber ich bin mir sicher, dass er in Ordnung ist. Für einen Grobian wie dich überrascht es mich, dass es dich interessiert."

„Grobian?"

Ist es das, was sie von mir denkt?

Sie greift mir an die Brust und klopft mit ihrer

Hand auf mein Sakko. „Ich habe es als Kompliment gemeint", sagt sie.

Karina hat nicht die geringste Angst vor mir.

Ich möchte sie an mich ziehen, auf meinen Schoß nehmen und meine Lippen fest auf ihre pressen.

Aber sie hat etwas Besseres verdient. Karina weiß nichts von den Gräueltaten, die ich begangen habe. Sie hat nur einen flüchtigen Blick in das Hotel geworfen. Das ganze Bild würde sie zerstören.

Ich bin ein Ungeheuer.

12

KARINA

„HAST DU VOR, mir auch ins Bad zu folgen?",
frage ich.

Francesco ist mir auf den Fersen und begleitet
mich vom Parkhaus ins Krankenhaus. „Ich tue, was
ich für meinen Job tun muss", sagt er.

„Hat Aurielo dir gesagt, dass du mir nicht auf die
Etage zu den Patienten folgen kannst. Du musst in
der Lobby warten."

Er schnaubt unzufrieden, aber als wir den Flur
betreten und uns der Lobby nähern, grunzt er.

„Wenn du vorhast zu gehen, kommst du und
holst mich. Ich bringe dich zum Mittagessen oder
nach Hause, wenn du fertig bist", sagt er.

Ich bin kurz davor, diesen Arsch zu verlassen
und zu fliehen, aber sie wissen, wo ich wohne, und

wenn Francesco oder Alessandro bei mir zu Hause auftauchen, wissen sie vielleicht nicht, dass Ivy meine Schwester ist. Ich möchte nicht, dass sie Ashton kennenlernen oder Wind davon bekommen, dass ich einen Sohn habe.

„Gut. Du wirst mein erster Anruf sein. Ach ja, ich habe ja kein Telefon."

Francesco rollt mit den Augen. „Wirst du nicht zu spät kommen?"

Versucht er, mich loszuwerden?

„Bleib einfach. Okay? Mach keinen Ärger und erzähl niemandem, dass du mich kennst." Ich brauche nicht noch mehr Probleme, die mich verfolgen.

„Verstanden." Francesco setzt sich und greift nach einer Zeitung, die auf einem Beistelltisch liegt.

Ich eile zum Aufzug und drücke den Knopf für die Kinderstation. In wenigen Minuten bin ich oben, ziehe mir Kittel und Turnschuhe an und eile hinunter zur Schwesternstation, um meinen Tag zu beginnen.

Ich stolpere über meine Füße, richte mich aber am Schreibtisch wieder auf, bevor ich mit dem Gesicht voran auf dem Boden lande.

Jocelyn, eine Krankenschwester und eine meiner besten Freundinnen, sieht mich an. Ich muss nichts sagen, damit sie weiß, dass ich durch die Hölle gehe. Unsere Freundschaft hat sich im Laufe der Jahre durch die Schwierigkeiten des Jobs gefestigt.

Es ist nie einfach, wenn ein Patient stirbt oder bei den trauernden Eltern zu sitzen, vor allem, wenn der Patient ein Kind ist.

„Du siehst aus, als wärst du gerade von deiner Wohnung hierher gerannt. Und du bist spät dran. Ist alles in Ordnung?" fragt Jocelyn.

Ich hatte schon im Krankenhaus angerufen, dass ich wegen eines Termins zu spät kommen würde. Ich habe nicht weiter ausgeführt, dass ich heiraten werde.

Jocelyns Augen weiten sich, und sie ergreift meine linke Hand und führt meinen Ringfinger an ihr Gesicht. „Du hast geheiratet und mich nicht eingeladen? Mädchen, du weißt doch, dass wir während der Schicht keinen Schmuck tragen dürfen."

„Das habe ich vergessen."

„Mich einzuladen oder den Diamanten abnehmen? Ich wette, das Ding ist schwer", sagt Jocelyn.

Sie hat nicht Unrecht. Er ist schwer, aber meistens ist es mehr das emotionale Gewicht als der eigentliche riesige Diamantring.

„Komm mit", sagt Jocelyn und gibt uns ein Zeichen, wir sollten zurückgehen, um den Ring in ein Schließfach zu geben.

„Es gibt nicht viel zu sagen."

Ich bin schlecht im Lügen, besonders gegenüber meiner besten Freundin.

Ihre grünen Augen verengen sich. Jocelyn wirft einen Blick über ihre Schulter. „Machst du dir Sorgen, dass dich jemand belauscht? Ich bin es, mit der du sprichst."

Ich habe Jocelyn noch nie angelogen. Nicht einmal, als ich mit Ashton schwanger war. Sie war die erste Person, der ich mein Geheimnis erzählte, aber nicht dieses Mal.

Wenn ich es ihr erzähle, könnte das ihr Leben in Gefahr bringen.

Es ist ja nicht so, dass ich nach Vegas gereist wäre und einen gut aussehenden Fremden geheiratet hätte.

Der Mann, den ich geheiratet habe, arbeitet für die Mafia.

Und er ist ein Vernehmungsbeamter.

.   .   .

„Ich habe einen Mann kennengelernt. Wir haben geheiratet. Es tut mir leid, dass ich dich enttäuschen muss, aber mehr gibt es da nicht zu erzählen."

Ich stürme in den Hinterraum, fummele an meinem Spind herum und stecke den Ring in meine Jeansjacke, um ihn sicher aufzubewahren. Ich schließe die Metalltür mit einem lauten Knall.

„Kann ich mir dein Handy für ein paar Minuten ausleihen? Ich habe meins verloren."

Es ist eine kleine Notlüge.

„Du hast dein Handy verloren? Du verlegst doch sonst nie etwas." Jocelyn schaut mich an und wartet darauf, dass ich etwas sage.

„Was soll ich sagen? Das Eheleben ist anstrengend." Ich gehe durch den kleinen Raum zu ihrem Spind. „Kann ich dein Telefon benutzen?"

Die Spinde lassen sich nicht wirklich abschließen. „Nur zu, sie nickt schwach"

Ich öffne ihren Spind, nehme ihr Telefon und entsperre es mit ihrem Geburtstag als Passwort.

„Lass dir nicht zu viel Zeit. Der Drache wird sich fragen, wo du bist, und ich kann dich nur eine Zeit lang decken.

„Danke", sage ich. Ich wähle die Handynummer meiner Schwester, warte aber, bis Jocelyn aus dem

Zimmer geht und die Tür hinter sich geschlossen hat, bevor ich die grüne Anruftaste drücke.

„Hallo?" Ivys Stimme schallt durch die Leitung.

Sie kennt Jocelyns Nummer nicht.

„Ivy, ich bin's, Karina", sage ich.

Im Hintergrund ist ein lautes Poltern und Klirren von Töpfen und Pfannen zu hören. „Wo zum Teufel bist du? Geht es dir gut?"

„Mir geht's gut. Ich bin bei der Arbeit. Geht es dir gut?"

„Ja, Ashton versucht gerade, mir beim Kochen zu helfen", sagt Ivy.

Es ist mitten in der Woche. Was macht Ashton zu Hause? Er sollte heute in der Schule sein.

„Warum ist er nicht in der Schule?", frage ich.

„Heute ist Elternsprechtag", antwortet Ivy. „Mach dir keine Sorgen. Ich habe das im Griff."

Ich atme erleichtert auf. Wenigstens ist Ashton sicher und bei Ivy in guten Händen. „Danke."

Meine Schwester feiert zwar gerne Partys und ist ein wildes Kind, aber sie weiß, worauf es ankommt —auf die Familie.

„Hör zu, ich möchte Ashton sehen. Kannst du ihn in das Krankenhaus in die Kinderstation bringen?"

„Bist du sicher, dass das eine gute Idee ist? Was ist, wenn der Unhold dich beobachtet?", fragt Ivy.

Ich kneife mir in den Nasenrücken. Ich sollte Aurielo nicht in Schutz nehmen, aber er ist kein Unhold. „Er hat nicht die ganze Zeit ein Auge auf mich." Wenn das so wäre, hätte ich meine Schwester nicht anrufen können.

Das ist Beweis genug, dass sie Ashton für ein paar Minuten im Aufzug nach oben schmuggeln kann.

„Okay, wir machen aber gerade Mittag. Hast du um drei Uhr Feierabend?" fragt Ivy.

„Nein, ich habe versprochen, die nächste Schicht zu übernehmen, weil ich zu spät gekommen bin."

„Du Glückspilz."

Ja, ich habe nicht das geringste Glück. Ich habe einen zwölfstündigen Arbeitstag hinter mir und das nach einer Hochzeit, die kein bisschen romantisch oder von Liebe geprägt war.

„Ich komme mit dem Abendessen vorbei", sagt Ivy. „Und ich besorge dir ein Wegwerf-Handy."

„Du bist die Beste. Oh, und noch eine Sache. Du musst den Seitenaufzug in der Nähe der Notaufnahme benutzen."

„Warum?"

„Einer von Aurielos Männern, ein Leibwächter,

überwacht die Lobby. Wenn er sieht, dass du das Gebäude betrittst, wird er denken, du wärst ich."

„Er weiß nicht, dass du ein Zwilling bist?", fragt Ivy lachend. „Selbst nach der Vertauschung?"

Ein schwaches Lächeln zerrt an meinen Mundwinkeln. „Aurielo hat seinem Kumpel nicht erzählt, was passiert ist."

„Natürlich hat er das nicht. Ja, wir können zu der Notaufnahme kommen und mit dem Aufzug in dein Stockwerk fahren."

„Danke." Ich lege den Hörer auf und schiebe das Gerät zurück in Jocelyns Spind, bevor ich mich auf den Weg in die Etage mache.

Ich habe bereits vier Stunden Verspätung und ich schwöre, ich kann den Drachen schon durch die Nasenlöcher atmen hören.

―――――

Der Tag zieht sich hin und ich bin erleichtert, als ich einen Blick in die Schwesternstation werfe und sehe wie Ashton seinen geliebten Bären umklammert.

„Mami!", quiekt Ashton und rennt auf mich zu.

Ich habe mich bereits umgezogen, weil vor zwanzig Minuten sich ein Kleinkind auf meine Kleidung erbrochen hatte. So sind meine Sachen wenigstens wieder sauber, als Ashton mich umarmt.

Ich umarme ihn und drücke ihn fest an meine Brust. „Ich habe dich so sehr vermisst", flüstere ich.

Es ist erst ein Tag vergangen.

Ein Leben ohne meinen Sohn ist ein Albtraum.

„Ich habe Schmorbraten mitgebracht", sagt Ivy und zeigt mir den großen Plastikbehälter.

„Danke." Ich stehe auf, nehme Ashtons Hand und führe ihn und Ivy in den Pausenraum zu einem kleinen Familienessen.

Jocelyn ist schon weg, sonst hätte ich sie einladen, mit uns zu essen.

Ich schlüpfe in den Pausenraum, mache das Licht an und schnappe mir Plastikteller und Besteck, damit wir essen können. Es gibt so viel, was ich meiner Schwester erzählen möchte, aber ich kann es nicht, wenn Ashton im Raum ist.

„Wie läuft's mit der Arbeit?", fragt Ivy. Sie öffnet den Behälter mit dem Schmorbraten. Sie öffnet den Reißverschluss ihrer übergroßen Handtasche und es kommt eine Tüte mit Salat und Dressing zum Vorschein.

„Viel zu tun", sage ich. Ich öffne den Kühlschrank mit den Getränken, die ich Jocelyn am frühen Nachmittag aus der Cafeteria holen ließ. Ich hole zwei Limonaden und einen Behälter mit Milch für Ashton heraus.

„Wie war der Elternsprechtag?", frage ich.

Ivy zuckt mit den Schultern. „Gut. Ashton spielt gut mit den anderen Kindern, malt gut und so weiter." Sie winkt abweisend.

Gibt es etwas, das sie mir verschweigt?

Ashton sitzt am Tisch und nippt an seiner Milch, während sie ihm sein Abendessen auf den Teller lege.

Er ist ruhig. Ruhiger, als ich ihn jemals zuvor gesehen habe.

„Ashton?" Ich reiche ihm eine Gabel und eine Serviette und setze mich schließlich zum Essen hin.

Er spielt mit der Gabel und schiebt sein Essen auf dem Teller hin und her. „Eric hat mich auf dem Spielplatz geschubst."

„Was?" Ich starre Ivy an. „Und du wolltest mir nicht sagen, dass er gemobbt wird?"

„Das ist keine große Sache. Jungs spielen grob. Weißt du noch, wie oft die Jungs uns gejagt und an unseren Zöpfen gezogen haben?"

Ich kann nicht glauben, wie einfach sie das Geschehene abtut. „Was hat Mrs. Brown gesagt?", frage ich.

„Seine Lehrerin? Oh, sie hat gesagt, dass Eric

eher Worte statt Fäuste benutzen soll, aber dass sie ein Auge auf die Jungs haben wird und wenn es so weitergeht, dann können wir ein Treffen mit Erics Eltern vereinbaren."

„Wenn es so weitergeht? Was kommt als Nächstes? Wird sie das Opfer beschuldigen?"

Ivy öffnet ihre Limonade, und trinkt einen Schluck. „Das ist keine große Sache. Ashton ist klein für sein Alter, deshalb nennen die Kinder ihn Zwerg."

„Ich rufe gleich morgen früh in der Schule an."

„Nicht", sagt Ashton mit zaghafter Stimme. „Mom, du machst es nur noch schlimmer,."

Ich atme einen schweren Seufzer aus und zähle im Geiste bis drei. Ich sollte bis zehn zählen, aber so weit schaffe ich es nicht. Meine Geduld ist langsam zu Ende.

„Es hat sich schon alles geklärt", sagt Ivy. „Ich wünschte, du würdest mir vertrauen."

Die Drachenlady mit ihrem grau-schwarzen Haar und den dunkelbraunen Augen betritt den Pausenraum. „Du hast Besuch", raspelt sie. Ihre Stimme ist dunkel und rau, weil sie zu viele Zigaretten geraucht hat. Nicht, dass Jocelyn oder ich jemals gesehen hätten, dass sie raucht.

Hinter ihr taucht Francesco an der Ecke des Flurs auf.

„Ihr seid zu zweit? Leck mich am Arsch", murmelt er und erblickt Ivy, die mir gegenübersitzt.

„Mami, was heißt ficken?", fragt Ashton.

Meine Augen weiten sich und ich stehe auf, um Francesco zur Seite und aus dem Pausenraum zu ziehen. Die Abmachung war, dass er in der Lobby warten sollte.

Vielleicht hat er nicht mitbekommen, mit wem von uns beiden Ashton gesprochen hat.

„Mami?" Francesco wiederholt die Worte, als ich ihn am Arm ziehe und vom Pausenraum und meinem Sohn wegzerre. „Du hast ein Kind?" Seine Augen weiten sich.

Verdammt.

„Du solltest in der Lobby warten", sage ich und zeige auf den Aufzug am Ende des Flurs.

Warum zum Teufel hat der Drache ihn durch den Flur laufen lassen, wenn Patienten in der Nähe sind?

„Es sind schon acht Stunden vergangen. Du solltest mit der Arbeit fertig sein."

Ich schnaube über seine Rechtfertigung, nach mir zu sehen. „Ich bin zu spät zu meiner Schicht gekommen, also musste ich meine und die nächste Schicht übernehmen. Sie sind unterbesetzt."

Seine Augen zucken. „Wessen Kind ist das?" Francesco zeigt auf den Pausenraum. „Er hat dich Mami genannt."

„Meine Schwester und ich sehen uns ähnlich. Der Junge kann uns nicht unterscheiden." Ich hoffe, dass meine Lüge ohne Probleme durchgeht.

Francesco sieht nicht überzeugt aus. „Ist das so? Glaubst du wirklich, dass der Junge seine Mutter und seine Tante nicht auseinanderhalten kann?"

Ich beiße mir auf die Zunge und unterlasse es, darauf hinzuweisen, dass Aurielo uns beide nicht auseinanderhalten konnte.

„Um wie viel Uhr hast du Feierabend?", fragt Francesco mit rauer Stimme.

„Meine Schicht endet um elf Uhr", sage ich. „Ich brauche ein paar Minuten, um mich umzuziehen, und dann treffen wir uns unten in der Lobby.

Seine Augen verengen sich, als er mich von Kopf bis Fuß mustert. „Mach keine Dummheiten mit deiner Schwester. Aurielo erwartet, dass du die Beziehung vollziehst, und er wird merken, wenn er nicht mit dir fickt."

13

AURIELO

MEIN HERZ KLOPFT gegen meine Brust.

Francesco sollte bald mit Karina nach Hause fahren.

Mein Handy summt und ich nehme den Anruf entgegen und bin überrascht, dass Francescos Name angezeigt wird.

„Was gibt's? Alles in Ordnung?" Er ist der Letzte, von dem ich erwarte, dass er anruft, wenn es ein Problem gibt.

„Kommt darauf an, was du als Problem ansiehst", sagt er und räuspert sich. „Ich war oben, um Karina einen Besuch abzustatten, und sie war mit ihrer Schwester beim Abendessen."

Ich kneife mir in den Nasenrücken und lasse den Kopf hängen.

„Ihre Zwillingsschwester", sagt Francesco und erklärt mir den Grund für den Anruf.

„Ich weiß schon, dass sie einen Zwilling hat. Sie sind eineiig", antworte ich.

Es ist besser, wenn ich nicht erkläre, woher ich es weiß. Das Letzte, was ich will, ist, von der Familie Rinaldi als schwach angesehen zu werden.

„Kannst du sie nicht auseinanderhalten?", frage ich mit einem Brummen und deute damit an, dass er den Unterschied zwischen Karina und ihrer Schwester erkennen sollte.

In der Leitung herrscht kurzzeitig Stille und ich bin mir nicht sicher, ob er nicht antwortet oder ob er durch eine Störung unterbrochen wurde. Er ist im Krankenhaus. Es ist möglich, dass der Empfang schlecht ist.

„Es ist nicht nur die Tatsache, dass sie ein Zwilling ist. Es gibt ein Kind. Einen Jungen."

Mein Mund wird trocken.

Ich greife nach meiner Wasserflasche, drehe den Deckel ab und nehme einen Schluck, als wäre ich in der Wüste und hätte seit Tagen nichts mehr getrunken.

„Ihr Kind oder das der Schwester?", frage ich.

„Ich bin mir nicht sicher", berichtet Francesco. „Ich dachte, du willst dich vielleicht erst einmal erkundigen, bevor du deine Frau verhörst."

„Ich rufe dich zurück", sage ich und lege den Hörer auf.

Mein Laptop ist aufgeklappt, der Desktop ist mit mehreren Fenstern gefüllt. Keines von ihnen ist wichtig.

Hat sie ein Kind?

Vielleicht ist es nicht ihr Kind, sondern das ihrer Schwester. In diesem Fall würde das Verhalten ihrer Schwester gestern noch weniger Sinn machen.

Ich reibe meine Schläfen, weil ich Kopfschmerzen bekomme.

Ich bin kein Hacker, aber ich führe eine einfache Suchmaschinenrecherche durch und gebe Karina Cole ein. Leider ist ihr Nachname viel zu geläufig.

Ich grenze ihn mit der aktuellen Stadt ein und filtere ein paar Einträge und Nachrichtenartikel durch. Es dauert nicht lange, bis ich auf einen Artikel stoße, der Ashton Cole und seine Beziehung zu ihr auflistet.

Bei seinem Geburtsdatum dreht sich mir der Magen um.

Er ist etwas über fünf Jahre alt.

Wir haben vor etwa sechs Jahren miteinander geschlafen.

Das ist wahrscheinlich ein Zufall.

Wenn sie mit meinem Sohn schwanger gewesen wäre, hätte sie es mir gesagt.

Ich klappe den Laptop zu und fahre mir mit den Händen durch die Haare. Ich schiebe meinen Stuhl energisch zurück und stehe auf, weil ich frische Luft brauche.

Ich schnappe mir mein Telefon und stürme aus dem Büro. Ich laufe zügig durch den Flur und zweimal um das gesamte Gelände, bevor ich die Tür aufstoße und in den Garten stapfe.

Ich bin mir nicht sicher, warum ich hier draußen bin, an diesem ruhigen und beschaulichen Ort, der mich an Karina erinnert.

Ob er nun mein biologischer Sohn ist oder nicht, Karina hat ein Kind.

Die Stille sollte beruhigend sein, aber mein Herz hört nicht auf zu rasen. Ich stolpere über die Steine auf die Holzschaukel zu und stürze mit übereifrigem Schwung auf die Schaukel.

Ich hebe meine Beine und stoßen mich nach hinten ab, sodass die Schaukel umkippt.

„Scheiße!", schreie ich.

Es dauert eine Sekunde, bis ich mit den Beinen in der Luft und dem Rücken auf dem Boden lande.

Ich klettere von der Schaukel und verlasse den Garten.

Ich werde nicht zulassen, dass mein Sohn oder meine Frau von diesem Monstrum verletzt wird.

Ich bücke mich, hebe mein Telefon aus dem Gras auf und rufe Francesco an. „Ist Karina noch auf der Arbeit?" frage ich.

„Ja, sie hat das Gebäude noch nicht verlassen."

„Giovan wird mich am Krankenhaus absetzen", sage ich. „Ich möchte, dass du uns nach ihrer Schicht zu ihrer Wohnung fährst."

„Ich nehme an, der Junge gehört ihr?"

Ich werde nicht weiter darauf eingehen, dass er auch von mir sein könnte.

Wahrscheinlich ist er es nicht.

Es ist unwahrscheinlich.

Wir hatten ein einziges Mal Sex.

In meinem Büro.

Auf jeden Fall ist Karina meine Frau, und damit gehört der Junge mir.

„Ja", sage ich. „Ich muss mit Alessandro sprechen, aber ich sehe kein Problem darin, das Kind zu seiner Mutter zu bringen."

„Viel Glück", murmelt Francesco leise vor sich hin.

Ich beende den Anruf, und gehe hinein, um mit

Alessandro zu sprechen. Er ist leicht zu finden, er sitzt in seinem Büro mit meinem Bruder Giovan.

Die Tür zu seinem Büro ist offen. „Don Rinaldi, kann ich Sie kurz sprechen?"

Er bittet mich herein. „Was führt dich hierher? Macht dir das Mädchen schon Ärger? Ich schwöre, sie macht dich grau." Alessandro grinst schief. „Was kann ich für dich tun?"

„Ich habe erfahren, dass die junge Frau, meine Frau, ein Kind hat."

Alessandros Lächeln schwindet aus seinem Gesicht und er wird grimmig. „Ist das so?"

„Ja."

„Und du, willst was? Möchtest du sie aus der Abmachung herauslassen, die wir getroffen haben? Falls du es vergessen hast, Aurielo, du hast sie heute Morgen geheiratet." Alessandro faltet die Hände auf seinem Schreibtisch. „Wir Rinaldis glauben nicht an Scheidung."

„Ich habe nicht vor, unsere Ehe zu verleugnen. Ich würde gerne ein Zimmer für das Kind zur Verfügung stellen. Eine Mutter von ihrem Kind zu trennen, erscheint mir ungewöhnlich grausam."

„Als ob du nicht schon Männer für weniger getötet hättest?" Alessandros schiefes Grinsen taucht wieder auf. „Bring den Jungen ruhig mit ins Haus, aber ich werde kein weiteres Zimmer für das Kind freigeben. Wenn er ein eigenes Bett braucht, kann sie bei dir schlafen und ihr Bett für ihn hergeben. Das sollte kein Problem sein. Oder? Ihr *seid* frisch verheiratet. Ihr solltet euch freuen, eure Pfoten überall zu haben."

Alessandro scheint von diesem neuen Arrangement übermäßig begeistert zu sein, was meinen Magen umkippen lässt.

Ich hatte nicht vor, Karina mit in mein Schlafzimmer zu nehmen.

Ich brauche meinen Schlaf.

Und beanspruche nachts alle Decken für mich.

Ich wollte, dass die Ehe nur zum Schein geschlossen wird. Sicher, wir sind verheiratet, aber wir müssen nicht zusammen schlafen. Wir werden eines dieser Paare sein, die getrennt leben, aber unter einem Dach wohnen.

„Du kannst gehen", sagt Alessandro, als ich nicht auf seine Bemerkungen reagiere.

Ich ziehe mich aus seinem Büro zurück und verzichte darauf, Giovan zu bitten, mich ins Krankenhaus zu fahren. Mein Auto zu nehmen, wäre sinnlos, denn Francesco wird darauf bestehen, uns zu begleiten.

Er ist genauso ein Leibwächter für sie, wie ein

Spion für Alessandro. Ich bezweifle, dass er sie aus den Augen lassen wird.

Ich gehe zur Hauptstraße und nehme ein Taxi.

Meine Finger zittern und ich schiebe sie in meine Tasche, um nicht das geringste Unbehagen für das zu haben, was passieren wird.

Wird Karina mich dafür hassen, dass ich ihren Sohn in dieses Leben gebracht habe?

Sie hat versucht, ihn vor mir zu schützen.

Aber warum?

Weil ich ein Biest bin?

Sie hat diese Seite von mir und das Monster, das ich entfessle, kaum kennengelernt. Sie kommt nur zum Vorschein, wenn ich einen Verdächtigen verhöre oder wenn ich einen Hinrichtungsbefehl erhalte.

14

KARINA

ICH HÄTTE FAST LUST, abzuhauen. Francesco erwartet mich jeden Moment unten und wenn ich mich nicht beeile, wird er nach mir suchen.

Ich ziehe meinen Kittel aus und stecke meinen Ehering wieder an meinen Ringfinger.

Das Gewicht des Ringes ist schwer.

Er erinnert mich unerbittlich an meine Verpflichtung gegenüber Aurielo.

„Gute Nacht, Karina", sagt einer der Mitarbeiter, als ich zu dem Aufzug steuere.

„Tschüss", sage ich und winke kurz, bevor ich mit dem Aufzug nach unten fahre.

Francesco wartet in der Lobby auf mich.

Aber er ist nicht allein.

Er steht da und spricht mit Aurielo.

Warum ist er hier?

Ich presse meine Lippen fest aufeinander und schreite in Richtung Lobby. Selbst wenn ich direkt zum Ausgang gehe, hat Aurielo mich schon gesehen.

„Schon fertig mit der Arbeit?" fragt Aurielo. Sein Gesichtsausdruck ist neutral und ich kann nicht erkennen, ob er sauer auf mich ist, weil ich noch so spät im Krankenhaus bin, oder ob es mit etwas anderem zu tun hat.

Dieser andere Grund ist mein Sohn.

Er legt seinen Arm um meinen und begleitet mich zu dem Parkhaus, in dem Francesco das Auto geparkt hat.

Es steht immer noch an der gleichen Stelle.

Aurielo reißt die Hintertür auf und deutet mir an, ins Auto zu steigen.

Ich steige ein, und er schlägt die Tür zu.

Auf meinen Armen bildet sich eine Gänsehaut.

Er stolziert auf die gegenüberliegende Seite, öffnet die andere Hintertür und setzt sich neben mich.

Warum hat er sich nicht auf den Vordersitz neben Francesco gesetzt?

„Wir müssen uns mal unterhalten." Sein Blick ist fest auf mich gerichtet.

Ich rutsche unruhig hin und her, während

Francesco den Motor des Wagens startet. Ein paar Sekunden später setzt er das Fahrzeug rückwärts aus der Parklücke.

„Worüber?", Ich möchte ihm nicht noch mehr Informationen geben, als er bereits von Francesco hat.

Was hat er Aurielo erzählt?

Dass ich einen Neffen oder einen Sohn habe?

„Lass den Scheiß, *Micetta*!" Seine Stimme hallt durch das Auto.

Ich erschaudere und rutsche weiter weg.

Wird er mir wehtun?

Ich weiß es offen gesagt nicht. Er hätte mich töten können und hat es gestern nicht getan, aber das ist das erste Mal, dass ich sehe wie sein Gesicht rot wird und höre wie er mich anschreit.

„Wessen Kind ist das?", fragt Aurielo. Seine Augen bohren sich in meine.

Aurielos Blick ist entnervend.

Ich möchte aus dem Auto steigen und wegrennen, aber ich kann nicht entkommen.

Wir fahren aus demParkhaus, aber was noch wichtiger ist, die Türen sind mit einer Kindersicherung versehen. Ich hätte den Schalter an der Tür umlegen und bei der ersten Gelegenheit abhauen sollen.

„Lüg mich nicht an." Er verlagert seinen Körper, seine Knie stoßen gegen meine. „Ist er mein Sohn?"

„Nein."

Es ist eine einfache Lüge.

Ashton ist nicht sein Sohn.

Biologisch gesehen mag er der Vater sein, aber Ashton wird niemals sein Sohn sein.

Er atmet laut durch die Nase aus. „Das spielt keine Rolle. Wir sind verheiratet, und damit gehört er mir. Genauso wie du zu mir gehörst." Seine Augen zucken und ziehen sich zusammen.

Ich mache mich über seine Vorstellung von Ehe lustig. „Ich bin kein Eigentum, das du besitzen kannst."

„Nein? Dein Sohn wird bei uns leben. Eine Mutter sollte nicht von ihrem Kind getrennt sein. Ob du es glaubst oder nicht, ich bin kein Monster."

Ein Schauer läuft mir über den Rücken.

„Es wäre mir lieber, wenn er bei seiner Tante bleibt", sage ich mit fester Stimme. Es kostet mich viel Mut, Ashton wegzuschicken, aber es ist zu seiner Sicherheit. Ich denke nur daran, was das Beste für meinen Sohn ist.

Ashton muss nicht in einer Welt voller Krimineller und Mörder aufwachsen. Er hat eine normale Kindheit verdient.

„Tja, das ist schade. Wir fahren jetzt zu deiner Wohnung, um den Jungen und seine Sachen zu holen", sagt Aurielo.

„Was?" Ich werfe einen Blick aus dem Fenster, als ich merke, dass wir in Richtung Süden fahren, also in die entgegengesetzte Richtung von Rinaldis Villa und seinem traumhaften Haus. „Nein, das kannst du nicht tun."

„Finde ich auch. Nachts in die Southside zu fahren, ist töricht. Ich kann nicht glauben, dass du hier mit einem Kind lebst."

Ein Kind großzuziehen ist weder billig noch einfach. Nicht, dass Aurielo wissen müsste, wie schwer ich es habe. Ich bin nicht auf der Suche nach einem Sugar-Daddy oder seinen Almosen. Ich bin gut allein zurechtgekommen. Meine Schwester hat mir in letzter Zeit bei der Kinderbetreuung geholfen und ihn von und zur Schule gebracht.

„Nicht alle von uns können in Villen mit Butlern leben und den ganzen Tag auf einer Jacht sitzen und die Sonne genießen.

„Alessandro hat keinen Butler", sagt Aurielo. „Und offen gesagt bin ich beleidigt, dass du denkst, unser Reichtum sei nicht hart erarbeitet."

Hart erarbeitet? Das soll wohl ein Scherz sein!

„Richtig, ihr verkauft Drogen an Schulkinder und Waffen an Schläger."

„Wir verkaufen nicht an Kinder. Wir haben Moral", sagt Aurielo. Er verschränkt die Arme vor der Brust und nimmt offenbar Anstoß an meiner Bemerkung.

Den Vorwurf mit den Waffen streitet er aber nicht ab. Wie sollte er auch? Ich habe die Tasche mit den Waffen gesehen.

„Moral?" Ich lache. Er ist der am wenigsten moralische Mensch, den ich kenne. Es ist ja nicht so, dass ich regelmäßig mit Drogendealern und Mafiaabschaum rumhänge.

„Ich bin kein schlechter Mensch", sagt Aurielo. Er ist ein wenig zu ruhig und gefasst.

„Du hattest den Auftrag, mich hinzurichten. Ist es für dich ethisch vertretbar, jemanden zu ermorden?" Ich starre ihn an und zucke nicht einmal mit der Wimper, als ich ihm Frage um Frage stelle. „Warum? Weil ich Zeuge eines Verbrechens war?"

„Na ja, wenn du es so ausdrückst", sagt Aurielo und grinst. „Wir verkaufen keine Waffen oder Drogen an schulpflichtige Kinder. Du tust so, als ob ich der Teufel wäre."

„Bist du nicht?" Sieht er nicht, warum ich ihn nicht in der Nähe meines Sohnes haben will?

Aurielo beugt sich vor. Sein Atem geht ein wenig zu langsam.

Die Hitze zwischen uns brodelt und ich verschränke die Arme vor der Brust und hoffe, dass er mein scharfes Einatmen oder die Tatsache, dass seine Nähe mich beeinflusst, übersieht.

Ich will nicht, dass es mich beeinflusst.

Ich will nichts für diesen kaltherzigen Mörder empfinden.

„Falls du es vergessen hast, ich habe dir das Leben gerettet", sagt Aurielo.

Er muss mich nicht daran erinnern. Der verdammte Ring an meinem Finger ist Erinnerung genug.

„Du meinst mich zu zwingen, dich zu heiraten?" Er hat die Frechheit, so zu tun, als sei er so großmütig, obwohl er mich sonst umgebracht hätte.

„Ich bereue diese Entscheidung jede Sekunde", murmelt er vor sich hin.

„Du und ich."

Francesco hält vor dem Wohnkomplex und stellt den Motor ab. Er öffnet mir die Autotür, während er auf dem Bordstein steht.

Ich zögere einen Moment, aber schließlich gebe ich nach und steige aus.

Aurielo klettert von der Rückbank und folgt mir zur Tür.

Ist es zu viel verlangt, etwas Privatsphäre zu haben? Mit den beiden ist immer jemand dabei, der mich beschattet.

Francesco wartet am Fahrzeug, während wir die acht Stockwerke des Treppenhauses hinaufsteigen.

Ich bin nicht zimperlich und tue alles, was ich kann, um meinen Frust und meine Wut auf der Treppe loszuwerden.

„Trample ein wenig lauter", kommentiert Aurielo.

Ich bin überrascht, dass er es bemerkt.

Andererseits haben mich wahrscheinlich alle Bewohner des Gebäudes in den Stockwerken, an denen wir vorbeigehen, gehört.

Endlich im achten Stock angekommen, gehe ich auf die Tür zu und zögere. „Bist du sicher, dass du ein Kind im Palast haben willst?", frage ich. „Ich meine, wird dein Chef nicht genervt sein, wenn ein kleiner Junge wie ein wildes Tier herumläuft?"

„Erstens: Das Haus ist kein Palast. Es ist ein verdammtes Gelände", sagt er mit einem Grunzen.

„Zweitens wird von dir erwartet, dass du dein Kind unter Kontrolle hast. Er ist kein frei laufendes Tier."

Ich bin kurz davor, ihn zu ohrfeigen. „Soll das ein Witz sein?"

Aurielo grinst schief. „Hör auf, mich hinzuhalten, *Micetta*."

Was zum Teufel bedeutet *Micetta* überhaupt? Ist das sein Kosename für mich oder eine Beleidigung, die er mir bei jeder sich bietenden Gelegenheit an den Kopf wirft?

„Ich habe meinen Hausschlüssel nicht dabei. Ich hatte nicht vor, nach Hause zu kommen."

Ich klopfe entschlossen.

„Was willst du?" Ivys Stimme schallt durch die Tür. Wahrscheinlich hat sie durch das Guckloch geschaut und das Arschloch neben mir gesehen.

„Lass uns rein", sage ich.

„Bist du das oder der Typ, der sich gerne an Frauen ranmacht?" stichelt Ivy.

Aurielo zuckt mit den Schultern. „Ich habe sie nach einer Waffe durchsucht."

Ich rolle mit den Augen und klopfe erneut. Als ob das einen Unterschied machen würde. „Komm schon. Ich habe meinen Schlüssel nicht dabei, und wir werden Ash mit nach Hause nehmen."

„Ash?", fragt Aurielo. „Wer zum Teufel nennt

seinen Sohn Ash? Das ist hoffentlich keine Abkürzung für Ashley."

Verdammt.

Hält er denn nie die Klappe?

„Er heißt Ashton", knurre ich. Ich belle nicht nur und beiße nicht. Ich bin bereit für eine Prügelei mit Aurielo. Es ist mir egal, ob er zur Mafia gehört.

Die Schlösser klicken, und Ivy dreht langsam den Griff der Wohnungstür und öffnet sie langsam.

Sie zögert und ich kann ihre missliche Lage verstehen, aber das ist meine Wohnung und Ashton ist mein Sohn.

„Bist du dir da sicher?", fragt Ivy.

Ich bin mir nicht sicher, aber ich kann meine Bedenken nicht vor Ivy äußern. Wahrscheinlich wird sie Aurielo mit einem Messer bedrohen und so verlockend es auch wäre, ihm dabei zuzusehen, wie er sich windet, ich weiß nicht, welches schlimmere Schicksal meine Familie oder mich ereilen würde.

„Es ist in Ordnung." Ich trete durch den Flur ein und bemerke, dass der Fernseher läuft und im Hintergrund Zeichentrickfilme laufen.

Es ist kurz vor Mitternacht und Ash schläft auf der Couch. Ich möchte Ivy dafür schelten, dass sie ihn länger aufbleiben lässt als er sollte. Er sollte in seinem Bett liegen und schlafen, aber sie war schon immer ein Softie, wenn es um Regeln ging.

„Er schläft schon seit einer Weile. Ich habe es nicht übers Herz gebracht, ihn in sein Zimmer zu bringen", sagt Ivy.

Ich werfe ihr einen Seitenblick zu. Ich kaufe ihr den Quatsch nicht ab. „Stimmt. Deshalb schaust du immer noch Zeichentrickfilme."

Wann immer sie bei mir zu Hause ist , schaltet sie sofort um, sobald Ash aus dem Zimmer ist oder schläft.

„Ich bin ein Softie", sagt Ivy.

Ich gehe in Ashtons Schlafzimmer, öffne den Schrank und hole den Koffer heraus, der in der Ecke vergraben ist. Er ist nicht annähernd so schick wie meiner mit Rädern, der Reißverschluss klemmt und der Stoff an den Ecken ist ausgefranst und dünn, aber er wird ausreichen.

Ich reiße die Schubladen auf, räume seine Kleidung aus und stopfe alles in den Koffer.

Aurielo steht im Flur und sieht Ashton aus der Ferne beim Schlafen zu.

„Komm rein", fordere ich. Ich will nicht, dass er allein mit meinem Kind ist.

Es ist spät, und ich bin erschöpft. Ich habe keine

Lust, mich mit dem Einpacken von Ashs Spielzeug und Kleidung zu beschäftigen. Wenn ich etwas Wichtiges vergesse, wird das Kind einen Anfall bekommen.

Aurielo kann helfen. Es ist seine Schuld, dass wir hier sind.

„Was kann ich tun?", fragt Aurielo, sein Tonfall ist fröhlicher, als ich erwartet habe.

„Auf dem obersten Regal ist ein Rucksack. Pack seine Kuscheltiere von seinem Bett und ein paar Spielsachen aus der Spielzeugkiste am Fenster ein. Ich bin mir sicher, dass du nicht schon alles hast, womit er spielen kann, und wenn er sich langweilt, wirst du es bereuen, uns beide in dein Haus gebracht zu haben."

Aurielo nimmt Befehle entgegen wie ein Profi.

Ich werfe einen Blick über die Schulter, als er sich zuerst die Plüschtiere auf dem Bett schnappt, bevor er die riesige *Spielzeugkiste* durchwühlt.

Wenige Minuten später schließe ich die Tasche und lasse ihn beide Gepäckstücke tragen, während ich aus dem Schlafzimmer gehe, um Ashton zu holen.

„Bist du dir da sicher?", fragt Ivy. Ihre Augen bohren sich in meine. Sie hat ein Handy in der Hand. Ich schaue nach unten und sehe, dass die

Nummer 9-1-1 bereits eingegeben ist, aber sie hat noch nicht auf Senden gedrückt.

Sie zögert, obwohl ich nicht weiß, warum, bin ich erleichtert.

„Es ist alles in Ordnung. Mach dir keine Sorgen." versichere ich Ivy, während ich ihr mit einer Geste zu verstehen gebe, dass sie ihr Handy weglegen soll. „Er entführt mich nicht, das verspreche ich." Ich zeige ihr meinen Ehering, als ob das alles in Ordnung bringen würde.

„Du bist verheiratet?", quiekt sie mit einer Stimme, wie ich sie noch nie gehört habe.

Sie schafft es, meinen Sohn zu wecken.

„Mami?", murmelt Ashton und wälzt sich auf dem Sofa.

„Ich erzähle es dir ein anderes Mal." Zum Glück hat sie mir ein neues Telefon mitgebracht, mit dem ich sie anrufen oder ihr eine SMS schicken kann. Nicht, dass Aurielo es wüsste, aber er wird wahrscheinlich davon ausgehen, dass ich sie anrufen will. Vielleicht tue ich das, damit er nicht merkt, dass ich ein Wegwerf-Handy habe.

Ich schleiche mich zum Sofa, beuge mich hinunter und hebe Ash in meine Arme.

Sofort schlingt er seine Arme um meinen Hals

und vergräbt sein Gesicht an meinem Hals, während er sich an mich schmiegt.

Er ist schwer, aber ich werde auf keinen Fall zulassen, dass Aurielo meinen Sohn zum Auto trägt.

Ich versuche, den Kampf zu verbergen, und Ivy öffnet die Tür.

„Lass mich ihn tragen", sagt Aurielo.

„Nein, du bist ein Fremder für ihn."

Er seufzt und lenkt ein. Das reicht als Antwort, um ihn zufriedenzustellen. „Okay, aber wenn du deine Meinung änderst..."

„Werde ich nicht", schnauze ich ihn an.

Es ist schmerzhaft, Ashton acht Stockwerke herunterzutragen. Ich bin nicht schwach. Ich musste schon Patienten umbetten, aber ein Kind, das ein Eigengewicht ist, acht Stockwerke herunterzutragen, ist anstrengend.

Als wir endlich das Auto erreichen, bin ich erleichtert, ihn auf den Rücksitz zu setzen. „Er braucht eine Sitzerhöhung." Ich werfe einen Blick auf das Wohnhaus, das sich über uns erhebt.

Das Letzte, was ich will, ist, meinen Sohn bei diesen beiden Fremden zu lassen, und ich kann ihn ja schlecht acht Stockwerke hoch und dann wieder acht runtertragen.

Aurielo nickt, während er das Gepäck in den

Kofferraum lädt. „Gibt es einen in deinem Auto oder oben in deiner Wohnung?"

„Er ist oben", sage ich. „Der Reservebooster ist in Ivys Auto, das in der Tiefgarage abgeschlossen ist."

„Ich bin gleich wieder da."

Ivy tut mir leid, dass sie die Tür öffnen muss, wenn Aurielo ohne Ashton oder mich auftaucht. Aber ich bin mir sicher, dass sie das schon hinbekommen werden.

Ich klettere zu Ashton auf den Rücksitz. Mein Nacken tut weh und pocht. Ich knacke ihn von einer Seite zur anderen und ziehe eine Grimasse. Auch meine Schultern sind verspannt.

Einige Minuten später taucht Aurielo wieder auf und trägt einen Kindersitz in seiner rechten Hand.

Die Hintertür steht weit offen, und er beugt sich vor, um ihn mir zu reichen.

„Danke." Ich befestige die Sitzerhöhung und setze Ashton in den Sitz, bevor ich mich selbst im Auto anschnalle.

Aurielo öffnet die Vordertür und setzt sich neben den Fahrer.

Erleichtert, dass er sich nicht an meinen Jungen heranpirscht, schaue ich aus dem Seitenfenster und versuche mich zu entspannen. Ich bin erschöpft, meine Füße tun weh, weil ich den ganzen Tag auf ihnen gestanden habe. Mein Rücken und mein Nacken tun weh, weil ich Ash acht Stockwerke hinuntergetragen habe, und ich kann nach einem langen Arbeitstag nicht einmal nach Hause gehen.

Meine Augen brennen unter Tränen, aber ich weine nicht.

Aurielo und Francesco unterhalten sich vorn miteinander. Ich verstehe kein Wort von dem, was sie sagen, weil es nicht auf Englisch ist.

Italienisch vielleicht?

Sie sind Mafiosi.

Das würde einen Sinn ergeben.

Ich versuche, mich zu entspannen, aber ich kann mich nicht beruhigen.

Mein Herz rast, als ich neben mir Ashton ansehe.

Das ist nicht das, was ich mir für ihn wünsche.

Er hat etwas Besseres verdient. Eine Mutter, die nicht alles vermasselt. Nicht, dass es meine Schuld gewesen wäre, gestern ins Hotel zu gehen, aber das Öffnen des Reißverschlusses von der Tasche war auf jeden Fall meine Schuld.

Wenn ich alles noch einmal machen könnte, würde ich den Verlauf der Ereignisse ändern. Ich würde auf das Hotel, die Massage und den Wellness-Tag verzichten und einfach zu Hause bleiben.

Aber ich kann nicht ändern, was passiert ist.

Ich sitze hier fest, verheiratet mit einem Mann, der mich nicht liebt. Er weiß nicht einmal, dass der Junge auf dem Rücksitz sein Sohn ist.

Ich kann es ihm nicht sagen. Wenn ich es tue, wird er mich nie gehen lassen.

Im Moment gibt es noch eine Chance—einen Hoffnungsschimmer, dass er uns entkommen lässt.

15

AURIELO

ES IST SPÄT. Ich sollte müde sein, aber ich bin hellwach.

Francesco fährt uns nach Hause, zurück zum Gelände.

„Hast du den Jungen gesehen?", frage ich Francesco auf Italienisch.

Karina macht keine Anzeichen dafür, dass sie ein Wort von dem versteht, was wir gesagt haben, und ich bin mir sicher, dass sie einen Anfall bekommen hätte, wenn sie einige der vulgären Namen gekannt hätte, die ich ihr gegeben habe, um ihr Verständnis zu testen.

„Sieht aus wie jedes andere Kind", antwortet Francesco, der seinen Blick auf die Straße richtet, während wir durch die Stadt fahren. Es ist immer

überfüllt und geschäftig. Es ist egal, zu welcher Tages- oder Nachtzeit.

Vielleicht hat Francesco den Jungen nicht so gut sehen können. Draußen ist es dunkel. Ich nehme ihm das nicht übel, aber ich schwöre, dass die Augen, die Nase und die Haare genau so aussehen wie ich als Kind.

Aber er hat nicht Unrecht. Kinder sehen sich ähnlich. Ist das nicht der Grund, warum Babys im Krankenhaus Armbänder tragen? Damit sie die Kinder nicht verwechseln.

„Warum fragst du?" Francesco blickt mich an.

„Nur so."

Er schnaubt, weil er mir nicht glaubt, lässt aber seine Hände am Lenkrad und seine Augen auf die Straße gerichtet.

Francesco lässt uns am Vordereingang aussteigen, als wir vor dem Haus halten, bevor er das Auto hinten parkt. Ich klettere von dem Vordersitz und öffne Karina die Tür.

Ihre Augen sind müde. Ich kann nicht sagen, ob es an einem langen Tag liegt oder daran, dass sie sich darüber ärgert, dass ihr Sohn bei uns wohnt.

Wahrscheinlich ein wenig von beidem.

Sie schnallt den schlafenden Ashton aus seiner

Sitzerhöhung und bugsiert ihn vorsichtig aus dem Auto.

„Lass mich ihn nehmen", biete ich erneut an, und dieses Mal akzeptiere ich kein

Nein.

Er schläft, und dem leisen Schnarchen nach zu urteilen, wird er auch nicht mehr aufwachen.

„Du wirst die ganze Zeit bei mir sein", sage ich und versichere ihr, dass ich nicht vorhabe, ihrem Sohn etwas anzutun.

Ich kann die Unruhe in ihren Augen sehen und die Sorgenfalten auf ihrer Stirn.

„Ich verspreche, dass ich vorsichtig und sanft sein werde. Lass mich das für dich tun", sage ich.

Ich will einfach nur helfen.

Wir können genauso gut das Beste aus der Situation machen, in die wir geraten sind, auch wenn es durch meine Hand geschah.

Sie gibt nach und übergibt ihn mir. „Vorsichtig", flüstert sie.

Francesco schnappt sich das Gepäck aus dem Kofferraum und stellt es vor dem Eingang ab.

Ich trage Ashton hinein und die Treppe hinauf, mit Karina an meiner Seite .

„Er wird sein eigenes Zimmer brauchen", flüstert

sie und versucht, leise zu sprechen, aber sie kann nicht flüstern.

Ich versuche, sie nicht zu ermahnen, leise zu sein, sonst weckt sie ihren schlafenden Sohn, und das will keiner von uns beiden.

„Folge mir", fordere ich sie auf, während ich den Flur entlang zu dem Zimmer gehe, in dem sie in der letzten Nacht geschlafen hat. Ich bleibe vor ihrem Zimmer stehen, und sie versteht den Wink und öffnet die Tür zu ihrem Schlafzimmer.

Zum Glück ist Ash bereits in seinem Schlafanzug, sodass es mir leicht fällt, ihn ins Bett zu bringen und unter die Decke zu stecken.

Es ist ein komisches Gefühl, ein Kind ins Bett zu bringen.

Karina gibt ihm einen Gutenachtkuss und ich gebe ihr ein Zeichen, mir zu folgen, wenn sie fertig ist.

Sie runzelt die Stirn, aber dann gibt sie nach. Ihre Füße hüpfen sanft auf den Marmorboden, während sie mit mir auf den Flur hinausgeht. Leise schließe ich die Schlafzimmertür hinter uns.

„Ich teile mir ein Bett mit meinem Sohn?", fragt sie. „Ich dachte, Sie hätten zwei Zimmer für uns."

„Es gibt zwei Zimmer. Eines für deinen kleinen Jungen und das andere für uns."

Sie schluckt und ich beobachte, wie sie sich die Lippe zwischen die Zähne klemmt. „Uns?", krächzt ihre Stimme.

Sie ist süß.

Fast liebenswert.

Ich warte darauf, dass sie sich mit mir streitet, auf ein eigenes Schlafzimmer besteht oder droht, mir körperlichen Schaden zuzufügen. Dazu scheint sie durchaus in der Lage zu sein.

„Soll das ein Scherz sein?" Sie verschränkt die Arme vor der Brust. Das ist ihre Verteidigungshaltung. Ich habe sie in den letzten vierundzwanzig Jahren so oft gesehen, dass ich weiß, wann sie sauer sind.

Ich neige dazu, sie oft wütend zu machen.

„Nein. Ich habe Alessandro um ein zusätzliches Zimmer gebeten, aber er hat es abgelehnt. Er sagte, wir seien verheiratet, also erwarte er, dass wir uns ein Bett teilen."

Sie lässt ihre Hände an die Seite fallen und tritt näher an mich heran. „Ich werde nicht mit dir schlafen."

„Ich habe dich nicht gebeten, mit mir zu schlafen, Micetta." Ich würde nie eine Frau in mein Bett zwingen.

„Du kannst auf dem Boden schlafen."

Das ist ein großzügigeres Angebot, als ich gedacht hätte.

Im Schlafzimmer steht eine kleine Couch, auf die ich mich setzen könnte, aber ich bin viel zu groß, um es mir bequem zu machen, und der Marmorboden ist weder für meinen Rücken noch für meine Knie angenehm.

„Es ist spät", sage ich und ergreife ihr Handgelenk, um sie dazu zu bringen, mir in mein Schlafzimmer zu folgen.

Sie zuckt bei meiner Berührung zurück. „Nur weil wir verheiratet sind, werde ich das nicht mit dir machen."

„Was ist das?", frage ich unschuldig. Wir sind drei Türen von Ashton entfernt. Ich werde Alessandro noch einmal bitten, Ashton ein anderes Zimmer zuzuweisen. Auch wenn er Karina kein eigenes Zimmer geben will, sollten wir näher bei dem Jungen sein. Ich bin mir sicher, dass sich Karina dann auch ein wenig wohler fühlen würde.

Sie rümpft leicht ihre Nase auf die liebenswerteste und bezauberndste Art und Weise. „Du weißt schon. Heiratszeug."

Ich öffne die Tür zu meinem Schlafzimmer und sie schnappt nach Luft.

„Akzeptabel genug?", frage ich.

„Es ist riesig." Sie schreitet durch den Raum und blickt aus dem Fenster auf den Vorgarten. Draußen gibt es eine dekorative Beleuchtung, die ein sanftes Licht hereinlässt, aber wenn die Vorhänge geschlossen sind, bleibt das Schlafzimmer schwarz wie die Nacht. „Du hast vier Fenster."

„Es ist immer noch kleiner als die Master Suite", sage ich. Alessandros Zimmer ist beeindruckend. Nicht, dass sie sein Schlafzimmer jemals sehen müsste.

Sie zeigt auf die abgewandte Couch in der Ecke des Zimmers. „Du kannst dort schlafen."

„Netter Versuch." Ich werde auf keinen Fall auf dieser verdammten Couch schlafen. Meine Beine werden über die Kante gebeugt und mein Körper gekrümmt sein.

Auf. Keinen. Fall.

„Ich mein's ernst. Die Couch ist dein Bett."

Es ist mir egal, wie ernst sie das meint. Ich werde nicht auf der Couch schlafen. „Du bist kleiner. Du nimmst die Couch. Das ist nur fair." Ich versuche, vernünftig mit ihr zu sein. Ich bin bereit, das Bett mit ihr zu teilen, aber wenn sie nicht mit mir schlafen will, gebe ich ihr einen anderen Platz zum Schlafen. Und ich bin großzügig, dass es nicht der harte Marmorboden ist.

Sie schmollt, rührt sich aber nicht von ihrem Platz am Fenster. „Meine Sachen sind in Ashtons Schlafzimmer."

Ich gehe zu meiner Kommode und hole ein T-Shirt heraus, das sie anziehen soll. „Du kannst dir etwas von mir leihen, um es im Bett zu tragen oder nackt schlafen."

Es ist unmöglich, dass meine Augen nicht an ihrem Körper hinunterwandern. Ich möchte sie nackt sehen, ihr die Kleider vom Leib reißen und jeden Zentimeter ihres Körpers erkunden.

„Ich nehme ein Hemd", sagt sie und hält mir ihre Hand hin, in die ich die Kleidung legen kann. „Und Boxershorts. Du wirst nie wieder einen Teil von mir nackt sehen.

„Nie ist eine lange Zeit", murmele ich leise, während ich die unterste Schublade aufreiße und eine graue Jogginghose mit Kordelzug herausnehme.

Eine Nacht, vor fast sechs Jahren, war nicht genug.

Aber ich bezweifle, dass sie die Mauer, die sie um ihr Herz gebaut hat, jemals niederreißen wird.

Nicht, dass ich es ihr verdenken könnte.

Sie hat ein Kind.

Und ich habe sie gezwungen, hierherzuziehen,

mich zu heiraten und ihr Leben umzukrempeln. Ich bin der Bastard in dieser Situation, aber ich möchte es bei ihr wiedergutmachen, Karina hat das verdient.

Deshalb habe ich auch nicht verlangt, dass sie ihren Job kündigt und ihre Karriere aufgibt. Dass Francesco seinen Tag als ihr Leibwächter vergeudet, während sie auf Arbeit ist, das ist bestenfalls eine Unannehmlichkeit. Ich kann von Glück reden, dass Alessandro noch nicht gefordert hat, dass sie entlassen wird.

Ich werfe die Klamotten auf das Bett und gehe zur Dusche. Ich bin müde, mürrisch und bekomme schon einen Steifen, wenn ich sie mir in meinen Klamotten und unter der Bettdecke vorstelle.

Ich muss Sex haben.

Das wird nie wieder passieren.

Ich bin kein Mann, der seine Frau betrügt. Ich habe Prinzipien.

Aber scheiß darauf, für den Rest meines Lebens keinen Sex mehr zu haben, ist etwas, womit ich nicht umgehen kann.

Für immer ist zu lang.

„Wo gehst du hin?", ruft sie mir hinterher. Ich kümmere mich nicht darum, Klamotten zu holen. Im Badezimmer hängt bereits saubere Wäsche.

„Duschen", murmle ich und schließe abrupt die Tür zum Bad.

Ich höre etwas Gedämpftes auf der gegenüberliegenden Seite der Tür. Ich weiß nicht, was sie gesagt hat, und es interessiert mich auch nicht, es herauszufinden. Wahrscheinlich beschwert sie sich darüber, dass die Unterkunft nicht ihren Ansprüchen gerecht wird.

Ich schalte den Ventilator im Bad ein, um alle anderen Geräusche zu übertönen, die sie macht. Ich starte die Dusche und ziehe mich aus. Das untrügliche Zeichen meiner Erregung ist nicht zu übersehen.

Ich brauche eine kalte Dusche.

Aber das ist nicht das, was ich will.

Ich will sie.

Ich sehne mich nach jedem Zentimeter ihres Körpers, der sich um meinen schmiegt, und danach, dass sich mein Schwanz in ihre Wärme schmiegt.

Aber ich werde mich nicht aufdrängen. Verheiratet oder nicht, das macht keinen Unterschied.

Ich steige in die Dusche, stelle mich unter den eiskalten Strahl und drehe schließlich das Wasser zu heiß auf, weil ich die Gänsehaut, die sich auf meinen Armen bildet, nicht mehr aushalten kann.

Karina muss nicht wissen, dass ich über sie fantasiere.

Sie muss es nie herausfinden.

Nachdem ich geduscht habe, trockne ich mich ab und lege mir das Handtuch um die Hüfte, bevor ich die Schlafzimmertür öffne.

Sie hat sich unter meiner Decke zusammengerollt. Ihr Haar liegt verstreut auf dem Kissen, die Augen sind geschlossen.

Ihre Lippen lächeln leicht und selbst in dem abgedunkelten Raum, in dem nur das Licht des Badezimmers zu sehen ist, bin ich mir sicher, dass sie errötet.

Karina beobachtet mich.

Ob ihr gefällt, was sie sieht?

Ich schlendere zur Kommode, lasse mein Handtuch fallen, mein Hintern ist in ihrem Blickfeld, als ich die Schubladen öffne und nach einer Boxershorts fürs Bett suche.

Ich sollte nicht so lange brauchen, um mir etwas fürs Bett auszusuchen, aber ich höre sie und könnte schwören, dass ich ihr scharfes Einatmen höre.

Ich täusche mich nicht.

Ihr Atem beschleunigt sich.

Karina hat kein Wort gesagt, das darauf hindeutet, dass sie wach ist, aber ich weiß zweifelsohne, dass sie mich beobachtet und die Show genießt.

Ich wage zu behaupten, dass ich sie erregt habe.

Ich werfe einen Blick über meine Schulter, und sie schließt die Augen.

16

KARINA

ICH BIN SCHON FAST EINGESCHLAFEN, aber meine Gedanken rasen weiter.

Ashton wird in Panik geraten, wenn er in einem fremden Bett und an einem ungewohnten Ort aufwacht. Ich hätte bei ihm bleiben sollen. Auch wenn ich auf dem Boden schlafen müsste, er wird mich brauchen.

Was passiert, wenn er mitten in der Nacht wach wird? Oder er schlecht geträumt hat?

Die Dusche geht aus und Aurielo wird jeden Moment rauskommen. Er wird erwarten, dass wir uns ein Bett teilen.

Ich will nicht, und das habe ich deutlich gemacht, aber die Couch ist eher ein Liebessitz, und das Letzte, was ich will, ist, auf ihr schlafen, weil ich die Kleinere von uns beiden bin.

Vielleicht hätte ich Ashton auf die Couch legen und Aurielo das Bett stehlen sollen. Er hätte mein Schlafzimmer übernehmen können, wo Ash tief und fest schläft.

Dafür ist es jetzt zu spät.

Ich werde Ash nicht noch einmal verlegen. Auf der Autofahrt hat er tief und fest geschlafen. Das Letzte, was ich will, ist ihn zu wecken und den Rest der Nacht wach zu sein.

Ich muss schlafen. Ich muss morgen arbeiten und habe ein Kind, das morgen früh in Panik geraten wird. Ganz zu schweigen davon, dass ich ihn in die Schule bringen muss, welche am anderen Ende der Stadt liegt, und dass ich das Abholen und Bringen mit meinem Arbeitsplan vereinbaren muss. Ivy hat mir beim Übergang von der Vorschule in die Schule geholfen.

Die Badezimmertür öffnet sich und ich schließe meine Augen. Ich will mich nicht mit Aurielo unterhalten.

Alles, was ich jetzt sage, wird hart klingen und ich werde es bereuen. Ich bin erschöpft und habe einen höllischen Muskelkater.

Seine Schritte auf dem harten Marmor sind

weich und sanft. Das ist untypisch für Aurielo, zumindest ist so mein Eindruck von ihm. Er ist hart, wild und rücksichtslos, sind nicht alle Mafiosi Ungeheuer?

Meine Augenlider flattern auf, und er lässt das Handtuch fallen und kramt in der Schublade seiner Kommode.

Das sanfte Licht aus dem Badezimmer wirft einen Schatten auf seinen nackten Körper.

Er ist wunderschön—jeder Zentimeter von ihm.

Vor sechs Jahren habe ich ihn nicht nackt gesehen. Wir haben nicht miteinander geschlafen. Wir haben das Erlebnis nicht ausgekostet.

Es war ein schneller und schmutziger Fick.

Ich möchte mich nicht beschweren. Ich genoss, was er mir bot, aber ich konnte nicht jeden Zentimeter seiner Haut ertasten, ihn schmecken, ihn berühren, seinen Körper erforschen.

Das Zimmer ist stickig, und während ich die Decke von meinem Körper schieben will, wird Aurielo merken, dass ich nicht schlafe.

Ich habe bereits den Fehler gemacht, so zu tun, als würde ich schlafen.

Ich atme leise und stoße einen leichten Lufthauch aus, während ich seinen Körper, seine

Muskeln und seine exquisite Gestalt studiere. So werde ich ihn vielleicht nie wieder sehen.

Er wirft einen Blick über seine Schulter und bemerkt, dass ich ihn anstarre.

Mist.

Das hätte nicht passieren dürfen. Ich schließe meine Augen und stöhne. Ich drehe mich auf die Seite, damit ich ihm und meiner Peinlichkeit nicht ins Gesicht sehen muss.

Aurielo gluckst leise vor sich hin. „Ich weiß, dass du wach bist."

Er ist nicht leise, als er sich anzieht, dann das Licht im Bad ausschaltet und zum Bett schreitet.

„Ich kann nicht schlafen." Das ist keine Lüge. Es war anstrengend.

Aurielo zieht die Decke zurück und klettert neben mich ins Bett. „Ich kann ein Kissen zwischen uns legen, wenn du dich dann wohler fühlst", bietet er an.

Das wird das Problem, dass wir uns ein Bett teilen, nicht lösen. „Bleib einfach auf deiner Seite", murmle ich. Im Zimmer ist es immer noch unangenehm heiß und ich bin mir sicher, dass meine Wangen brennen. Ich schiebe die Decke nach unten, weil ich etwas mehr Luft brauche.

„Okay, ich bin kein Kuschler. Das werde ich mir merken", scherzt Aurielo.

Wenn die Situation nicht so furchtbar wäre, könnte ich ihn sogar ein wenig sympathisch finden. Aber wenn ich ihn mag, muss ich nachgeben, und ich möchte mich, nicht an ihn binden oder an jemand anderen unter diesem Dach als meinen Sohn.

Mein Schweigen muss ausreichen, damit er merkt, dass ich müde und fertig bin.

„Gute Nacht, *Micetta*", flüstert er in die Dunkelheit.

Ich antworte ihm nicht. So habe ich mir meine Hochzeitsnacht nicht vorgestellt: zwangsverheiratet mit einem Mann, der mir das Leben gerettet hat, nur durch ein Kissen getrennt, und keiner von uns will das gleiche Bett teilen.

Nun, ich möchte das Bett nicht teilen. Ich nehme an, dass er das auch nicht will, aber er hat sich nicht geäußert.

Ich kann mir nicht vorstellen, dass seine Gefühle für mich mehr als Mitleid sind . Deshalb hat er mir das Leben gerettet. Oder etwa nicht?

———

Am nächsten Morgen erwache ich früh und steige in der Dunkelheit aus dem Bett.

Das Zimmer ist ungewohnt, aber der leichte Schein des Sonnenaufgangs dringt durch den Rand der Vorhänge. Es bietet genug Licht, um durch das Schlafzimmer zu stolpern und meine Kleidung vom Vortag zu holen.

Alles von mir ist in Ashtons Zimmer.

Ich schleiche ins Bad, ziehe mich um und fahre mir mit den Fingern durch die unordentlichen Locken, bevor ich das Licht im Bad ausmache und leise zur Tür schleiche.

„Wo gehst du hin?", Aurielos Stimme ertönt vom Bett aus.

„Ash wird bald aufwachen. Ich will nicht, dass er allein an einem unbekannten Ort aufwacht."

Er seufzt und rollt sich auf den Rücken. „Lass mich für euch beide heute Morgen Frühstück machen."

Ich werfe einen Blick auf ihn. Sein Haar ist zerzaust und das Kissen, das sich zwischen uns geschmiegt hat, verdeckt nicht den Mann, neben dem ich geschlafen habe.

Aurielo hat kein Hemd an und seine Brust ist selbst im abgedunkelten Schlafzimmer unglaublich.

Ich presse meine Lippen zwischen die Zähne

und versuche, ihn nicht halb nackt in dem Bett anzustarren.

„Du musst das nicht für uns tun. Ich bin sicher, du hast etwas anderes zu tun." Ich weiß seine Bemühungen zu schätzen, aber sie sind nicht nötig.

„Ich habe nicht gefragt, *Micetta*. Ich möchte deinen Sohn kennenlernen. *Unseren* Sohn", sagt er.

Mir dreht sich der Magen um.

„Unser Sohn?", krächze ich.

Er darf nicht wissen, dass Ashton sein Kind ist.

Ich habe seinen Namen nie auf die Geburtsurkunde geschrieben.

Nur Ivy und Jocelyn wissen, wer der Vater ist, und sie werden nichts sagen.

„Nun, wir sind verheiratet. Das macht ihn zu meinem Sohn."

Auch wenn ich seine Sorge zu schätzen weiß, ist Ashton mein Kind. Ich habe ihn großgezogen, und wenn Aurielo denkt, er könne das Kommando übernehmen, wird er Kopfschmerzen bekommen.

„Rechtlich gesehen ist das nicht wahr." Ich verschränke meine Arme vor der Brust. „Ich verstehe, was du versuchst, aber Ashton ist mein Sohn."

„Und du bist meine Frau", sagt Aurielo ganz

sachlich. Er wirft die Decke zurück und steht auf, nur mit seinen Boxershorts bekleidet.

Hat jemand die Klimaanlage heruntergedreht? Schweißperlen stehen mir auf der Stirn. Mein Mund ist ausgedörrt.

Er schreitet über den Boden und steht mir gegenüber. „Dein Sohn ist mein Sohn. Unser Sohn", korrigiert er sich. „Auch wenn das rechtlich nicht der Fall ist, können wir das leicht ändern."

„Nein", flüstere ich und schaue zu ihm auf. Er mag durch die Ehe an mich gekettet sein, aber ich werde nicht zulassen, dass er sich an meinem Kind vergreift. Wenn ich einen Weg zur Flucht finde, will ich nicht, dass er das Sorgerecht für Ashton einfordert.

Er darf niemals herausfinden, dass mein Sohn sein biologisches Kind ist.

Aurielo streckt seine Hand aus und hebt mein Kinn an, damit ich seinem Blick standhalte. „Keiner widersetzt sich mir, *Micetta*."

„Ich bin weder deine Gefangene noch deine Geliebte", erinnere ich ihn.

Aber ich bin genau das, eine Gefangene. Ich bin an ihn gefesselt, damit ich überleben kann.

Sein Blick wird härter und er lässt mich los. „Geh zu deinem Sohn."

Aurielo öffnet die Schlafzimmertür und ich stürme aus dem Schlafzimmer in den Flur und eile zu Ashtons Zimmertür.

Draußen steht ein Wachmann, aber er schenkt mir keine Beachtung. Hat Aurielo oder Alessandro den Wachmann gebeten, vor Ashtons Tür zu stehen?

Mit Leichtigkeit drehe ich den Griff an der Tür und schleiche mich ins Schlafzimmer.

Ich bin leichtfüßig und achte darauf, Ash nicht zu wecken.

In der Ecke des Raumes steht ein übergroßer Plüschsessel. Ich setze mich, aber es dauert nicht lange, bis Ash sich regt.

„Hey, Süßer. Mami ist hier", sage ich, stehe auf und setze mich auf den Rand der Matratze. „Wie hast du geschlafen?"

Sein Blick schweift durch das Schlafzimmer. „Wo sind wir?", fragt er und ignoriert meine Frage, während er sich im Bett aufrichtet.

Wie soll ich ihm das nur erklären?

17

AURIELO

DER JUNGE SIEHT GENAUSO aus wie ich, als ich fünf war. Nun, vielleicht nicht ganz. Aber die Ähnlichkeit ist unheimlich. Hellbraunes Haar, lange, dichte Wimpern, eine kleine Stupsnase und dünne, zarte Lippen.

Ist das nur Zufall. Oder?

Er ist nicht mein Sohn.

Karina hätte mir gesagt, dass ich ein Kind habe. Sie wäre in die Villa wo die Party stattfand zurückgekehrt , und hätte versucht, mich aufzuspüren.

Es sei denn, sie wollte nichts mehr mit mir zu tun haben.

Es ist ja nicht so, dass wir mehr als ein One-Night-Stand hatten.

Ich stehe barfuß in der Küche. Ich habe mir eine blaue Jeans und ein schwarzes T-Shirt angezogen. Nach dem Frühstück werde ich duschen und mich anziehen.

Alessandro ist heute Vormittag nicht da, sodass ich eine Stunde mehr Zeit habe, um mich zu vergewissern, dass mit Karina und dem Jungen Ashton alles in Ordnung ist.

Das leise Getrappel von Schritten dringt durch die offene Küchentür.

Das Sonnenlicht wirft einen Strahl auf ihn, als er neben Karina steht. „Komm, setz dich hin", weist sie ihn an und führt ihn zum Tresen, wo ein Hocker steht, auf dem er Platz nehmen kann.

„Ashton, ich möchte dir Aurielo vorstellen", sagt Karina zu uns.

Ich wische das Mehl von meinen Händen an meiner Hose ab. Das ist nicht die beste Entscheidung. Meine blaue Jeans hat eine schöne weiße Schicht mit Handabdrücken.

Er rümpft die Nase und lächelt über meine Geste. Er grinst und ist ein echter Sonnenschein. Dieser Ort wird ihn verdunkeln.

Ich werde ihn verdunkeln.

Nicht, dass ich das will, aber alles, was ich berühre, verwandelt sich in Dunkelheit.

Das Glück ist flüchtig.

Ich strecke meine Hand aus. „Es ist schön, dich kennenzulernen, Ashton."

Ashton starrt auf meine Hand. Ich weiß nicht, ob er eine Abneigung gegen das Händeschütteln hat oder einfach nicht weiß, was er tun soll.

Ich schließe meine Hand und biete ihm einen Faustschlag an.

Seine Augen verengen sich, er ballt seine Hand zur Faust und stößt meine Knöchel mit seinen an.

Ein Fortschritt.

Kleine Schritte. Ich akzeptiere es.

Ashton ist wahrscheinlich genauso stur wie seine Mutter.

Warum versuche ich es überhaupt? Weil ich die Ehe ernst nehme. Vielleicht habe ich es mir nicht so vorgestellt, wie ich meine Frau kennenlernen, heiraten und eine Familie gründen werde.

Aber ich werde sie nicht in den Armen eines anderen Mannes akzeptieren.

Sie gehört mir.

Bis, dass der Tod uns scheidet.

Das sind die Gelübde, die wir abgelegt haben, als ich sie zu meiner Frau machte. Und ich habe vor, sie zu ehren, mit allen Verpflichtungen.

„Magst du Pfannkuchen?", frage ich Ashton.

Karina hebt ihn auf den Hocker an der Theke und stellt sich hinter ihn.

Ich kann nicht sagen, ob sie ein Helikopter-Elternteil ist oder ihn nur in ihrer Nähe hält, weil sie mir nicht vertraut. Ich kann es ihr nicht verübeln.

Es ist nicht so, dass wir uns kennen. Wir sind Fremde, abgesehen davon, dass wir Sex hatten.

Einmal.

Alles, was ich tue, es ist fast unmöglich sie aus meinen Gedanken zu verdrängen. Die Frau strahlt förmlich, hauptsächlich in der Nähe von Ashton.

Sieht so echte Liebe aus?

„Kann ich French Toast haben?", fragt er.

Ich habe bereits die Rührschüssel herausgeholt und mit den Zutaten für die Pfannkuchen begonnen.

„Ashton", schimpft Karina mit ihm. „Du magst Pfannkuchen."

„Ich mag Pfannkuchen so, wie du sie machst", sagt er. „Aber Ivy hat gestern breiige Pfannkuchen zum Frühstück gemacht und mich gezwungen, sie zu essen."

Ashton rümpft angewidert die Nase. „Das sind nicht die aus der Packung."

„Nein, sind sie nicht. Ich verspreche, meine sind

nicht matschig", sage ich. In der Küche bin ich ein Genießer.

„Gut", sagt Ashton.

Das Kind wird meine Pfannkuchen wahrscheinlich nicht einmal probieren, und wenn sie nicht perfekt werden, werde ich nie in seiner Gunst stehen.

Warum versuche ich es überhaupt?

Ich nehme die Rührschüssel und gehe zum Mülleimer, drücke auf das Pedal und öffne den Deckel. Ich kippe den halb gemischten Inhalt in den Müll.

„Was machst du da?", fragt Karina.

„Ich mache dem Kind French Toast." Ich werfe die schmutzige Schüssel in die Spüle und hole einen Laib Brot aus dem Brotkasten.

Karina blickt von Ashton zu mir, bevor sie den Kühlschrank öffnet und den Karton mit den Eiern herausholt.

„Es ist gut." Ich hole die Zimt-Zucker-Mischung aus der Speisekammer und die Butter aus dem Kühlschrank und fange an, die Zutaten in eine frische Schüssel zu geben.

Karina kommt zu mir und stellt sich neben mich, während ich die Mischung zubereite. „Danke", flüstert sie.

„Nichts zu danken."

Ich versuche nicht, mürrisch zu sein. Es ist nicht so, dass ich jemals mit Kindern zusammen war. Mein jüngerer Bruder, Giovan, ist nicht verheiratet und hat keine Familie. Auch Nico, der vor sechs Jahren geheiratet hat, hat immer noch keine Kinder.

In der Mafia zu sein, ist nicht gerade förderlich, um ein Kind aufzuziehen und eine Familie zu haben.

Wir machen uns viele Feinde, und ich will nicht, dass das Leben meiner Familie auf dem Spiel steht. Deshalb habe ich mir geschworen, dass ich niemals heiraten werde.

Natürlich habe ich auch nicht damit gerechnet, dass man mir befehlen würde, sie zu töten.

Vielleicht hätte ich es durchziehen sollen.

Aber die Wahrheit ist, dass sie ein ursprüngliches Gefühl in mir geweckt hat.

Ich habe mit Dutzenden von Frauen geschlafen, aber sie war die einzige, die ich wiedersehen wollte, wahrscheinlich weil ich ihre Telefonnummer nicht hatte oder nicht wusste, wo sie wohnte.

Und sie zu töten, erschien mir rücksichtslos.

Da ich weiß, dass sie ein Kind hat, bin ich froh, dass ich Alessandros Anweisungen nicht befolgt habe. Ich hätte mir nie verzeihen können, eine Mutter zu ermorden.

Die Männer, die wir abschlachten, sind Drecksäcke, Diebe und Spitzel.

Es macht mir keinen Spaß, Männer leiden zu lassen oder sie zu verhören.

Es ist mein Job.

Und sicher, ich mag gut darin sein, was aber nicht bedeutet, dass ich leidenschaftlich gerne das Leben von jemandem zerstöre und ihm eine Kugel in den Kopf jage.

———

„Hast du eine Minute Zeit?", fragt Giovan.

Ich sitze im Büro an meinem Schreibtisch. „Ja, komm rein." Da ich als Verhörspezialist auch ein wenig Aufklärung betreibe und dabei helfe, dreckige Diebe zu schnappen, habe ich einen Schreibtisch und mein eigenes Büro. Es ist klein, aber ausreichend.

Giovan schließt die Bürotür hinter sich.

Ich bin mir nicht sicher, ob er sich Sorgen macht, dass jemand mitbekommt, was er sagen will. Karina und Ashton sind heute schon weg. Francesco hat

Ashton an der Schule abgesetzt und dann Karina zur Arbeit in die Stadt gefahren.

„Ich möchte kurz mit dir reden", sagt Giovan.

„Klar, schieß los." Ich mache eine Geste, damit er sich mir gegenüber auf das schwarze Ledersofa an der Wand setzt.

„Ich weiß nicht, wie ich es am besten ausdrücken soll, aber hast du Ashton gesehen?"

„Ja, ich habe für den Jungen Frühstück gemacht. Nachdem ich den Pfannkuchenteig, den ich gemacht hatte, weggeschüttet habe, nahm er zwei Bissen von seinem French Toast und behauptete, er sei satt!"

Ich drücke mir auf den Nasenrücken.

Von Kindern bekomme ich Kopfschmerzen.

Na ja, zumindest bei einem Kind.

„Vielleicht ist es nur ein Zufall, aber der Junge sieht genauso aus wie du in seinem Alter." Er holt ein Foto aus seiner Handfläche, das er dort versteckt hatte, steht auf und legt es auf meinen Schreibtisch, damit ich es ansehen kann.

„Die Ähnlichkeit ist unheimlich", bemerke ich.

Wie konnte mir das entgehen?

Giovan verschränkt seine Arme vor der Brust. „Ich wusste, dass du ihr nicht aus reiner Herzensgüte einen Heiratsantrag gemacht hast. Der

Junge ist von dir, nicht wahr? Wie lange weißt du es schon?"

„Was?" Er muss verrückt sein. „Er ist nicht von mir."

„Du hattest noch nie Sex mit Karina?", fragt Giovan.

Ich starre das alte Foto wieder an. Mein Mund ist trocken, Schweißperlen stehen auf meiner Stirn. „Nun, es gab ein Mal, aber das ist schon Jahre her."

„Vor fünf Jahren?", fragt Giovan.

„Ungefähr sechs", sage ich.

„Na ja, wenn man bedenkt, dass es neun Monate dauert, bis das Kind zur Welt kommt."

„Sie ist keine Außerirdische." Ich schnaube über seine Bemerkung und schaue zu meinem jüngeren Bruder auf. „Außerdem, wenn es mein Kind wäre, hätte Karina es mir gesagt."

Giovan zieht eine Augenbraue hoch.

Zum Teufel ich weiß nicht, wie er das macht.

„Wann?", fragt Giovan.

Ich werfe meine Hände in die Luft. „Wie war es, als ich herausfand, dass sie einen Sohn hat?"

„Wenn ich wetten müsste, würde ich darauf wetten, dass der Junge von dir ist", sagt Giovan. „Wenn ich du wäre, würde ich eine DNA-Probe nehmen. Bring den Jungen dazu, dir einen

Mundabstrich oder eine Haarprobe zu geben. Was auch immer nötig ist, und es zum Testen einzuschicken. Schnell und unauffällig."

Ich kann mir nicht vorstellen, dass das Kind etwas verschweigen würde. Ashton scheint ein Muttersöhnchen zu sein, aber sein Vater ist ja nicht auf dem Bild.

Warum ist das so?

Ich will nicht glauben, dass Ashton von mir sein könnte. Ich nehme das Bild vom Schreibtisch und starre auf das Bild von mir, als ich fünf Jahre alt war.

Die Ähnlichkeit ist verblüffend.

Er ist von mir.

Ich weiß, dass er mein Sohn ist. Ich spüre es in meiner Magengrube. Die Sorge und das Entsetzen, dass sie ihre Schwangerschaft vor mir verheimlicht hat, dass sie *ihn* vor mir verheimlicht hat.

Was hat Karina ihrem Sohn über seinen Vater erzählt? Hat sie ihn angelogen, so wie sie mich belogen hat?

18

KARINA

NACHDEM FRANCESCO uns zu Ashtons Schule gefahren hat, begleitet er mich zur Arbeit, genau wie gestern.

„Ivy wird Ashton um vier Uhr abholen müssen. Sie weiß nicht, wie sie zum Haus kommt", sage ich.

„Ich kümmere mich um die Abholung. Du hast dich seit gestern nicht mehr bei Ivy gemeldet", sagt Francesco.

Er hat nicht unrecht, wenn er mit Ivy spricht, aber die Schule wird Ashton auf keinen Fall mit einer Fremden gehen lassen. „Du stehst nicht auf der genehmigten Liste", sage ich.

„Zugelassen, wofür?" Er schaut mich an, als ob ich eine Fremdsprache sprechen würde.

„Der Lehrer lässt Ashton nicht mit einem

Fremden gehen. Es ist zu seinem Schutz. Entführungen und so weiter." Ich erwähne nicht, dass Francesco ein unheimlich aussehender Typ ist. Er würde auf keinen Fall versuchen, sich als etwas anderes als ein Mafioso auszugeben.

„Deine Schwester soll ihn nach der Schule ins Krankenhaus bringen." Er gibt mir sein Handy.

„Ich kann sie auf der Arbeit anrufen", sage ich. Wir sind fast in der Lobby.

Er blickt mich aus dem Augenwinkel an. „Sehr gut."

Ich lasse ihn in der Lobby zurück, während ich zum Aufzug gehe und in die Kinderstation fahre.

„Guten Morgen", sagt Jocelyn.

„Morgen", antworte ich.

Ich bin schon wieder zu spät. Das ist eine Angewohnheit, die ich mir nicht mehr leisten kann. Ich erwarte, dass der Drache mir Feuer in den Nacken spuckt, aber er ist nirgends zu sehen.

Ich eile den Flur hinunter, ziehe mir meine Arbeitskleidung an, nehme meinen Schmuck und meine Wertsachen ab und lege sie in meinen Spind.

Jocelyn folgt mir. „Hält dich dein Mann so lange wach?", neckt sie mich.

Sie weiß nicht, was in meinem Leben vor sich geht. Ich möchte es ihr sagen, aber ich kann nicht. Es ist kompliziert und es könnte ihr Leben gefährden, was ich nicht will.

„So ähnlich. Hast du den Boss gesehen?" frage ich, wobei ich darauf achte, sie nicht den Drachen zu nennen, wenn sie um die Ecke ist. Das wäre nur mein Glück, wenn sie auftauchen würde.

„Ja, sie ist gut gelaunt. Dein neuer Mann hat Donuts und Bagels von der Bäckerei um die Ecke bringen lassen. Ich bin schon ganz verliebt in ihn", sagt Jocelyn und fällt in Ohnmacht. „Wann können wir ihn kennenlernen?"

„Das könnt ihr nicht." Diesen Vorschlag unterdrücke ich sofort.

Ihr Gesicht verzieht sich. „Warum nicht?"

Ich schiebe meine Kleidung in den Spind und schnüre meine Turnschuhe für meine Schicht. „Weil er sehr verschlossen ist."

Ich möchte mich ihr anvertrauen, aber gleichzeitig habe ich Angst, dass diese neue zuckersüße Jocelyn, die Aurielo ihr mit Süßigkeiten und Frühstücksleckereien eingebrockt hat, auf mich zurückfällt.

„Er hat die Backwaren heute Morgen persönlich vorbeigebracht und mit dem Drachen gesprochen", sagt Jocelyn schmunzelnd.

„Er hat was?" Bei ihrer Bemerkung läuft mir das

Wasser im Mund zusammen. Das kann nicht ihr Ernst sein.

Ein breites Grinsen breitet sich auf ihrem Gesicht aus. „Ich hatte dich!"

„Du bist eine Göre", erwidere ich und knalle meinen Spind zu. „Ich werde ihm sagen, dass er aufhören soll, Gebäck zu schicken, weil du nichts Süßes verdienst."

„Gut, aber die Bagels sehen auch lecker aus!"

Ich stöhne und verdrehe die Augen, während ich den Flur in die andere Richtung gehe, um nach meinen Patienten zu sehen.

———

„Ist es wahr, dass du gerade geheiratet hast?", fragt Cora.

Sie ist vierzehn Jahre alt und eine meiner Lieblingspatienten. Cora ist im Krankenhaus ein und aus gegangen, seit ich dort arbeite.

„Wer hat dir das erzählt?" Ich lache. Keiner kann ein Geheimnis für sich behalten.

„Schwester Jocelyn hat heute Morgen über die Donuts geplaudert. Hast du ein Foto von ihm?"

„Nein, habe ich nicht", sage ich.

Sie wirft mir einen verwirrten Blick zu. „Du hast

kein Foto von deinem Mann, und als er noch dein Verlobter war?" Cora ist klug. Manchmal ein wenig zu schlau für ihr eigenes Wohl.

„Nein."

Ihre Augen verengen sich. „Nicht einmal auf deinem Handy?" Cora streckt ihre Hand aus und erwartet, dass ich ihr einfach mein Gerät gebe.

Ich liebe die Kleine, aber sie hat keine Grenzen, genau wie Jocelyn.

„Mein Handy ist defekt. Ich habe einen billigen Ersatz, aber das ist kein Smartphone."

„Schwach", sagt sie.

Ich überprüfe ihre Werte und schreibe Notizen für den Arzt in ihre Krankenakte.

„Erzähl mir, wie er ist. Lass mich das durch dich miterleben", sagt Cora. Sie setzt sich noch weiter im Bett auf.

Ich habe Cora noch nie so eifrig gesehen. Sie ist aufgeweckt und ihre Wangen sind etwas rosiger als sonst. Ich würde mir Sorgen machen, dass es an einer Infektion und Fieber liegt, aber ihre Temperatur ist normal.

„Er hat viele Tattoos auf den Armen, ist groß, gut aussehend und hat einen Akzent."

„Was für einen Akzent?"

„Er ist Italiener", sage ich.

„Oh Mann, der muss heiß sein!"

Ich kritzle noch ein paar Zeilen auf. „Eher unheimlich", murmle ich vor mich hin.

„Was war das?", fragt Cora.

Ihr entgeht nichts. Niemals.

„Du hast doch ein Kind, oder?"

Ich nicke langsam, weil ich nicht weiß, worauf sie mit dieser neuen Frage hinaus will. „Ja, genau, einen Jungen." Sie hat sein Foto auf meinem Handy gesehen. Er war praktisch seit seiner Geburt mein Hintergrundbild.

„Was hält dein neuer Mann davon, Vater zu werden?"

Ich stöhne. Das Kind ist zwar erst vierzehn, aber im Hinblick auf Verstand ist sie uns eine ganze Ecke voraus. In diesem Moment wünschte ich mir, ich hätte nach Molly nebenan geschaut, die sechs Jahre alt ist. Sie ist süß, eine Quasselstrippe, und fragt mich nichts Persönliches.

„Er muss sich noch eingewöhnen", sage ich.

„Autsch", sagt Cora und grinst.

Es ist, als ob das Kind mich durchschaut.

Vielleicht können das alle, und deshalb fragen sie mich nach Aurielo?

„Was denkt der Vater?", fragt Cora.

„Das sind genug Fragen", sage ich und räuspere mich. „Du solltest dich ausruhen."

Cora jammert. „Das ist das Einzige, was ich jemals tun darf. Ich will alles über dein Liebesleben hören."

„Netter Versuch."

————

Ich sitze in der Schwesternstation, trinke eine Flasche Wasser und tippe Notizen in den Computer, als ich merke, dass mich jemand anstarrt.

„Aurielo?"

Was zum Teufel macht er hier?

Ich speichere die Akte und husche schnell herum, um ihn am Revers zu packen und in den Pausenraum zu zerren.

„Wir müssen reden", sagt er.

Ich schließe die Tür hinter uns.

„Konntest du nicht warten, bis ich heute Abend von der Arbeit nach Hause komme, damit wir besprechen können, was du auf dem Herzen hast?" Ich kann nicht glauben, dass er die Frechheit besitzt, einfach aufzutauchen, während ich auf der Arbeit bin!

„Ist das wahr?" Er kommt näher und drängt mich in den kleinen, geschlossenen Raum.

„Ist was wahr?" Ich starre in seine dunklen, strengen Augen. Er trägt einen Anzug und ist perfekt gekleidet. Er sieht ganz wie ein Geschäftsmann aus und ist im Krankenhaus fehl am Platz.

Offen gestanden gefällt mir das Ensemble, in dem ich ihn heute Morgen gesehen habe, viel besser: lässig und sexy.

Wir sind verheiratet, aber nicht aus Liebe.

„Dieser Ashton ist mein Sohn." Seine Hände sind zu Fäusten geballt, die er sie an der Seite hält. Er starrt mich an und wartet darauf, dass ich ihm antworte.

Erwartet er, dass ich seinen Verdacht bestätige?

„Ashton ist nicht von dir." Auf der Geburtsurkunde ist kein Vater vermerkt. Ich wusste nicht, wie ich ihn erreichen konnte, und ich habe es auch nicht versucht.

„Lüg mich nicht an!", brüllt er. Meine Arme kribbeln, und ich zittere. „Giovan schlug vor, einen DNA-Test zu machen und meine mit der von Ashton zu vergleichen.

Ich lecke mir über die Lippen. „Das kannst du nicht tun."

„Und warum nicht?", fragt er und lehnt sich

näher heran. Er zieht etwas aus seiner Tasche und drückt es mir in die Hand.

Ich greife nach dem verblichenen Foto und schaue es mir genau an. Das Bild sieht Ashton so ähnlich.

„Das bin ich", sagt Aurielo und stellt seinen Standpunkt klar. „Ich sehe genauso aus wie Ashton in diesem Alter."

Ich öffne meinen Mund und schaue an Aurielo vorbei zur Tür. Sie ist geschlossen. Das Fenster ist vereist. Es ist unwahrscheinlich, dass in nächster Zeit jemand nach uns sehen wird.

„Viele Kinder haben ähnliche Merkmale", flüstere ich.

„Willst du mir wirklich ins Gesicht lügen, *Micetta*?"

Meine Unterlippe zittert. Ich will keine Angst haben, aber ich mache mir Sorgen um meinen Sohn. Um seine Sicherheit und um den Mann, der er werden wird, wenn er zu Aurielo aufschaut.

„Du bist ein Monster", flüstere ich und starre in seine dunklen Augen. „Ich will nicht, dass mein Sohn so wird wie du."

„Dieses Monster hat dir das Leben gerettet. Vergiss das nie, *Micetta*", sagt Aurielo, dreht sich um und stürmt aus dem Pausenraum.

19

AURIELO

ICH HATTE NICHT VOR, ins Krankenhaus zu gehen, um mit Karina zu sprechen. Aber nachdem Giovan vorgeschlagen hatte, was ich schon befürchtet hatte, musste ich sie sehen. Das konnte nicht bis heute Abend warten.

Es wäre ein Leichtes, heimlich einen DNA-Test zu machen, ihn vor Karina zu verheimlichen und die Wahrheit herauszufinden.

Aber ich bin kein Mann, der Dinge hinter dem Rücken von anderen tut.

Wenn Ashton von mir ist, schuldet sie mir die Wahrheit.

Wenn er es nicht ist, dann will ich wissen, wer der Vater ist und warum er nicht in ihrem Leben ist.

Was ist das für ein Mann, der seinen Sohn im Stich lässt?

Meine Fragen verwandeln sich schnell zu einem Verhör. Meine Methoden sind nicht grausam oder unfreundlich, und ich verzichte darauf, sie körperlich an die Wand zu drücken, aber meine Augen fixieren sie.

Sie zittert, während sie spricht, ihr Körper verrät sie.

„Willst du mir wirklich ins Gesicht lügen, *Micetta*?"

Ihre Unterlippe zittert, als sie spricht, ihre Stimme ist kaum mehr als ein Flüstern. „Du bist ein Monster. Ich will nicht, dass mein Sohn so wird wie du."

Wie kann sie vergessen, was ich für sie getan habe?

„Dieses Monster hat dir das Leben gerettet. Vergiss das nie, *Micetta*."

Ich kann es nicht ertragen, in ihrer Nähe zu sein. Ich stürme aus dem Pausenraum und den Flur entlang. Ich versuche, leise zu sein um nicht noch mehr Aufmerksamkeit auf mich zu lenken, aber das ist unmöglich, wenn meine Schritte auf dem Boden schlagen.

Sie hat mich angelogen.

Karina hatte jede Gelegenheit, meine Fragen zu verneinen, zu behaupten, ich sei verrückt und Ashton sei nicht mein Kind.

Aber das ist nicht passiert.

Ich möchte falsch liegen. Und gleichzeitig brennt in mir das Wissen, dass der Junge, der heute Abend nach der Schule nach Hause kommen wird, mein Kind ist.

Meine Beine brennen, meine Füße sind wie Feuer auf dem Boden. Ich möchte rennen.

Aber mein Anzug erdrückt mich.

Ich eile den Flur hinunter und drücke wiederholt auf den Knopf für den Aufzug. Das macht die Kabine zwar nicht schneller, aber ich fühle mich dadurch besser, als würde ich etwas tun, anstatt nur herumzustehen.

Ich steige in den Aufzug und drehe mich um.

Karina starrt mich von der anderen Seite des Ganges an. Ihre Augen sehen verzweifelt aus. Ihre Unterlippe ist gekräuselt, als würde sie versuchen, nicht zu weinen.

Ich kann sie nicht trösten.

Nicht jetzt.

Vielleicht auch nie.

Sie gehört mir nicht.

Im Aufzug fühle ich mich gefangen. Ich bin

erleichtert, als die Klingel ertönt und die Türen sich öffnen. Ich eile hinaus und hinunter in die Lobby, wo ich Francesco erblicke.

„Alles in Ordnung?", fragt er.

„Alles bestens", murmle ich. „Komm mit mir." Ich gehe nach draußen, und er folgt meinem Befehl.

Da Karina derzeit nicht bedroht ist, braucht sie Francesco nicht in der Krankenhauslobby. Er ist auf Alessandros Anweisung hier, um dafür zu sorgen, dass sie nicht flieht. Wenn das Mädchen fliehen wollte, würde sie es tun.

Das könnte sie immer noch.

Da ich weiß, dass der Junge mir gehören könnte, kann ich sie nicht gehen lassen.

Aber ein Problem nach dem anderen. Sie davon zu überzeugen, dass sie bleiben soll, hat Priorität.

„Was weißt du über Privatschulen?", frage ich.

Francesco wirft mir einen komischen Blick zu. „Worum geht es hier?"

Kann er so dumm sein, zu fragen? „Ashton."

Welches andere Kind gibt es denn noch im Haus?

„Ich würde empfehlen, dir ein Internat anzusehen", sagt Francesco.

Ich habe schon darüber nachgedacht, aber ich bin mir nicht sicher, ob ich den Jungen wegschicken will, wenn er mir gehört. Ich möchte Ashton kennenlernen und ihn nicht auf eine angesehene Bildungseinrichtung schicken, wo ich ihn nur in den Ferien sehen kann.

Außerdem bezweifle ich, dass Karina damit einverstanden wäre, den Jungen wegzuschicken.

„Er ist fünf. Heben wir uns diesen Vorschlag für seine Teenagerjahre auf, wenn die Dinge noch komplizierter sind", murmle ich.

Er schiebt seine Hände in die Taschen. „Ich kenne keine Privatschulen, aber ich kann auf meinem Handy ein wenig recherchieren, während ich auf deine Frau warte."

Es klingt seltsam, wenn Francesco Karina als meine Frau bezeichnet, aber er hat nicht unrecht.

„Mach dir keine Gedanken darüber." Das kann ich auch tun, wenn ich zurück auf dem Gelände bin. „Ich dachte nur, wenn du etwas Gutes oder Schlechtes über eine der Privatschulen in der Gegend hörst, frage ich vorher nach."

„Ich bin nur froh, dass du darüber nachdenkst, ihn auf eine Schule im Norden zu schicken. Wir haben ihn heute Morgen zur Schule gebracht und ihre Zwillingsschwester holt ihn ab und bringt ihn nach der Schule in das Krankenhaus."

„Ivy bringt Ashton ins Krankenhaus?" Als wir

das Ende des Blocks erreichen, bleibe ich stehen und muss entweder die Straße überqueren oder umdrehen.

Ich drehe um, und Francesco folgt mir. Mein Magen schlägt Purzelbäume. Ich traue Ivy nicht und ich will sie nicht in der Nähe meines Kindes haben.

„Warum holst du ihn nicht ab?"

„Karina hat erwähnt, dass die Schule ihn nicht ohne einen Erziehungsberechtigten gehen lässt."

„Scheiße", murmle ich vor mich hin. „Hast du die Adresse?"

Er holt sein Handy hervor und schickt mir die Informationen. „Ich weiß nicht, was das bringen soll. Karina hat darauf bestanden, dass ich das Kind nicht abholen kann. Ivy müsse es tun."

„Das werden wir ja sehen."

———

Nachdem ich das Krankenhaus verlassen habe, fahre ich zum nächsten Laden, um eine Sitzerhöhung für das Auto zu kaufen. Der Verkehr ist ein Chaos und die Dame an der Kasse benötigt doppelt so lange wie nötig.

Ich schaue auf meine Uhr, als ich vor der

Grundschule anhalte. Die Autos stehen um den Block herum.

Ich parke schnell das Fahrzeug und eile den Bürgersteig hinunter. Die Kinder wurden noch nicht entlassen.

„Was machst du denn hier?", fragt Ivy, als sie mich erblickt. Sie verschränkt ihre Arme vor der Brust und wirft mir einen missbilligenden Blick zu.

„Ich hole Ashton ab", sage ich.

Warum sollte ich mich sonst in einer Grundschule herumtreiben? Es ist ja nicht so, dass ich Dutzende von Kindern in der Stadt herumlaufen habe.

Zumindest glaube ich das nicht, aber ich habe schon mit vielen Frauen geschlafen.

„Überprüfst du mich? Er hat sich Sorgen gemacht, dass ich ihn nicht zu Karinas Arbeit bringe."

Sie hat nicht ganz unrecht, aber ich weiß, dass Karina ihrer Schwester vertraut, und das reicht mir schon. „Es geht dich nichts an, warum ich hier bin."

Ich bin mir nicht sicher, warum ich überhaupt hier bin. Es gibt einen Haufen Arbeit zu erledigen und wenn Alessandro mitbekommt, dass ich Hausmannskost spiele, anstatt einer Spur nachzugehen, muss ich mich seinem Zorn stellen, was nicht lustig ist.

Aber ich will auch das Kind kennenlernen.

Mein Kind.

Karina hat mir das heute Morgen auch bestätigt. Sie hatte jede Gelegenheit, mir zu sagen, dass das Kind nicht von mir ist. Dass ich verrückt bin, weil ich denke, dass er mein Kind ist.

Nein.

Stattdessen hat sie gesagt, dass ich ein Monster bin und sie nicht will, dass Ashton so wird wie ich.

Ich habe vor, ihr zu beweisen, dass ich nicht die Bestie bin, für die sie mich hält. Ich bin mir nur nicht sicher, wie ich das anstellen soll.

„Du verschwendest deine Zeit", sagt Ivy.

Ich schlucke den Köder. „Warum denn?"

„Willst du auf der Heimfahrt mit einem Fünfjährigen im Auto sitzen, der dir eine Million Fragen stellt?" Ivy grinst. „Du hast wahrscheinlich keine Ahnung von Kindern, geschweige denn, wie man mit ihnen umgeht."

Warum streite ich mich mit Karinas Schwester? Die Frau hat versucht, mir vorzugaukeln, sie sei Karina!

Meine Hände ballen sich an der Seite zu

Fäusten. „Du wirst mich Ashton mit nach Hause nehmen lassen."

„Oder was?" Ivy lässt ihre Hände an die Seite fallen. „Du willst gegen mich kämpfen? Du bist doppelt so groß wie ich, aber ich bin schneller als du."

Diese Frau hat eine große Klappe.

„Das könnte man meinen", sage ich und lehne mich näher heran, „aber ich bin in der Highschool Leichtathletik gelaufen."

„Ist das schon ein Jahrhundert her?", stichelt Ivy.

Obwohl ich ein paar Jahre mehr auf dem Buckel habe als Ivy und Karina, bin ich nicht so viel älter. Sie versucht nur, mir unter die Haut zu gehen, und das gelingt ihr verdammt gut.

Es macht mich wütend, mit ihr zusammen zu sein. Es ist unglaublich, dass sie Zwillinge sind und sich überhaupt nicht ähneln. Die Ähnlichkeiten enden bei ihrem Aussehen.

Sicher, Karina hat einen Mund, aber es sind Lippen, die ich verschlingen möchte. Bei Ivy spüre ich nur den Zorn darüber, dass sie Karina verraten und zu Boden gestoßen hat. Vielleicht war es ein Akt der Selbstlosigkeit, aber alles, was ich sehe, ist die Schlampe, die vor mir steht.

Die Türen der Schule öffnen sich und die Kinder

strömen in einem chaotischen Durcheinander heraus. Ashton stürmt auf Ivy zu.

„Du bist gekommen!" Ashton grinst. „Ich habe dich heute Morgen vermisst."

„Ich wette, du hast meine Pfannkuchen vermisst", sagt Ivy.

Ich schnaube über ihre Bemerkung.

Ashton grinst breit und schaut mich fragend an, ob ich sein Geheimnis für mich behalten soll.

Mach dir keine Sorgen, Junge. Ich muss mich nicht mit dir anlegen. Ich muss mich schon mit deiner Mutter und deiner Tante herumschlagen, das ist mehr als genug Ärger.

Ivy muss Ashton abmelden, und es dauert ein paar Minuten, bis die Lehrerin mit dem Klemmbrett vorbeikommt.

„Ich bin Aurielo, Karinas Ehemann", sage ich, schüttle die Hand und stelle mich Ashtons Lehrerin vor.

Sie ist klein, kaum 1,50 groß und trägt ein langes, fließendes Kleid, das zu ihren dunklen, brünetten Haaren passt.

„Oh, ich wusste gar nicht, dass sie verheiratet ist! Ich bin Ms. Brown", sagt die Frau.

Ich beiße mir auf die Zunge. Das wird nicht schwer zu merken sein.

„Wir haben vor Kurzem geheiratet", sage ich und schenke ihr ein warmes Lächeln und einen festen Händedruck.

Wir tauschen kurze Höflichkeiten aus, bevor sie zum nächsten Elternteil eilt.

„Warum *hast* du meine Schwester geheiratet?", fragt Ivy und unterstreicht ihre Frage. Sie ergreift Ashtons Hand und geht von der Schule weg, den Bürgersteig entlang.

„Ich habe da drüben geparkt." Ich zeige in die entgegengesetzte Richtung, in die wir gerade gehen. Ich kann mein Auto auf der Straße parken sehen.

„Hast du einen Kindersitz?" Sie bleibt vor ihrem Mini-Brunch-Auto stehen.

„Ja, ich habe einen auf dem Weg hierher gekauft", grinse ich und freue mich, dass ich sie übertrumpft habe.

„Nun, ich gebe ihn nicht in deine Obhut. Meine Schwester hat mir gesagt, ich soll ihn zu ihrer Arbeit bringen."

Sie öffnet den Kofferraum des Autos.

„Was machst du da?" Sie wird das Kind doch nicht in den Kofferraumsteigen lassen, oder?

Das Auto ist zweitürig, hat kaum Platz und wenn jemand hinten gegen das Fahrzeug stößt, wird es meinen Sohn zerquetschen.

„Das ist dein Auto?", frage ich.

Sie nimmt Ashtons Rucksack, wirft ihn in den Kofferraum und knallt den Deckel zu.

„Ja. Und?"

„Mein Sohn fährt nicht auf dem Rücksitz dieser Todesfalle!"

Sie muss verrückt sein, wenn sie glaubt, dass es sicher ist, ihn in diesem zweitürigen Schrotthaufen durch die Stadt zu fahren.

„Er ist jeden Tag nach der Schule damit gefahren, bis du aufgetaucht bist und deinem Sohn ein Vater sein wolltest!"

„Wie bitte?"

„Du hast mich gehört!" Ivy knurrt mich an, tritt näher und stößt mit ihrem Finger gegen meine Brust. „Du hast meine Schwester im Stich gelassen, nachdem du sie geschwängert hast! Was für ein Mensch tut so etwas? Sie hat dir gesagt, dass sie schwanger ist, und du hast gesagt, dass du nichts mit ihr zu tun haben willst."

„Whoa!" Ich schlage ihre Arme nieder und trete einen Schritt zurück. „Karina ist nie zu mir gekommen. Sie hat mir kein Wort über ihre Schwangerschaft erzählt. Ich habe sie geheiratet, um sie zu beschützen und ihr Leben zu retten. Ich hatte keine Ahnung, dass sie Mutter ist, geschweige denn, dass das Kind von mir ist."

Ihr Gesicht verfinstert sich grässlich. Ihre Augen sind vor Entsetzen weit aufgerissen.

Wird sie krank werden?

„Sie hat mir gesagt, dass sie sich an den Vater gewandt hat."

„Nun, ich war es nicht."

Bin ich nicht der Vater des Kindes? Hat Ashton einen Vater, der ihn im Stich gelassen hat? Oder hat Karina ihre Schwester angelogen?

Sie reibt sich die Schläfen. „Ich kann dieses Gespräch nicht mit dir führen. Ich mag dich nicht einmal."

„Das beruht auf Gegenseitigkeit", erwidere ich. Nicht, dass es eine Regel dagegen gäbe, Gespräche mit Menschen zu führen, die ich nicht mag. Ich habe viele davon, meistens in dunklen Kellern oder im Kellergefängnis.

20

KARINA

ICH SCHAUE AUF MEINE UHR. Der Tag scheint sich ewig hinzuziehen, aber wenn ich fertig bin und die Treppe hinuntergehe, sollte Ashton mit Ivy ankommen.

Es ist unmöglich, dass ich es bis drei Uhr schaffe, ihn abzuholen.

Ivy ist eine Lebensretterin.

Sie ist zwar auch ein bisschen aufbrausend und macht eine große Portion Ärger, aber ich liebe meine Schwester.

Ich ziehe meine Arbeitskleidung aus und mache mich mit Jocelyn auf den Weg zum Aufzug. „Ich will immer noch alles über deinen Mann wissen", sagt sie. „Wie ihr euch kennengelernt habt, wie er im Bett ist. Erzähl mir die Details, Mädchen! Ich habe einen Blick auf ihn geworfen, und er ist zum Verlieben."

„Was soll das heißen?", frage ich.

„Groß, dunkel, gut aussehend. Oh, und die Tattoos sind sexy. Ich wette, er bringt dein Höschen zum Schmelzen", sagt Jocelyn mit einem verruchten Grinsen.

„Halt die Klappe!", warne ich sie, als wir den Aufzug betreten.

Sie grinst. „Du solltest nach deiner Hochzeitsnacht strahlend zur Arbeit kommen. Mädchen, du brauchst Flitterwochen!"

Ich rolle mit den Augen.

„Das ist nicht einfach mit, einem Kind, einem Vollzeitjob und dem Leben."

Ganz zu schweigen von der Tatsache, dass wir nicht verliebt sind.

Ich möchte, dass sie aufhört, über Aurielo zu reden. Aber ich bezweifle, dass sie das tun wird, und die Tatsache, dass wir Francesco treffen werden, ist auch nicht gerade hilfreich. Sie wird noch mehr Fragen stellen.

Wir fahren mit dem Aufzug nach unten und ich bin erleichtert, als die Klingel ertönt und wir im Erdgeschoss in der Lobby ankommen.

Gemeinsam steigen wir aus und sie folgt mir,

während ich auf den Wartebereich zusteuere.

Ich beiße mir auf die Unterlippe. Warum ist Aurielo hier? Und Ivy ist auch da. Sie sieht nicht im Geringsten glücklich aus.

Aurielo ist die letzte Person, mit der ich zu tun haben möchte, besonders jetzt, wo Jocelyn an meiner Seite ist. Sie hat keine Ahnung, wer er ist und warum wir geheiratet haben. Ich kann es ihr nicht sagen. Ich will ihr Leben nicht gefährden.

Aber ich bin zuversichtlich, dass jemand die Wahrheit ausplaudern wird.

„Hallo!" Jocelyn quietscht und hält Aurielo ihre Hand hin. „Familientreffen?", scherzt sie und bemerkt meine Schwester.

„So ähnlich", sagt er und wirft mir einen verwirrten Blick zu.

„Tut mir leid", sage ich und entschuldige mich schnell. „Aurielo, das ist meine Arbeitskollegin Jocelyn."

„Kollegin?" Jocelyn spottet. „Wir sind beste Freundinnen. Ich war mit Karina im Kreißsaal. Das macht mich zur Familie."

„Nur weil ich beim Anblick von Blut in Ohnmacht falle", sagt Ivy. „Und ich wollte nicht sehen, wie der Typ rauskommt." Sie zerzaust Ashton die Haare.

Er verzieht das Gesicht. „Ekelhaft!"

„Freut mich, dich kennenzulernen", sagt Aurielo und schüttelt Jocelyn die Hand, während sie sich begrüßen.

Ich packe Ivy am Arm und ziehe sie zu mir. „Was ist hier los?" Ich erwarte eine ehrliche Antwort von meiner Schwester. Ich habe nicht damit gerechnet, dass sie hier bleibt, wenn sie Ashton abgesetzt hat, aber wahrscheinlich sind sie gerade erst angekommen.

Das erklärt allerdings nicht, was Aurielo hier zu suchen hat.

„Aurielo ist heute zur Abholung aufgetaucht", schimpft Ivy. „Er hat mein Auto beschimpft und behauptet, dass du ihm nie von dem Kind erzählt hast." Sie spricht leise, was ich zu schätzen weiß. Ich möchte nicht, dass jeder dieses Gespräch mitbekommt.

„Nun, das habe ich nicht."

„Was?", quiekt sie. „Du hast mir gesagt, dass er dir gesagt hat, du sollst dich darum kümmern und dass er nichts mit dir zu tun haben will."

Ich ziehe eine Grimasse. „Das habe ich gesagt?" Ich hätte nie gedacht, dass mir meine kleine Notlüge einmal ins Gesicht schlagen würde.

„Ja, da bin ich mir ziemlich sicher", sagt Ivy.

„Jedenfalls weiß er, dass er der Vater ist."

Toll! Ich stoße einen scharfen Seufzer aus. „Komm schon, Kleiner. Bringen wir dich nach Hause." Ich ziehe Ashton in eine feste Umarmung. Das ist ein Ritual, das ich jedes Mal, wenn ich von der Arbeit komme und meinen Jungen sehe, gerne durchführe.

Er weiß nicht , wie viel Glück er hat, gesund zu sein. Die Kinder, die ich auf der Station sehe, und das, was sie ertragen müssen, bricht mir fast jeden Tag das Herz.

„Mama, du drückst mich zu Tode", stöhnt Ashton.

Mensch, er klingt schon wie ein Teenager.

Jocelyn verabschiedet sich und geht zum Haupteingang hinaus. Ivy schließt sich ihr an und macht sich auf den Weg zum Parkhaus.

„Wie wär's, wenn wir drei zusammen fahren?", schlägt Aurielo vor.

Ich werfe einen Blick auf Francesco.

Ist das denn erlaubt?

„Wenn du meine Dienste nicht benötigst, kehre ich in den Komplex zurück", sagt Francesco.

Aurielo und Francesco wechseln ein paar Worte auf Italienisch, die ich nicht verstehe. Vielleicht fange ich an, heimlich Italienischunterricht zu nehmen. Dann weiß ich wenigstens , was sie sagen, wenn sie über mich reden.

Aber das ist eine Menge Arbeit und erfordert Zeit. Wovon ich zwischen Arbeit und einem Kind nicht viel habe.

Ich greife nach Ashtons Rucksack, der in der Lobby auf dem Stuhl steht . Er ist leicht, aber die Lehrbücher sind ja auch in der Schule. Er hat ein paar Hausaufgaben mit nach Hause gebracht, aber keine Schulbücher.

„Kommt schon", sagt Aurielo und deutet uns an, ihm nach draußen zu folgen. „Lass mich das tragen", bietet er an und hält mir seine Hand hin.

Ich reiche ihm die Tasche und nehme Ashtons Hand, während Aurielo neben mir hergeht. Gelegentlich wirft er einen Blick auf Ashton.

„Streiten wir immer noch?", fragt Aurielo.

„Sag du es mir." Ich schaue ihn an. Er weiß, was ich fühle. Ich habe es vorhin deutlich gemacht. Ich will nicht, dass mein Sohn zu einem Monster heranwächst.

Es macht mir Angst, was er in dem Haus, in dem wir jetzt leben, sehen und erleben wird.

Das Äußere ist wunderschön, ein Herrenhaus, aber hinter den schönen vier Wänden gibt es finstere Machenschaften und Geschäftsabschlüsse.

Ich hoffe nur, dass Aurielo seine Verhöre nicht in dem Haus durchführt.

Neulich war er in einem Hotel und hat einen gefesselten Herrn gefoltert. Das schien ein schrecklicher Ort für Geschäfte zu sein. Haben sie keine Angst, dass das Zimmermädchen in das Zimmer stolpert?

Schaffen sie es so, ihre gefährlichen Mafiosi zu verheiraten?

Nein.

Ich bin eine Ausnahme.

Aurielo hat vorgeschlagen, dass wir heiraten. Er hat versucht, mich zu beschützen.

„Ich will mich nicht mit dir streiten, aber wir haben eine Menge zu besprechen, unter vier Augen."

Er begleitet uns zu seinem Auto und ich werfe einen Blick auf den Rücksitz, erleichtert darüber, dass er daran gedacht hat. Es gibt eine Sitzerhöhung für Ashton.

Ashton klettert auf den Rücksitz und als ich mich vergewissert habe, dass er angeschnallt und gesichert ist, setze ich mich auf den Vordersitz des Geländewagens.

Er ist geräumig und riecht nach neuem Leder.

Aurielo setzt sich auf den Fahrersitz und lässt den Motor an.

„Wohin fahren wir?", frage ich.

„Wir machen einen Ausflug", sagt Aurielo.

Kryptisch.

„Du hast doch nicht vor, uns zu töten. Oder doch? Wenn du es mir jetzt sagst, verschwinden wir aus deinem Blickfeld. Du müsst uns nie wieder sehen."

Seine Augen verengen sich, als er mir einen Blick zuwirft. „Soll das ein Witz sein?" Er klingt nicht im Geringsten amüsiert.

Es war kein Scherz, aber ich bin mir nicht sicher, ob ich alle meine Geheimnisse preisgeben will. Ich schlucke nervös und zwinge mich zu einem Lächeln. „Nicht lustig?"

„Nein, ich finde es nicht witzig, meiner Frau vorzuschlagen, mit meinem Sohn durchzubrennen."

„Darüber reden wir später", sage ich und spreche so leise, dass nur Aurielo mich hören kann.

Wir fahren aus dem Parkhaus und navigieren durch die Stadt. Ich werfe einen Blick auf Ashton und schenke ihm ein warmes, beruhigendes Lächeln.

Ich glaube nicht, dass Aurielo uns töten oder verletzen wird. Aber die Wahrheit ist, dass ich auf der Hut sein muss, wie soll ich einem Mann vertrauen, den ich kaum kenne? Ich habe mich vielleicht in Gefahr begeben, indem ich ihn geheiratet habe, aber ich muss auf Ash aufpassen.

„Fahren wir zurück?" Wir fahren nach Norden, das Seeufer liegt östlich von uns, aber er schweigt.

„Nein. Ich habe dir doch gesagt, dass ich dich an einen ganz besonderen Ort mitnehme", sagt er.

Ich presse meine Lippen zusammen. Ich kann mir nicht vorstellen, wohin er uns bringen will. Die Museen in der Innenstadt liegen in der entgegengesetzten Richtung.

„Irgendwelche Tipps?"

Seine Hände liegen mit festem Griff um das Lenkrad geballt.

„Du bist kein spontaner Mensch. Stimmt's?", fragt er.

Er hat nicht Unrecht. Es war nicht meine Idee, an diesem Abend mit meiner Schwester auf die Party zu gehen. Nicht, dass ich es bereuen würde. Hätte ich mich nicht auf ihren verrückten Plan eingelassen, hätte ich Ashton nie bekommen.

„Ist es so offensichtlich?", murmle ich.

„Entspann dich", sagt Aurielo. „Ich würde meinen Sohn nirgendwo hinbringen, wo es gefährlich ist."

21

KARINA WEISS NICHT, wohin wir gehen, nicht dass ich erwarte, dass sie es errät. Ich habe ihr keinen Hinweis gegeben und keine Andeutungen gemacht.

Sie zappelt auf dem Beifahrersitz herum und streicht mit den Fingern über ihre Beine.

Ein Blick, und ich spüre, wie ihre nervöse Energie aus ihr her aussickert.

„Mami, ich habe Hunger", jammert Ashton auf dem Rücksitz.

Solch ein Mist.

Ich habe keine Snacks dabei. Ich kann sie beide zum Essen einladen, nachdem ich die Überraschung enthüllt habe.

Ich gehe davon aus, dass das Kind nicht vorher

vor Hunger zusammenbricht oder einen Anfall bekommt.

Sie kramt in ihrer Handtasche und holt ein Plastiktütchen mit Erdnussbuttercrackern heraus. Es ist ein Wunder, dass sie nicht zerquetscht sind.

„Hier, bitte", sagt sie und reicht sie ihm auf dem Rücksitz.

„Versuch, keine Krümel zu hinterlassen", murmle ich. Das Auto ist noch tadellos und riecht wie ein Neuwagen. Es hat weniger als zehntausend Kilometer auf dem Zähler.

„Ups", sagt Ashton zwischen zwei Bissen seines Snacks und dem Rascheln von Plastik in seinen Fingern.

„Ich werde dein Auto saugen und die Sauerei beseitigen", sagt Karina. „Bitte sei nicht böse auf ihn."

Ich werfe einen Blick in den Rückspiegel und sehe, dass Ashton breit grinst und sein Gesicht mit Kekskrümeln verschmutzt ist, aber das stört ihn nicht. Er ist so sorglos und unschuldig.

Ich kann mich nicht erinnern, dass mein Leben jemals so einfach war, nicht einmal als Kind.

Ich fahre von der Hauptstraße ab und biege in eine Seitenstraße in Richtung unseres Ziels ein. Wir sind schon eine Weile unterwegs, die Stadt ist nicht mehr zu sehen.

„Sind wir bald da?", fragt Karina.

„Ja", sage ich, ohne etwas weiter zu verraten. Mein Blick gleitet von der Straße zu ihr, auf den Beifahrersitz.

Ihre Hände sind verschränkt und ihre Zunge fährt heraus und streicht über ihre Lippen. Ich möchte mich über den Sitz lehnen und meinen Mund auf ihren pressen, sie schmecken, sie berühren, sie verschlingen.

Aber ich kann das nicht tun.

Ich werde es nicht tun.

Sie ist eine Fantasie, der ich mich nicht hingeben kann.

Zumindest sollte ich das nicht.

Karina ist zu süß, zu rein, zu unschuldig.

Ich werde sie zerstören, auch wenn ich das nicht will.

Ich richte meine Aufmerksamkeit wieder auf die Straße, fahre vor das einstöckige Haus und parke den Wagen.

„Wir sind da." Ich öffne die Tür und steige aus, um mir die Beine zu vertreten.

Sie klettert aus dem Auto, bevor sie die Hintertür

öffnet und Ashton herauslässt, während ich die Verandatreppe hinaufgehe.

Das Haus ist rustikal und alt. Auf der Veranda befinden sich Spinnweben, die ich entferne und meinen Schlüssel heraushole, um die Haustür aufzuschließen.

„Das ist dein Haus?" Karina zögert.

„Nein, ich passe auf das Haus auf."

Sie runzelt die Stirn, weil sie nicht begreift, dass das ein Scherz sein soll.

Das Grundstück erstreckt sich über offene Felder, ohne Nachbarn in der Nähe. Das Land ist wild und es fühlt sich an wie in einer andere Welt vor den Toren der Stadt. Wir haben die Staatsgrenze überquert, aber es ist gar nicht so weit vom Gelände entfernt.

„Entspann dich", sage ich. „Der Ort gehört mir. Mein Großvater hat seinen Besitz an mich weitergegeben, als er starb."

„Oh, warum wohnst du nicht hier, wenn dir das Haus gehört?"

Sie folgt mir ins Haus, als ich das Licht anschalte. Der Strom funktioniert noch. Ich bezahle die Rechnungen für das Grundstück, da es auf meinen Namen läuft.

Ich musste das Haus nie verkaufen. Der

Gedanke, mich von ihm zu trennen, war zu schmerzhaft. Es gab viele gute Erinnerungen an die Sommer, die ich mit meinem Großvater hier oben verbracht habe. Und es gibt immer die Möglichkeit, der Welt zu entfliehen, indem man hierherkommt.

Ich habe auch eine Junggesellenbude in der Stadt, in die ich die Damen für eine wilde Nacht mitgenommen habe.

Ein weiteres Geheimnis, zu dem sie keine Details benötigt.

„Alessandro war so großzügig, mich bei sich wohnen zu lassen. So konnte ich unter seiner Aufsicht ziemlich schnell aufsteigen."

Ihre Augenbrauen ziehen sich zusammen, als sie die Möbel betrachtet und die Umgebung auf sich wirken lässt.

„Ich weiß, es ist nicht viel."

Sie wandert zu einem Beistelltisch mit Fotos, hebt einen der Rahmen an und betrachtet das Bild.

Ich trete hinter sie und werfe einen Blick über ihre Schulter auf das Foto von meinem Opa und mir beim Zelten. Der kleine Junge auf dem Foto sieht Ashton sehr ähnlich. Die Ähnlichkeit ist unheimlich.

„Es ist perfekt", flüstert sie und stellt den

Rahmen vorsichtig zurück auf den Tisch. „Warum hast du uns hierher gebracht?"

„Willst du Fangen spielen?", frage ich Ashton und gehe auf das Schlafzimmer zu.

Mein altes Zimmer, in dem ich als Kind wohnte wenn ich zu Besuch war.

Ashton schweigt, als ich den Flur entlang gehe.

Auch wenn ich nur im Sommer hier war, bestand Großvater darauf, dass das Zimmer immer mir gehören würde. Ich hatte ein Zuhause bei ihm, egal was passierte.

Ich öffne den Schrank und auf dem obersten Regal liegen ein Baseball und ein Handschuh, so wie ich sie zurückgelassen hatte.

„Hast du schon mal Fangen gespielt?", frage ich und führe ihn durch die Vordertür hinaus auf die andere Seite des Hauses, weg vom Auto.

Ashton zögert und Karina folgt ihm, ihre Hände liegen auf seinen Schultern.

„Geh spielen. Du wirst viel Spaß haben."

Er trottet hinter mir her. Ich reiche ihm den Baseball und zeige ihm, wie er den Ball richtig halten muss um seinen Wurf auszuführen.

Ich behalte den Handschuh für mich und gehe ein paar Schritte zurück, damit er den Ball werfen kann.

Er zielt nicht ganz richtig, aber er hat einen starken Arm und ich muss aufpassen, dass er nicht gleich bei den ersten Würfen ein Fenster trifft.

Aber nach ein paar Minuten hat er schnell den Dreh raus, wie er den Ball zu mir werfen muss.

Ich möchte für Ashton ein Vater sein, den ich nie hatte.

Karina lehnt mit verschränkten Armen an der Hauswand. „Was dagegen, wenn ich spazieren gehe?", fragt sie.

„Geh ruhig. Wenn du zurückkommst, können wir zusammen essen gehen."

Sie stößt sich von der Wand des Hauses ab und geht um das Haus herum. Ich bin mir nicht sicher, wo sie hingeht, aber die Nachbarschaft ist sicher. Das gilt allerdings nicht für den Ort, an dem sich ihre Wohnung befindet.

„Hast du Spaß?", frage ich Ashton.

Seine Augen verdichten sich, bevor er mir einen schnellen Wurf zuwirft. Er hat weniger Biss und ist nicht annähernd so wild wie der letzte Wurf.

Er lernt schnell.

„Kann ich einen Baseballschläger bekommen?", fragt er. „Ich wollte schon immer mal so spielen wie im Fernsehen!"

Es ist erstaunlich, wie der Junge meinen Tag

aufhellen kann. Kichernd werfe ich ihm den Ball leicht zu, damit er ihn fängt, bevor er mir einen weiteren scharfen Wurf direkt in den Handschuh wirft.

Alessandro wird einen Anfall bekommen, wenn einer der Bälle die Villa trifft, geschweige denn ein Fenster zertrümmert.

Aber wie kann ich dem Jungen etwas anderes sagen?

„Klar kannst du das. Jetzt weiß ich, was ich dir zum Geburtstag schenken kann."

Ashton jammert. „Mein Geburtstag ist noch ewig weit weg. Es wird Winter sein und kalt."

„Ich wette, irgendwo im Haus gibt es einen Baseballschläger, den wir finden."

„Hier?", fragt Ashton und lässt den Ball zu seinen Füßen fallen, während er zum Haus zurückblickt.

Ich meinte das Haus, in dem wir wohnen, aber der Schläger ist wahrscheinlich voller Blut und anderer Exkremente, weil er als Waffe benutzt wurde. „Nein. Wie wäre es, wenn du mir einen letzten guten Wurf gibst und wir dann deine Mutter suchen?"

Ashton beugt sich hinunter und hebt den

Baseball vom Boden auf. Er wirft mir den Ball dieses Mal mit einer Drehung und einer Kurve zu.

Er kichert und lacht, als ich den Ball mit einem Sprung auffange und ihn fast verfehle.

Das Aufheulen eines Motors bringt mich dazu, auf Ashton zuzueilen und ihn über meine Schulter auf die Arme zu nehmen, während sich das Fahrzeug der Hütte nähert.

Er lacht und merkt nichts von meiner Sorge.

„Was machst du da?", quiekt er.

Langsam setze ich ihn ab und halte ihn hinter mir an der Hauswand versteckt. „Pst", warne ich ihn und lege einen Finger auf meine Lippen.

„Wir müssen leise sein."

22

KARINA

DAS HAUS IST KLEIN und beschaulich. Nichts, was ich von einem Mann erwarten würde, der in einer Villa lebt und für die Mafia arbeitet.

Warum zeigt er mir das Haus?

Warum nimmt er mich mit hierher?

Versucht er mir zu zeigen, wie es war, bei seinem Großvater aufzuwachsen?

Ich kann es nicht fassen, aber die Ruhe ist zu unwirklich. Ich habe nichts weiter gehört als den Wind und die Vögel, als ich den Schotterweg entlangging, der das Feld teilt.

Es gibt keine Anzeichen von Zivilisation.

Es sind keine anderen Häuser in der Nähe, aber wir sind an einigen vorbeigefahren, bevor wir auf die Straße eingebogen sind. Ich nehme an, es ist eine Privatstraße.

Sein Großvater besaß ziemlich viel Land.

War er auch bei der Mafia?

Wie ist Aurielo dazu gekommen, als Verhörspezialist zu arbeiten?

Was auch immer der Grund sein mag, ich bin mir nicht sicher, ob ich seine Geschichte hören will oder ob sie mir gefallen wird.

In der Ferne schreckt mich das Aufheulen eines Motors auf. Es kommt aus der entgegengesetzten Richtung des Hauses.

Ich trete von der Straße herunter, und ein Geländewagen rast vorbei und wirbelt Staub und Schmutz auf, während er die Straße zum Haus rast.

Zwei weitere identische SUVs folgen.

Mein Magen flattert, und die Haare auf meinen Armen stehen zu Berge.

Etwas stimmt nicht.

Ich kann es tief in mir spüren.

Ashton ist in Gefahr.

Ich rase die Straße hinunter und stolpere über meine Füße, als ich mich der Hütte nähere. Alle drei schwarzen Geländewagen, die gleichen, die ich Minuten zuvor die Straße entlang rasen sah, sind vor dem Haus geparkt und versperren Aurielos Fahrzeug den Weg.

Ich hole mein Wegwerf-Handy aus meiner Tasche.

Es hat keinen Empfang.

Wen soll ich überhaupt anrufen? Ich habe Francescos Telefonnummer nicht und meine Schwester kann mir auch nicht helfen. Soll ich es bei den Bullen versuchen?

Ich habe keine Waffe oder etwas Nützliches, mit dem ich mich oder meinen Sohn verteidigen könnte.

Ich schleiche mich hinter einen der leeren Geländewagen und spähe durch das Fenster, um zu sehen, was los ist, und suche im Inneren nach Waffen oder Werkzeug.

Im Kofferraum liegt eine schwarze Tasche, aber ich wage es nicht , sie zu öffnen um herauszufinden, was sich darin verbirgt.

Ich eile von einem Geländewagen zum nächsten und schaue mir die Szene vor mir genauer an.

Sechs Männer zielen mit ihren Waffen auf Aurielo. Das ist etwas zu viel für einen Mann.

Er hat jemanden verärgert.

Ich kann Ashton nicht sehen.

Aurielo hält die Hände in die Luft. Ich sehe

weder den Ball noch den Handschuh, aber ich erwarte es auch nicht.

„Ich bin's nur, Jungs. Ihr versucht wirklich, etwas überzukompensieren. Ich vermute, es ist die Größe eurer Schwänze."

Ich ziehe eine Grimasse bei seinen Worten. Ich möchte nicht, dass Ashton diese Worte hört, aber ich bin auch erleichtert, dass er den Jungen nicht an sie ausliefert.

„Wir haben gehört, dass du eine Hure geheiratet hast. Wo ist sie?" Zwei der Männer stürmen ins Haus.

Mehrere laute Schläge und das Zersplittern von Glas, als sie sein Haus zerschlagen und zerreißen. „Wir werden sie finden!"

Ich möchte helfen, aber ich weiß nicht, wie. Auf der gegenüberliegenden Seite des Hauses erscheint Ashton mit großen, tränenüberströmten Augen.

Ich muss zu ihm gehen und ihn beschützen. Ich atme scharf aus und springe von einem Geländewagen zum nächsten, bevor ich mich auf die gegenüberliegende Seite des Hauses begebe, wo die Männer ihre Waffen auf Aurielo richten.

„Hast du das gesehen?", schreit einer der Bewaffneten.

Verdammt!

„Wahrscheinlich ein Kojote", sagt Aurielo beiläufig.

Ich schnappe mir Ashton. Seine Augen sind groß und glänzen voller Tränen. Er hält seine Hilfeschreie zurück, und ich bin dankbar für die Stille.

Wenn er kleiner wäre, würde ich ihn hochheben und weglaufen, aber er ist zu groß, dass ich ihn tragen könnte, ohne dass wir langsamer werden. Ich ergreife seine Hand und ziehe ihn hinter mir her zur Rückseite des Hauses.

Wir halten uns von den Fenstern fern. In der Hütte sind Männer, die das Haus Stück für Stück auseinandernehmen.

Sind sie auf der Suche nach etwas oder jemandem?

Was wollen sie?

Hätten sie Aurielo nicht getötet, wenn sie ihn tot sehen wollten?

23

AURIELO

„LAUF. Versteck dich!" Ich rufe Ashton Befehle zu.

Er starrt mich ausdruckslos an.

Der Junge hat keine Ahnung, in welcher Gefahr er sich befindet, und Karina ist nirgendwo zu sehen.

Ich kann mich selbst verteidigen, aber der Junge, mein Sohn, das würde ich mir nie verzeihen, wenn ihm etwas zustößt. Und ich weiß ganz genau, dass Karina mich hassen wird.

„Versteck dich hinten, und such nach deiner Mutter, aber du musst leise sein. Diese Männer sind furchterregend." Ich hoffe, das war Warnung genug für ihn, um sich zu verstecken.

Der erste Geländewagen ist in Sichtweite und dahinter rasen, zwei weitere die Straße zur Hütte hinunter.

Das sind Dorians Männer.

Das müssen sie sein. Wer sonst würde den weiten Weg auf sich nehmen, um mich aufzuspüren?

Die Hütte muss überwacht worden sein.

Es ist kein Geheimnis, dass mein Großvater, das Oberhaupt der Familie Rinaldi, das Haus besaß und es an mich weitergegeben hat.

Warum sind sie hier?

Was wollen sie?

Ist das die Rache dafür, dass ich die Sache mit Etta Bianchi beendet habe?

Der schwarze Geländewagen tritt abrupt auf die Bremse und hält an.

Dorian steigt aus. Er ist groß, hat schütteres Haar und ist alt genug, um mein Vater zu sein.

Sein Bauch ragt über den Gürtel hinaus, die Jacke ist aufgeknöpft, weil sie wahrscheinlich zu eng ist.

„Na, na, na. Seht mal, wen wir hier haben", sagt Dorian.

Ich presse meine Lippen fest zusammen. Je länger ich zögere, desto mehr Zeit hat Karina, um zurückzukommen und Ashton zu finden.

Wo zum Teufel ist sie?

Hat sie die drei Geländewagen nicht bemerkt, die auf die Hütte zurasten?

Die Türen knallen, als seine Schergen aus den benachbarten Fahrzeugen steigen.

Es sind insgesamt sechs Männer.

Ich könnte sie mitnehmen, aber nicht ohne Ashton und Karina zu gefährden.

Hat Ashton auf mich gehört? Versteckt er sich?

Ich kann es nicht riskieren, einen Blick über meine Schulter zu werfen. Ich will nicht, dass jemand vermutet, dass ich mit jemand anderem hier bin.

Wenn das Grundstück überwacht wurde, wussten sie, dass ich meine Familie mitgebracht habe.

Familie.

Die Worte brennen in mir und zerreißen mich.

Deshalb habe ich mir geschworen, niemals zu heiraten. Der Job ist zu gefährlich. Ich mache mir in meinem Beruf zu viele Feinde.

Und Etta zu heiraten, um einen Waffenstillstand zwischen unseren Familien zu erreichen, hätte niemals Bestand gehabt.

Etta und ich waren nicht ineinander verliebt.

Dorian schwingt seine Waffe und richtet sie direkt auf meinen Kopf. „Hände hoch!", schreit er.

Er ist übereifrig. Wahrscheinlich hat er schon seit Tagen, vielleicht sogar Wochen, keine Beute mehr gemacht. Zumindest nicht so reich wie ich.

Und ich spreche nicht von Geld. Jedenfalls nicht wörtlich. Obwohl ich sicher bin, dass mein Kopf für ihn sehr viel wert ist, will er sich rächen, weil ich das Herz seiner kleinen Tochter gebrochen habe.

Zumindest nehme ich an, dass er deshalb hier ist.

Sonst würde er das Gelände angreifen, wenn es ihm um Macht und Geld gehen würde.

Ich werfe meine Hände in die Luft. „Nicht schießen!" Ich trete vom Haus weg, damit Dorian oder seine Männer den Baseball oder den Handschuh nicht bemerken, der an der Hauswand vergraben ist.

„Wo ist sie?"

Sind sie auf der Suche nach Karina?

Und warum?

Was hat sie mit Dorian und seiner Crew zu tun?

„Ich bin allein hier, Jungs. Ihr versucht wirklich, etwas überzukompensieren. Ich vermute, es ist die Größe eurer Schwänze", sage ich und versuche, sie abzulenken.

Ich erhasche einen kurzen Blick auf Karina. Zumindest glaube ich, dass sie es ist. Hinter dem

SUV steht eine Gestalt. Sie ist zu groß, um Ashton zu sein, und die Statur ist eine Frau. Etta würde ihren Vater nicht bei seinen schmutzigen Geschäften begleiten.

„Wir haben gehört, dass du eine Hure geheiratet hast. Wo ist sie?" fragt Dorian.

Als ich nicht antworte, weist er zwei seiner Männer an, das Haus zu durchsuchen. „Durchsucht das Haus. Nehmt es auseinander, wenn ihr müsst."

Zwei seiner Schläger trampeln hinein und zerstören wertvolle Erinnerungen an meine Vergangenheit. Sie sind auf der Suche nach Karina. Sie wollen sie tot sehen.

Glas zersplittert an den Wänden und Böden.

Sie reißen das Haus auseinander und zerstören alles, was mir gehört.

Wo zum Teufel glauben sie, dass sie sich versteckt?

Karina flüchtet hinter dem SUV auf die andere Seite des Hauses.

„Ihr Jungs seid auf dem Holzweg", sage ich, um sie abzulenken.

„Habt ihr das gesehen?", schreit Dorian.

Verdammt!

„Wahrscheinlich ein Kojote", sage ich achselzuckend. „Die haben wir ständig."

Dorian und sein Stellvertreter eilen Karina auf die andere Seite hinterher.

Ich kann es leicht mit zwei Männern auf einmal aufnehmen. Sechs ohne Waffe sind eine größere Herausforderung.

Ich muss schnell handeln, bevor Dorian und sein Sekundant Karina und Ashton finden. Ich strecke mein Bein aus und fege den kleineren und stämmigeren der beiden Männer zu Boden.

Mit der Handfläche schlage ich dem anderen Mann auf die Nase und trete ihm mit dem Knie in die Leistengegend, wobei ich mir seine Waffe schnappe, als er umkippt.

„Du verdammtes Arschloch!" Er fällt zu Boden und umklammert seinen Familienschmuck, während Blut aus seiner Nase fließt.

Der erste Mann wälzt sich im Dreck und greift nach seiner Waffe. Ich trete sie aus seiner Reichweite, bevor ich sie vom Boden aufhebe und meine neu erworbene Waffe auf seinen Kopf richte.

„Keine Bewegung", warne ich die beiden. „Oder ich jage euch beiden eine Kugel in den Kopf."

Ich eile auf die gegenüberliegende Seite des Hauses und jage Dorian hinterher. Ich kann mich nicht auf die beiden Männer konzentrieren, die das

Haus, das einst meinem Großvater gehörte, auseinandernehmen.

Karina und Ashton sind meine Priorität.

Ich bin leise und unauffällig. Kein Wunder, dass die beiden Schläger, die ich entwaffnet habe, mich nicht verraten. Sind sie Dorian gegenüber so loyal, wie er glaubt?

Ich schleiche mich hinter Dorian und richte die Waffe auf seinen Hinterkopf. „Lass deine Waffe fallen", befehle ich.

Ein dunkles Gackern entweicht seinen Lippen. „Gut gespielt, Aurielo."

Ashton umklammert Karina, aber sie schiebt ihn hinter sich, um ihren Sohn zu schützen.

„Lass uns in Ruhe", Karinas Stimme zittert nicht, als sie Dorian anstarrt.

Das Mädchen hat keine Angst.

Oder zumindest verbirgt sie sie gut.

„Hat er dir gesagt, dass er mit meiner Tochter verlobt ist?", fragt Dorian, während er langsam seine Waffe senkt und sie wieder in das Holster an seiner Hüfte schiebt.

Karina zuckt nicht zurück.

„Es tut mir leid, dass ich dich enttäuschen muss, aber die Vereinbarung, die du vorher hattest, ist null und nichtig. Ich bin die Frau von Aurielo Rinaldi."

Ein Grinsen breitet sich auf meinem Gesicht aus. Ich bin stolz darauf, dass Karina dem Bastard, der mich zwingen wollte, seine Tochter zu heiraten, die Stirn bietet.

Dorian dreht sich um und sieht mich an. Sein Sekundant senkt ebenfalls langsam seine Waffe, aber er legt sie nicht in sein Holster zurück.

„Ich gratuliere dir zu deiner Hochzeit", sagt Dorian. Seine Nasenflügel blähen sich auf, während er spricht. Es liegt kein Humor oder Wärme in seiner Bemerkung, nur Feuer hinter seinem verdunkelten Blick. „Denk daran, dass ihr zusammenbleibt, bis das der Tod euch scheidet, und ich würde sagen, dass mein kleines Mädchen Etta nicht viel zu befürchten hat."

Dorian stolziert an mir vorbei und stößt mich an der Schulter an, als er auf sein Fahrzeug zusteuert. „Los geht's!", ruft er seinen Männern zu, damit sie ihm folgen.

Ich will rüberlaufen und nach Karina sehen, aber ich behalte beide Hände an meiner Waffe, die entsichert ist, um auf ein Feuergefecht vorbereitet zu sein.

Dorian und seine Männer sammeln sich in ihren Fahrzeugen und verschwinden so schnell, wie sie gekommen sind.

Das war zu einfach. Wenn Dorian meine Braut und meinen Sohn tot sehen wollte, hätte er einfach den Abzug drücken können.

Er wollte eine Nachricht überbringen. Er ist wütend, dass ich seine Tochter nicht geheiratet habe.

Eine Warnung.

Mit den Bianchis legt man sich nicht an.

24

KARINA

DORIAN und seine Männer fahren so schnell weg, wie sie gekommen sind.

„Was zum Teufel war das?", schreie ich Aurielo an.

Ich hebe Ashton in meine Arme, um ihn vor der Gefahr zu schützen, aber es ist bereits zu spät.

Er zittert regelrecht in meinen Armen. Ich reibe seinen Rücken und spüre, wie sich sein nasses Gesicht an meinem Nacken vergräbt.

Aurielo schiebt die Waffe in den Hosenbund, als wäre es ein ganz normaler Tag. Ist es das, worauf ich mich freuen kann, mit ihm verheiratet zu sein?

Er ignoriert mich und stürmt ins Haus.

Ich stehe draußen, Ashton klammert sich an mich.

Das Haus ist wahrscheinlich verwüstet. Ich konnte hören, wie die Männer sein Haus auseinandergenommen und durchwühlt haben, aber ich weiß nicht, was sie gesucht haben. Weiß er es?

Warum will er mir nicht sagen, was hier los ist?

„Wirst du mir antworten?", rufe ich an der offenen Tür.

Aurielo ist im Haus und begutachtet die Zerstörungen, die die Männer angerichtet haben.

Ich gehe auf das Haus zu, steige die drei Stufen zu der Veranda hinauf und bleibe am Eingang stehen, um einen besseren Blick ins Innere zu werfen. Ashton hat sich mit seinem Körper fest um meine Taille geschlungen, seine Arme liegen eng um meinen Hals.

Ich setze keinen Fuß hinein. Auf dem Boden liegen Glasscherben, zerbrochene Bilder und Möbel, die von Messern zerrissen wurden, die Füllung ist ausgekippt.

„Wonach haben sie gesucht?" frage ich, meine Stimme wird ruhiger. Nicht, dass ich mich zurückhalten würde, aber ich versuche zu verstehen, was zum Teufel gerade passiert ist.

„Ich weiß es nicht", sagt Aurielo.

Ich bin mir nicht sicher, ob ich ihm glauben soll oder nicht.

Er schnappt sich ein paar Gegenstände, die auf dem Boden verschüttet wurden, hebt sie auf und stopft sie in eine zerrisseneTasche . Ich bin mir nicht sicher, ob sie die Tasche beschädigt haben oder ob sie alt und abgenutzt ist.

Ich würde dir meine Hilfe anbieten, aber ich habe Ashton im Arm.

„Geh und warte im Auto. Ich bin in einer Sekunde fertig", sagt er.

Ich presse meine Lippen fest aufeinander und gebe nach. Wenn Aurielo allein sein will, ist das für mich in Ordnung.

Im SUV schnalle ich Ashton auf seinem Kindersitz an.

„Wie geht's dir?", frage ich ihn bei geöffneter Autotür, während ich ihm meine ungeteilte Aufmerksamkeit schenke.

Wenigstens wird er ehrlich zu mir sein. Einer der Vorteile von Kindern ist, dass sie nichts beschönigen.

„Wer waren diese Männer?", fragt Ashton.

„Ich weiß es nicht", sage ich. Das ist die Wahrheit. Ich könnte vermuten, dass sie zur Mafia gehören, aber was bringt es, ihm das zu erklären?

Ich will ihn nicht noch mehr verängstigen. Er wird nach dem heutigen Tag wahrscheinlich Albträume haben.

Da bin ich mir sicher.

„Kommen sie zurück?", fragt Ashton.

„Wenn ja, werden wir nicht hier sein", sage ich, beuge mich vor und drücke ihm einen Kuss auf die Wange. Ich glaube nicht, dass sie heute zurückkommen, und ich bin mir sicher, dass wir abfahren, sobald Aurielo alle Erinnerungsstücke aus dem Haus geholt hat, die er haben will.

Aurielo eilt aus dem Haus, knallt die zerschossene Tür zu und stürmt die Treppe hinunter. „Lass uns gehen", sagt er.

Ich schließe die Hintertür des Fahrzeugs und gehe um den Geländewagen herum zur Beifahrerseite. Aurielo öffnet den Kofferraum und legt seine Tasche hinein, bevor er auf den Fahrersitz springt und den Motor startet.

„Planänderung", sagt er.

Ich schaue ihn an und weiß nicht, was die ursprünglichen Pläne waren, aber hierherzukommen war ein Fehler. Ich ziehe an dem Sicherheitsgurt und schließe die Schnalle, während er den Rückwärtsgang einlegt und vom Haus wegfährt.

„Wir fahren direkt zurück zum Gelände", sagt Aurielo. Er konzentriert sich auf die Straße und umklammert mit beiden Händen das Lenkrad.

„Gelände?"

„Das Haus", klärt er mich auf.

„Okay." Ich weiß nicht einmal mehr, ob er gesagt hat, was er vorhin für uns geplant hat. Mein Magen schlägt immer noch Purzelbäume, aber meine Hände haben endlich aufgehört zu zittern.

„Ich mache euch beiden zu Hause etwas zu essen."

Oh, richtig? Abendessen.

Wie leicht es doch ist, alles andere zu vergessen. Die Ereignisse des heutigen Tages scheinen eine Ewigkeit entfernt zu sein. Ich werfe einen Blick hinter mich auf Ashton.

Er starrt schweigend aus dem Seitenfenster.

Das ist wahrscheinlich das Beste.

Ich greife nach dem Radio und schalte die Musik ein.

Aurielo wirft mir einen Blick zu. Als würde er sich fragen, was ich da tue, aber er sagt kein einziges Wort.

Es war ein langer Tag.

Ich will reden, aber ich will nicht, dass Ashton das Gespräch belauscht. „Können wir darüber reden, was gerade passiert ist?", frage ich mit leiser Stimme.

„Jetzt?" Aurielo wirft einen Blick in den Rückspiegel. „Bist du sicher, dass das eine gute Idee ist?"

„Sprich einfach leise", sage ich. „Wer ist Etta Bianchi?" Ich kenne den Namen, es ist derselbe, den ich benutzt habe, als ich mich vor Jahren auf diese Party geschlichen habe. Er hatte mir erzählt, dass sie seine Ex-Freundin war. Aber warum stand ihr Name auf der Einladung?

„Meine Ex ist die Nichte von Don Bianchi. Ihre Eltern starben, als sie noch ein Teenager war, also hat er sie wie seine Tochter aufgezogen."

„Wart ihr beide verlobt?", frage ich. Ich bin mir nicht sicher, ob ich die Antwort wissen will, aber die Tatsache, dass sie die Ex-Freundin ist, sagt mir, dass sie keine Verlobung aufgelöst haben.

„Ich habe ihr nie einen Heiratsantrag gemacht oder ihr einen Ring geschenkt", sagt Aurielo.

Wir biegen von der Seitenstraße ab und fahren zurück auf die Autobahn. Aurielo dreht die Musik auf und beendet unser Gespräch.

Er ist fertig mit Reden.

Ich will nicht fertig sein, aber ich bin auch nicht in der Stimmung für einen heftigen Streit.

Ich verschränke meine Arme vor der Brust und schaue aus dem Seitenfenster. Mit sterbenden Kindern umzugehen ist einfacher, als mit Aurielo zu reden.

Ich habe nicht erwartet, dass ich über Nacht alles über ihn erfahre, als wir geheiratet haben, aber ich dachte, seine Geheimnisse und Leichen würden im Keller bleiben.

Ich hätte nicht erwartet, dass sie uns jagen, mit Waffen bedrohen und umbringen wollen.

Aber sie schienen mehr daran interessiert zu sein, meinen Sohn und mich zu bedrohen als Aurielo.

Und warum?

Ist es wegen Etta Bianchi?

Wollen sie uns tot sehen, damit er sie heiraten kann?

Obwohl Ashton nicht sterben müsste, damit das passiert.

Nur ich.

Mein Mund ist ausgedörrt und ich atme einen schweren Seufzer aus. Der Rest der Fahrt vergeht mit Schweigen. Aurielo macht keine Anstalten, sich zu unterhalten. Seine Fingerknöchel sind weiß auf dem Lenkrad.

Er ist gestresst und der Geschwindigkeit nach zu

urteilen, mit der er auf der Autobahn unterwegs ist, hat er es auch eilig, uns nach Hause zu bringen.

Er muss mir nicht zu sagen, dass er besorgt ist. Ich kann die Angst in seinem Gesicht sehen.

Ich bin mir nur nicht sicher, warum.

Wir haben uns gerade erst getroffen. Er würde sich nicht so aufregen, wenn ich sterben würde. Es ist ja nicht so, dass er in mich verliebt ist. Wir kennen uns doch kaum.

Aurielo fährt durch das offene Tor und es schließt sich schnell hinter uns. Nach ein paar Minuten werden wir ins Haus geführt und er wirft seinem Bruder die Schlüssel zu.

„Kannst du das Auto parken, Giovan?", fragt er. „Ich habe eine Tasche mit Opas Sachen im Kofferraum."

„Soll ich den Kofferraum ausladen?", fragt Giovan. Das Grinsen verschwindet aus seinem Gesicht. „Du siehst beschissen aus. Was zum Teufel ist da draußen passiert?"

Ashtons Augen glänzen vor Tränen und seine Unterlippe zittert. Er streckt mir seine Arme entgegen und ich nehme meinen kleinen Tiger in den Arm und versichere ihm, dass es uns gut geht und wir in Sicherheit sind.

„Nimm ihn mit nach oben. Ich sage dir Bescheid, wenn das Essen fertig ist", sagt Aurielo.

Ich will schon widersprechen, aber er hebt die Hand und zeigt auf die Treppe.

„Jetzt!", schnauzt er.

Ein Schauer durchläuft mich, als ich Ashton die Treppe hinauftrage. Es ist nicht leicht und ich traue mich nicht, Aurielo um Hilfe zu bitten oder ihn zu bitten, sich selbst zu outen.

Ich verstehe ja, dass er gestresst ist, aber so kann er nicht mit mir umgehen. Vielleicht klappt das bei seinem Bruder, aber ich bin nicht mit ihm verwandt.

Ich bin seine—Frau.

Ja, als ob das einen Unterschied machen würde.

Wir sind nicht im Geringsten gleichberechtigt.

Er ist die Mafia, und ich bin seine Frau. Aurielo hat mich geheiratet, um mich zu beschützen, aber es scheint nicht so zu funktionieren.

Es wäre besser, wenn wir uns scheiden lassen würden. Wir gehen getrennte Wege und sehen uns nie wieder.

Mein Rücken tut höllisch weh, aber ich schaffe es bis zum oberen Ende der Treppe. „Ashton, Schatz. Du wirst zu groß. Kann Mami dich herunterlassen?" Das hätte ich schon unten an der Treppe tun sollen, aber ich hatte Mitleid mit Ash.

Der Junge ist durch die Hölle gegangen und versteht nicht einmal, was vor sich geht.

Wie soll ich es ihm erklären?

Ich kann es nicht.

Er klammert sich fester an mich und ich murmele die letzten paar Schritte zu seiner Schlafzimmertür vor mich hin. Ich reiße die Tür auf und setze mich auf die Kante der Matratze. Ich bin erleichtert, dass sein Gewicht jetzt nur noch auf meinem Schoß liegt, während wir sitzen.

„Ich will nach Hause", flüstert Ashton. Seine Finger verheddern sich in meinen langen Locken, während er seine Arme fest um meinen Hals legt.

„Ich weiß, Schatz. Ich will das auch, aber für eine Weile wird das hier unser Zuhause sein." Ihm die Wahrheit zu sagen, kommt nicht infrage. Er ist zu jung, um zu verstehen, dass ich ihn damit beschützen will.

Aber ich habe ihn enttäuscht.

Wenn Ashton in Sicherheit wäre, wären wir heute nicht mit einer Waffe bedroht worden.

„Warum können wir Tante Ivy nicht sehen?", fragt Ashton. Er setzt sich neben mich aufs Bett, aber er klammert sich immer noch an meine Arme und Haare, als ob ich verschwinden würde, wenn er loslässt.

„Sie ist in ihrem Haus und wir sind in unserem neuen Haus. Weißt du noch, dass sie früher in einer anderen Wohnung gewohnt hat?", frage ich.

Ashton schüttelt den Kopf: Nein.

Er war noch sehr jung, als Ivy bei uns eingezogen ist. Es sollte mich nicht überraschen, dass er sich nicht mehr daran erinnert. Seit ich schwanger war, hat sie mir immer aus der Patsche geholfen. Na ja, sie und Jocelyn.

„Wir haben nicht immer zusammengelebt. Ich habe aber erwartet, dass sie zuerst auszieht", sage ich und drücke Ashton einen sanften Kuss auf die Schläfe. Ich hätte nie gedacht, dass wir ausziehen und sie zurücklassen würden.

Ich hatte nicht damit gerechnet, dass ich den Mann heirate, der mich geschwängert hat.

Nicht in einer Million Jahren hätte ich gewettet, dass ich diesen Fremden heiraten würde.

Auch wenn er süß ist.

Und sexy.

Ganz zu schweigen davon, dass er toll im Bett ist.

Aber dieses eine Mal darf nie wieder passieren. Wir müssen einen Weg finden, von diesem Ort wegzukommen, weg von Aurielo. Denn wenn wir mit ihm zusammenleben und ich mit ihm verheiratet bin, werden wir nie sicher sein.

25

AURIELO

„DU SIEHST BESCHISSEN AUS", sagt Giovan, als er zurück ins Haus kommt, nachdem er den Geländewagen in die Garage gefahren und die abgenutzte Tasche ausgeladen hat.

Mein Bruder drückt sich nie um ein Thema herum. Er war schon immer sehr direkt. Das ist ein Teil des Rinaldi-Charmes.

„Ja, die Bianchis sind in Opas altem Haus aufgetaucht." Es fällt mir immer noch schwer, das Haus als mein Zuhause zu bezeichnen. Opa hat mir das Haus hinterlassen und nicht Giovan, deshalb fällt es mir schwer, mich nicht schuldig zu fühlen.

Ich schlug ihm vor, das Haus zu verkaufen und den Erlös fifty-fifty zu teilen, aber Giovan sagte mir, ich sei dumm, das Haus zu verkaufen. Es ist schon ewig im Besitz der Familie. Es sollte auch in der Familie bleiben.

„Ist Etta aufgetaucht?"

„Nein, ihr Vater und seine Leute." Ich beiße mir auf die Unterlippe und schmecke Blut. „Sechs von ihnen."

Giovan zuckt zusammen. „Er lässt das alte Haus überwachen."

„Offensichtlich." Ich rolle mit den Augen. Wie hätten wir sonst gesehen werden können? Die Bianchis sind keine ruhigen Menschen. Wenn sie gesehen werden wollen, lassen sie es einen wissen.

Ich gehe in die Küche, und Giovan folgt mir. Ich muss für Ashton und Karina etwas zu essen machen. Es ist schon spät, und der Junge wird bald ins Bett gehen. Zumindest nehme ich an, dass er das tut. Ich weiß nicht, wann er ins Bett geht.

„Was ist passiert? Du siehst beschissen aus und der Junge hat gezittert, als du hereingekommen bist."

„Ja, das ist die verbesserte Version", sage ich. Seine Tränen zu sehen, brach mir das Herz. Das Einzige, was ich tun konnte, war, in das Haus zu stürmen, um den Schaden zu begutachten und meine Aufmerksamkeit darauf zu konzentrieren.

Ich habe keine Ahnung davon, wie man ein

Vater ist, geschweige denn ein Kind tröstet.

Aber er war nicht auf der Suche nach mir.

Er wollte zu seine Mutter.

„Sagst du es mir oder muss ich deinen Arsch nach draußen schleifen und es aus dir heraus prügeln?", fragt Giovan.

Ich grummele leise vor mich hin, während ich den Kühlschrank öffne und die Nahrungsmittel herausnehme, um Sandwiches für das Abendessen zu machen.

„Dorian ist aufgetaucht und hat meine Familie bedroht und dem Kind Angst gemacht. Er hat Opas Haus verwüstet und deutlich gemacht, dass er Karina und Ashton jederzeit töten kann."

Giovan schnappt sich drei Teller aus dem gegenüberliegenden Schrank und gibt sie mir in die Hand.

„Deine Familie ist in Sicherheit. Du weißt, dass Alessandro nicht zulassen wird, dass ihnen etwas zustößt, solange sie hier sind."

Seine Worte sind ein schwacher Trost.

„Ja." Ich kann sie nicht auf dem Gelände einsperren. Selbst wenn ich das wollte, ist das keine Möglichkeit. Ashton hat Schule und Karina wird ihren Job nie aufgeben. Aber wenigstens hat sie einen Leibwächter.

Giovan spitzt seine Lippen. „Ich sage dir, wir bringen den Kampf zu ihm."

„Was?", frage ich und schaue von den Sandwiches auf, die ich gerade zubereite.

„Niemand bedroht einen Rinaldi", sagt Giovan. „Du musst Alessandro sagen, was passiert ist. Er wird einen Angriff auf ihr Haus befehlen."

Ich möchte keinen Krieg anzetteln.

Aber ich habe keine andere Wahl. Dorian hat diese Fehde begonnen und verlangt, dass ich seine Sippe heirate. „Gleich morgen früh", murmle ich vor mich hin.

„Gut, aber wenn du es ihm nicht sagst, werde ich es tun", sagt Giovan.

Er ist ein guter Bruder. Eine Nervensäge, aber er meint es gut.

„Du musst dir keine Sorgen machen. Ich werde es ihm morgen früh sagen." Ich mache die Sandwiches fertig, nehme eine Handvoll Kartoffelchips für jeden Teller und trage dann zwei Teller nach oben.

Ich kann nichts essen. Auf dem Tisch steht zwar ein Sandwich für mich, aber der Gedanke an Essen dreht mir den Magen um.

Ich bringe das Tablett mit dem Essen und den

Getränken nach oben und klopfe entschlossen, bevor ich die Schlafzimmertür öffne.

Karina sitzt auf der Matratze und Ashton hat sich auf ihrem Schoß zusammengerollt.

„Ich habe Essen mitgebracht", sage ich.

Ich stelle das silberne Tablett auf den Tisch der in der Nähe steht, bevor ich die Nachttischlampe anschalte, um den Raum zu erhellen. Während ich das Abendessen vorbereitete, ist die Sonne bereits untergegangen.

Ich ziehe die Vorhänge zu, damit das Schlafzimmer abgedunkelt ist. Niemand der nicht auf dem Gelände ist kann uns sehen.

„Komm schon", sagt Karina. Sie klopft Ashton sanft auf den Rücken und versucht, ihn von ihrem Körper zu lösen.

Er löst nicht den festen Griff um seine Mutter.

„Ich habe Sandwiches gemacht", sage ich und drehe mich um, um Ashton anzuschauen.

Ashton sieht mich nicht an, sein Kopf ist abgewandt und als ich näher komme, dreht er sich von mir weg.

Der Junge ist sauer auf mich.

Ich habe ihm das Leben nicht gerade leicht gemacht, indem ich ihn entwurzelt habe, und er hat noch nicht einmal die Schule gewechselt.

Ashton wird mich hassen.

Jedes Kind liebt Kartoffelchips. „Und Kartoffelchips gibt es auch. Hast du schon mal Chips in dein Sandwich getan?" frage ich.

Er schnaubt.

Ich bin mir nicht sicher, ob das ein Fortschritt ist oder nicht.

„Ash, Schatz. Ich werde jetzt essen. Wenn du nichts essen willst, kannst du unter die Decke klettern und ins Bett gehen", sagt Karina.

Ashton löst sich von Karina und setzt sich zu ihr auf das Bett.

Ein Fortschritt.

Ich bin froh, dass sie ihn zum Essen überredet hat und er sein Essen schneller hinunterschlingt, als ich es einem Kind zugetraut hätte.

Entweder hat er Hunger oder er vermeidet es, zu reden, aber ich bin froh, dass er etwas gegessen hat.

„Hast du gegessen?", fragt Karina.

„Ich habe mir ein Sandwich gemacht, aber es ist unten", sage ich. Ich kann gar nicht ans Essen denken. Mein Herz hämmert in meiner Brust.

Ich will meine Familie beschützen. Ich weiß nur nicht, wie. Abgesehen davon, dass ich sie in diesen Raum sperre und sie nie wieder herauslasse.

Ashton greift nach einem Kartoffelchip auf seinem Teller und hält ihn mir an die Lippen.

Ich öffne meinen Mund und lasse mich von ihm mit dem salzigen Snack füttern. „Danke."

Er legt den Kopf leicht schief und starrt mich an. „Liebst du meine Mutter?", fragt Ashton.

Die Frage trifft mich unvorbereitet.

Der Junge hat keine Ahnung, warum er aus seinem Zuhause, gerissen und in diese neue Welt gestoßen wurde. Wie heißt es so schön? Unwissenheit ist ein Segen.

Ashton ist nicht unwissend.

Er ist unschuldig. Aber für einen Fünfjährigen ist er auch sehr klug, weshalb ich mir mehr Sorgen um sein Wohlergehen mache, als ich sollte, vor allem nach der heutigen Begegnung und der Bedrohung in Opas Haus.

„Deine Mutter ist etwas ganz Besonderes für mich", sage ich.

Das ist keine Lüge.

Sie ist bemerkenswert. Sie hat meinen Sohn geboren. Aufgeregt fahre ich mit den Fingern durch mein Haar. Der Junge hat meine Augen und ihr Lächeln. Er scheint nicht aufhören zu wollen, mich anzusehen, was mich nur noch nervöser macht.

Ich bin es nicht gewohnt, in der Nähe von Kindern zu sein.

Schon gar nicht mit meinem Sohn.

Die Tatsache, dass ich ein Kind habe, ist verwirrend. Ich kann es immer noch nicht begreifen. Ein anderes Thema für später, wenn Ashton eingeschlafen ist und ich Karina für mich allein habe.

Aber ich bin mir heute Abend nicht sicher, ob sie zu mir ins Schlafzimmer kommt und den Kleinen allein schlafen lässt. Wenn es umgedreht wäre, würde ich ihn nicht mehr aus den Augen lassen.

Es ist ein ungewohnt blubberndes Gefühl, das in meinem Bauch tobt.

Besorgnis?

Furcht?

Ich kann das Gefühl nicht beim Namen nennen, aber ich mag es nicht. Nicht im Geringsten.

Karina schenkt Ashton ein warmes Lächeln. Ich kann nicht sagen, ob es gezwungen oder echt ist, aber sie hat dunkle Ringe unter ihren Augen.

„Wie wäre es, wenn wir dich duschen und ins Bett bringen?", sagt Karina. „Dann können wir vor dem Schlafengehen noch eine Geschichte lesen."

„Habt ihr Bücher?", fragt Ashton.

Kinderbücher, nein.

Wir unterhalten nicht viele Kinder. Ashton ist das erste und wahrscheinlich einzige Kind, das das Gelände betritt.

„Ich kann unten nachsehen, aber da sind bestimmt keine Bilder drin", sage ich.

„Wir brauchen kein Buch", sagt Karina. „Hier oben gibt es genug Geschichten." Sie deutet auf ihren Kopf. „Iss die letzten Kartoffelchips auf und geh dann ins Bad, um dich für das Bett zu waschen.

„Gut", jammert Ashton.

Es ist, als würde er seine letzten vier Kartoffelchips in Zeitlupe essen und jeden Bissen hinauszögern. Der Junge weiß genau, wie er die Schlafenszeit hinauszögern kann.

Ich greife nach einem seiner Kartoffelchips und Ashtons Augen weiten sich vor Entsetzen. Er schnappt sich den Rest der Chips und schiebt sie sich alle auf einmal in den Mund, bevor ich ihm einen wegnehmen kann.

„Vorsichtig", warne ich. Das Letzte, was ich will, ist ein Kind, das sich verschluckt.

Er mampft die letzten Bissen, bevor er sich auf seine Füße stellt , auf die Matratze klettert und vom Bett katapultiert wird.

„Ashton!", schimpft Karina, aber er ist schon im

Bad und knallt die Tür zu, ohne seine Mutter zu beachten. „Das tut mir leid. Er hat heute eine Menge durchgemacht."

„Ich bin nicht verärgert." Viele Dinge regen mich auf. Ein Kind, das aus dem Bett springt, gehört nicht dazu.

„Gut." Sie isst den letzten Bissen ihres Sandwiches auf und ich stehle ihr einen Kartoffelchip vom Teller.

Ihre Augen verengen sich, aber sie nimmt nicht alle Chips und stopft sie sich in den Mund wie ihr kleiner Junge. Sie hat mehr Klasse als das. Obwohl ich fast erwarte, dass sie meine Hand wegschiebt oder mich zurechtweist, weil ich nicht gefragt habe. Wie eine Mutter es tun würde.

„Ich wollte mit dir über Ashton sprechen."

Sie schluckt sichtlich und ich greife nach einer Flasche Wasser, die ich auf dem Tablett stehen habe, und reiche sie ihr.

Sie nimmt einen Schluck und spült damit ihr Essen herunter. „Er ist dein Sohn."

Karina bestätigt meinen Verdacht.

Die Dusche geht an und lenkt meine Aufmerksamkeit auf das Bad und dann wieder auf Karina.

„Ich weiß." Ich brauche keinen DNA-Test, um

die Verwandtschaft zu beweisen. Ich sehe es an seinen Augen und seinem Gesicht, der kleinen Nase und der ähnlichen Kieferpartie. „Nach dem, was heute passiert ist, möchte ich ihn auf einer Privatschule anmelden. Ich denke, das ist das Beste, wenn man bedenkt, dass du hier wohnst und es nicht nur lästig, sondern auch gefährlich ist, ihn in die Southside zu fahren. In einer privaten Einrichtung in der Nähe wird er eine viel bessere Ausbildung und Erziehung bekommen."

„Hast du dir das schon eine Weile überlegt?"

Sie hat nicht unrecht. „Ja, das ist mir schon vor unserer Begegnung heute Abend durch den Kopf gegangen", sage ich. „Aber nach dem, was passiert ist, nach der Bedrohung durch die Bianchis, würde ich mich besser fühlen, wenn ich wüsste, dass er in der besten Einrichtung geschützt ist."

„Beschützt. Wie?" fragt Karina. „Gehört deiner Mafia die Schule?"

Ich kichere auf ihre Frage hin. „Nein."

Wir haben es nicht nötig, eine Privatschule zu besitzen, aber uns gehören der Block und verschiedenen Straßen in der Umgebung. Die Bianchis sind Idioten, wenn sie auch nur einen Fuß in die Nähe unseres Territoriums setzen. „Vertrau mir einfach, er wird in der Schule sicher sein."

Sie kneift die Lippen zusammen, aber sie widerspricht mir nicht.

Stimmt sie mir zu oder ist sie einfach zu müde, um zu kämpfen und gibt meinen Forderungen nach?

Die Dusche wird abgestellt und eine Minute später höre ich sein Kreischen. „Mama!", schreit Ashton aus vollem Halse.

Der Junge könnte Tote aufwecken.

„Ich hole ihm einen Schlafanzug", sagt sie.

Es ist, als ob sie Gedanken lesen könnte. Vielleicht ist sie auch nur intuitiv. Sie weiß, was der Junge benötigt, ohne dass er danach fragt. Wie auch immer, sein Schrei war ein ziemlich guter Indikator für Verzweiflung.

Karina wühlt sich durch die Schubladen. Sie hat bereits seine Kleidung ausgepackt und bringt einen sauberen Schlafanzug und Unterhosen ins Bad.

Er stößt die Tür nur ein paar Zentimeter auf und streckt seine Hand aus. Sie lässt die Sachen in seine Hände fallen, bevor er sie sich schnappt und die Tür zuschlägt.

Der Junge weiß ganz sicher, was Privatsphäre ist. In seinem Alter bin ich wahrscheinlich noch nackt herumgelaufen und habe mich um nichts und niemanden gekümmert.

Außerdem hat er eine Mutter, die sich um sein Wohlbefinden sorgt. Meine Eltern hätten gelacht, wenn ich meine Hand auf den Herd gelegt hätte. Sie hätten mich nicht aufgehalten.

Sie kommt zurück zum Bett und setzt sich neben mich, während Ashton sich anzieht. „Was hast du gesagt?"

Das spielt keine Rolle. Sie scheint damit einverstanden zu sein, ihn auf eine Privatschule zu schicken. „Ich würde ihn nur gerne an der Northshore Academy anmelden", sage ich.

Karina presst ihre Lippen fest aufeinander. „Das ist wunderbar, aber ich kann es mir nicht leisten, ihn auf eine prestigeträchtige Schule zu schicken, selbst wenn ich die Miete für meine Wohnung nicht bezahlen muss."

Das Schulgeld ist höher als ihre Mietzahlung. „Ich bin sein Vater. Du musst dir keine Sorgen um das Geld machen. Ich will nur das Beste für meinen Sohn."

„Das ist nicht fair. Ich will das auch", sagt Karina.

„Ich wollte damit nicht andeuten, dass du nicht das Beste für Ashton willst, sondern nur, dass ich dir helfen kann, dir diese Dinge zu leisten, jetzt, wo ich weiß, dass ich einen Sohn habe."

Ihre Augen zucken für einen Moment. Es ist

kaum wahrnehmbar, aber ich weiß nicht, was sie denkt.

„Bist du sauer?", fragt sie.

„Worüber?" Ich warte darauf, dass sie fortfährt.

„Dass ich dir nicht gesagt habe, dass ich schwanger bin. Ich weiß, ich wäre wütend, wenn es andersherum gewesen wäre. Ich hätte nur offen gesagt nie gedacht, dass ich dich wiedersehen würde. Wir kommen aus verschiedenen Welten. Ich hätte dich nie getroffen, wenn meine Schwester mich nicht überredet hätte, auf die Party zu gehen."

Ich lache leise, als ich mich an die Affäre erinnere. „Ja, die Verlobungsparty meines Cousins Nico. Francesco wollte, dass du nach unten gebracht und verhört wirst."

Ihre Augen weiten sich. „Das hätte er getan? Ich dachte, ich müsste vor der Polizei fliehen, die gerufen wird."

Sie ist so unschuldig und naiv. Das ist niedlich.

„Wir ziehen nie die Polizei hinzu."

„Oh." Karina presst ihre Lippen fest aufeinander. Sie blickt von der Badezimmertür zum Haupteingang des Schlafzimmers. „Erinnert er sich an mich?"

„Wenn du dir Sorgen machst, ob er dich jetzt, fast sechs Jahre später, verhören wird, kannst du dich entspannen." Ich will nicht, dass sie aus Angst davor, was Francesco tun könnte, davonläuft. Er ist in der Lage, mit einem Verhör oder Schlimmerem umzugehen.

Die Badezimmertür fliegt auf und Ashton eilt zum Bett. Seine nassen Haare tropfen über den Marmorboden, als er sich auf die Matratze wirft. Er klettert an das Kopfende des Bettes und schlüpft unter die Decke.

„Zeit für eine Geschichte?", fragt Ashton.

„Ich hole mir ein Sandwich", sage ich, damit die beiden vor dem Schlafengehen noch einen Moment für eine Geschichte zusammen sind.

Ich fühle mich nicht wohl dabei, im Schlafzimmer zu bleiben und in ihr privates Ritual einzudringen. Ich bin zwar sein biologischer Vater, aber ich möchte mich nicht einmischen. Der Junge und ich kennen uns kaum und nach dem höllischen Tag, den wir als Familie erlebt haben, ist es besser, wenn er sich an das hält, was er kennt.

Seine Mutter.

„Wir sehen uns gleich", sagt Karina und schenkt mir ein schwaches Lächeln.

Ich wünsche Ashton eine gute Nacht, bevor ich aus dem Schlafzimmer gehe und die Tür schließe. Ich gehe die Treppe hinunter in die Küche, dort greife ich nach dem Sandwich, das immer noch auf dem Küchentisch liegt.

Mein Magen knurrt, als ich mir den Hocker an der Theke schnappe und mich setze.

Die Stille füllt die Leere.

Es vergehen einige Minuten, bis ich leise Schritte höre und einen Blick über meine Schulter auf die Schönheit werfe, mit der ich das Glück habe, verheiratet zu sein, wenn sie doch nur zu hundert Prozent mir gehören würde.

„Karina?"

„Ash ist eingeschlafen, sobald sein Kopf auf dem Kissen lag. Ich bin bis 'Es war einmal' gekommen, dann war er schon eingeschlafen."

Ich lächle, ich schüttle den Kopf und esse den letzten Bissen meines Abendessens auf. „Bist du noch hungrig?", frage ich. „Ich kann dir noch etwas anderes zu essen holen, einen Nachtisch?"

Karina tritt einen Schritt weiter in die Küche, ihre Füße stehen auf dem Marmorboden. „Das ist schon okay."

Ich steige vom Hocker und hole eine Flasche Amaretto aus dem Schrank. Ich werde sie nicht vermissen. „Spiel ein Spiel mit mir."

26

AURIELO

ICH BIN NICHT GUT im Small Talk oder im Umwerben einer Frau. Ich habe es immer geschafft, das zu bekommen, was ich wollte: Sex.

Bei Karina möchte ich ihre ruhige Fassade aufbrechen und sehen, was in ihr steckt.

Das ist wahrscheinlich die schlechteste Idee und wird mir noch mehr Ärger mit ihr einbringen, aber ich habe die Absicht, uns beide aufzulockern.

Alkohol ist normalerweise nicht die Antwort, aber wenn ich es als Spiel vorschlage, wird sie vielleicht den Köder schlucken.

Ihre Augen funkeln mit einem Hauch von Lächeln. „Das klingt gefährlich."

„Gut." Ich nehme ihre Hand und ziehe sie wieder mit nach oben, dieses Mal in unser Schlafzimmer.

Ich will nicht, dass Alessandro oder Giovan uns stören. Ich möchte schon gar nicht in eine Diskussion mit dem Chef über das, was heute im Haus passiert ist, hineingezogen werden.

Ein guter Schlaf wird vieles leichter machen.

Sie kommt hinter mir her, und ihre Hand ergreift meine. Das ist ein ungewohnt warmes und seltsames Gefühl aber ich will sie niemals wieder loslassen.

„Was für ein Spiel spielen wir, bei dem Alkohol eine Rolle spielt?", fragt Karina.

Ich öffne die Schlafzimmertür und gebe ihr mit einer Geste zu verstehen, dass sie zuerst eintreten soll, während ich das Licht einschalte und die Tür hinter mir schließe.

Keine Unterbrechungen.

„Ein Trinkspiel, *Micetta*", sage ich.

„Wir sind keine zwanzig mehr", sagt Karina. „Ich kann nicht mit einem Kater aufwachen. Ich muss morgen früh arbeiten."

„Das muss ich auch", erinnere ich sie. Sie ist nicht die Einzige, die Verantwortung trägt, und ich muss mit Alessandro über Dorian Bianchi sprechen. Wenigstens hilft mir ein bisschen Alkohol, diesen schrecklichen Moment für eine Weile zu vergessen. „Ich will auch, dass Ashton gleich morgen früh an der Northshore Academy eingeschrieben wird.

Das bedeutet, dass mein Arsch früh aufstehen wird. Aber offen gesagt, ist mir das egal. Der morgige Tag scheint eine Ewigkeit entfernt zu sein.

Sie geht rückwärts zum Bett und stützt sich auf der Kante ab. Ich ziehe meine Schuhe und Socken aus. Ich hätte meine Schuhe ausziehen sollen, als ich ins Haus kam, aber ich war mit einer Million anderer Dinge beschäftigt.

Ich löse meine Krawatte, öffne ein paar Knöpfe und ziehe meinen Anzug aus.

Sie versucht verzweifelt, das Grinsen zu verbergen, das sich auf ihrem Gesicht ausbreitet.

Starrt sie mich an?

„Gefällt dir etwas, das du siehst?", frage ich und lege den Kopf schief, als ich ihren Blick auffange.

Sie atmet scharf ein und streckt ihre Zunge heraus, um über ihre Oberlippe zu streichen. Ich glaube, sie merkt gar nicht, dass sie diese kleine Geste macht, aber sie macht meinen Schwanz hart.

„Ich bin nur müde. Ich starre ins Leere", sagt sie, ihre Stimme ist weich und distanziert.

Ja, genau.

„Ach, wirklich? Das ist aber schade. Ich dachte, du genießt die Show denn ich war bereit, noch ein paar Knöpfe und vielleicht sogar meine Hose auszuziehen, aber wenn es nicht so ist, wie ich dachte, kann ich meine Sachen auch anlassen."

Karina blickt weg, ihre Wangen glühen.

Ertappt.

Ich schleiche durch den Raum zu ihr, hebe ihr Kinn an und lenke ihren Blick auf meinen. „Sag mir, *Micetta*. Wann hattest du das letzte Mal Sex?"

Ein leiser Lufthauch entweicht ihren Lippen. Ihre Augen verdunkeln sich und ihre Wangen röten sich. Sie sind nicht ganz so rot wie ihre kirschroten Lippen, aber der Farbton ist bemerkenswert. Ich habe sie noch nie so aufgeheizt gesehen, nicht einmal, als sie versucht hat, mich im Hotel mit der Lampe anzugreifen.

„Das geht dich nichts an", flüstert sie und starrt zu mir hoch.

„Als dein Ehemann ist es meine Sache zu wissen, ob meine Frau von einem anderen Mann befriedigt wird."

Sie schnaubt und grinst mich schief an. „Du denkst, ich schlafe bei der Arbeit mit einem anderen? Denn das ist die einzige Zeit, in der mir dein Bodyguard nicht auf den Fersen ist, und ich kann dir versprechen, dass Jocelyn nicht mein Typ ist."

„Das ist zu schade", necke ich sie und lehne

mich näher an sie heran. Ihr Atem vermischt sich mit meinem. Ich will ihr eine Kostprobe entreißen, aber ich widerstehe der Versuchung.

Ihre Nase rümpft sich vor Lachen. „Du bist wie jeder andere heißblütige Mann da draußen, der sich zwei Mädchen zusammen oder einen Dreier vorstellt."

Sie hat nicht Unrecht.

Ich würde töten, um sie mit einer anderen Frau in meinem Bett zu haben, aber ich bezweifle, dass ich sie davon überzeugen kann, geschweige denn, dass sie mit mir schlafen würde.

Kleine Schritte.

Ich ziehe mich von ihr zurück und öffne die Flasche Amaretto. „Lass uns ein Spiel spielen", sage ich und krabble neben sie aufs Bett.

„Ich höre zu", sagt sie, ihre Stimme ist weich und warm.

Das Mädchen macht meinen Schwanz hart.

Ein Teil von mir weiß, dass das eine schlechte Idee ist. Wir sind wegen Alessandro verheiratet und nicht, weil wir es wollen. Ich sollte die Dinge langsam angehen. Es ist ein Kind im Spiel, mein Kind.

Aber ich will mich in ihre Wärme stürzen und hören, wie sie meinen Namen schreit, und meine

Sinne verlieren sich, als sie meinen Arm mit einer sanften Berührung streift. Ihre Finger streicheln mich, und es ist nicht einmal nackte Haut.

Es ist schon viel zu lange her, dass ich eine Frau in meinem Bett hatte, geschweige denn, dass ich mir eine Fantasie mit einer Frau gegönnt habe.

Karina war nicht die letzte Frau, mit der ich Sex hatte. In den letzten sechs Jahren war ich zwar kein Mönch, aber Liebe war nie ein Teil der Gleichung. Nicht, dass sie es jetzt wäre.

Ich sollte mir nichts vormachen. Nur weil wir verheiratet sind, heißt das noch lange nicht, dass wir glücklich verliebt sein werden.

Das hier ist kein Märchen.

Das ist das wahre Leben. Und das echte Leben ist voller Fehler und Enttäuschungen.

„Gib mir die Flasche", sagt sie, als ich ihr nicht schnell genug antworte, wie wir das Spiel spielen wollen.

Sie nimmt einen Schluck und schraubt dann den Deckel wieder zu. „Wie wär's, wenn wir Flaschendrehen spielen?"

„Bist du vierzehn?", scherze ich. Wir sind nur zu zweit, und wenn sie mich küssen will, muss sie sich nicht hinter einem Spiel verstecken.

Ich packe sie an der Taille und ziehe sie an mich, sodass unsere Nasen aneinander stoßen.

Wir lachen und sie blickt zu Boden. Sie errötet wieder, strahlend hell.

Ich greife nach ihrem Kinn, hebe ihren Kopf und unsere Lippen berühren sich, um zu kosten.

Ihr Mund ist warm und einladend. Ich ziehe sie auf meinen Schoß, denn ich will mehr als nur einen einfachen Kuss. Ich hätte wissen müssen, dass das eine schlechte Idee ist.

Sie hat nichts dagegen.

Karina stößt mich nicht weg und sagt auch nicht, dass ich aufhören soll.

Meine Finger gleiten unter ihr Shirt, streicheln ihren unteren Rücken und schieben ihr Shirt hoch. Ich gehe langsam und sorgfältig vor und ermögliche ihr, mich zu stoppen, nein zu sagen.

Ihr Stöhnen ist wie Treibstoff für ein bereits brennendes Feuer. Sie reibt sich an mir und ich vertiefe den Kuss, lege sie auf den Rücken und spreize sie.

Ich kann meine Hände nicht von ihr lassen. Nicht, dass ich mich besonders anstrengen würde.

„Aurielo", schnurrt sie und mein Schwanz steht stramm.

Ich kann nicht mehr viel aushalten, ohne eine

süße Erlösung zu bekommen. Es ist schwer, sich zu konzentrieren, geschweige denn einen vollständigen, zusammenhängenden Satz zu bilden. „Wenn du aufhören willst, sollten wir wahrscheinlich jetzt aufhören", sage ich.

„Wer hat etwas von Aufhören gesagt?", fragt Karina und starrt zu mir hoch.

Ich möchte sie vergewaltigen.

Ihre Finger öffnen die Knöpfe an meinem Hemd, bevor sie mit ihrer Handfläche über meine Brust und meinen Bauch gleitet und mich mit ihren Beinen fester an sich zieht.

Ich will diese Frau.

Nicht nur für heute Abend.

„Kondom?", fragt sie und hat sich noch einigermaßen unter Kontrolle, als ich ihr beim Ausziehen helfe. Ich will, dass sie sich nackt unter mir windet.

Ich greife nach dem Nachttisch und ziehe kräftig an der obersten Schublade, um ein Kondom herauszuholen. Ich ziehe mich aus, werfe das Kondom aber auf das Bett. Ich bin noch nicht bereit dafür.

Wir haben gerade erst angefangen und wenn ich mich mit Karina vergnügen darf, will ich mir Zeit nehmen und jede Sekunde mit dieser Frau genießen.

Sie ist feurig und leidenschaftlich, wunderschön und atemberaubend. Sie weiß gar nicht, welche Macht sie über mich hat.

Karina hebt ihre Hüften, als ich ihr die Hose ausziehe und an ihrem Oberkörper herunterklettere.

„Was machst du...", ihre Frage wird unterbrochen, als meine Lippen ihren Bauch hinunter zu meinem Ziel streicheln. „Oh", keucht sie.

Ihre Augen fallen zu. Ihre Finger verheddern sich in meinen Haaren, während ich lecke und sauge und ihre Perle reize.

Ich will sie immer wieder zum Höhepunkt bringen.

Ein Orgasmus ist nicht genug. Sie hat mehr verdient. Ich will, dass sie weiß, dass wir für immer zusammen sein können, ohne dass es eine Gefängnisstrafe ist. Mit der Zeit werden wir uns vielleicht lieben.

Es ist eine Fantasie, weit entfernt von der Realität, in der wir gerade leben, aber der Gedanke, dass ein anderer Mann Karina berührt, lässt mich innerlich verbrennen. Sie hat noch nicht einmal angedeutet, dass sie an einem anderen Mann interessiert ist, aber das ist mir egal.

Ich muss sie für mich beanspruchen und sie zu meiner Frau machen.

Nicht nur auf dem Papier.

Sondern mit Herz, Körper und Seele.

Sie trug meinen Sohn in sich, mein Fleisch und Blut und ich möchte ihr gegenüber das Richtige tun. Aber sie gehen zu lassen, ist keine Option. Don Rinaldi würde seine Drohung wahr machen und uns beide umbringen.

Ganz zu schweigen von der unmittelbaren Gefahr, in der sich Karina wegen der Familie Bianchi befindet. Sie ist eine Zielscheibe, genau wie mein Sohn.

Das Stöhnen entweicht ihren Lippen und ich werfe meine Kleidung auf den Boden, bevor ich das Kondom überziehe und ihren Eingang reize.

„Bist du sicher?", frage ich und starre auf sie herab, während ich an ihrem Eingang stehe. Ich will Karina mehr als alles andere ficken, aber ich glaube auch an die Einwilligung.

Verheiratet oder nicht, das spielt keine Rolle.

Es ist ja nicht so, dass wir geheiratet haben, weil einer von uns beiden es wollte.

„Ja, mach einfach langsam—es ist schon eine

Weile her", gesteht sie und starrt mich mit schweren Augenlidern an.

Sie ist wunderschön. Eine Röte ist über ihre Wangen und ihre Brust gekrochen und hat sie vor Verlangen gefärbt. Ihre Augen haben sich verfinstert, und sie wölbt ihren Rücken und zieht mich näher und tiefer zu sich.

Ich bedecke ihre Lippen mit meinen und gebe ihr alles von mir.

Karina stöhnt, als ich sie ausfülle.

Sie ist eng und warm. Die Art, wie sie meinen Namen stöhnt, lässt meinen Schwanz pochen.

Jeder Stoß ist langsam und langwierig, weil ich diesen Moment auskosten will. Wenn ich schon kein Morgen mit ihr habe, möchte ich das Hier und Jetzt auskosten.

Ihr Stöhnen wird intensiver, als ich das Tempo beschleunige und härter und tiefer stoße.

Sie schlingt ihre Beine um mich und zieht mich fester in sich hinein, während sie sich von der Matratze wölbt.

Ihre Augen sind wie zugeschnürt.

„Sieh mich an", befehle ich. Ich weiß nicht einmal, warum mir die Worte über die Lippen kommen. Ich habe Etta oder die Dutzend anderen Frauen noch nie dazu gebracht, mich anzuschauen, wenn sie kommen. Normalerweise drehe ich sie um, stoße von hinten in sie hinein und weigere mich, ihren intensiven Blicken zu begegnen.

Bei Karina ist das anders.

Sie ist anders.

Sie ist keins dieser Mädchen.

Ihre Lippen spitzen sich und sie kann ihr Stöhnen nicht mehr unterdrücken, während sie sich an meinen Schaft klammert, zitternd und pulsierend.

Das Gefühl ist überwältigend.

Mein Herz klopft gegen meine Brust und fleht darum, sich zu befreien.

Ich bedecke ihre Lippen mit meinen. Sie ist begierig, ihr Kuss ist stark und heftig, unsere Zungen duellieren sich, als ich mich schließlich schaudernd in ihr ergieße, bevor ich über ihr zusammenbreche.

Widerwillig ziehe ich mich zurück, ziehe das Kondom ab und nehme es mit ins Bad, um es zu entsorgen. Grummelnd stelle ich fest, dass das Kondom zwischen dem Überziehen und dem Abziehen gerissen ist.

Das Schlafzimmer ist dunkel, aber ich kenne mich im Raum aus.

Sie kriecht auf das Bett und in einer weiteren

Minute bin ich wieder auf der Matratze und ziehe die Decke über uns.

Ich muss es ihr sagen, aber mein Magen ist wie verknotet.

Wir haben schon ein Kind.

Können wir zwei verkraften?

Ich schlinge meine Arme um ihre Taille und ziehe sie an mich. „*Micetta*", flüstere ich.

Karina weicht nicht zurück. Sie murmelt etwas Unverständliches, und schon schläft sie ein.

Daran können wir heute Nacht auch nichts mehr ändern.

Ich schmiege mich an sie und schließe meine Augen, aber ich kann mich nicht entspannen. Meine Finger jucken, um ihren Bauch zu berühren, ihre Haut zu streicheln und mir vorzustellen, wie es wäre, wenn sie wieder mit meinem Kind schwanger wäre.

KARINA

DER WECKER RÜTTELT MICH WACH. Ich stöhne auf und merke, dass Aurielos warmer Körper sich eng an mich schmiegt.

Nackt.

Ist das die letzte Nacht wirklich passiert?

Ich kann mich nicht einfach rausschleichen. Der Wecker schrillt, was bedeutet, dass er wahrscheinlich auch wach ist. Aber er hat sich keinen Zentimeter gerührt.

Widerwillig entziehe ich mich seiner Umarmung und klettere aus dem Bett, wobei ich das Laken wegnehme, um mich ein wenig zu bedecken.

„Du siehst nackt besser aus", sagt Aurielo.

„Ich wusste, dass du wach bist." Ich werfe ihm einen Blick über die Schulter zu, während ich mich auf den Weg zur Kommode mache. Er hat mir zwei Schubladen am Boden und die Hälfte seines Kleiderschranks überlassen, was mehr ist, als ich erwartet habe. Er hat auch erwähnt, dass eine weitere Kommode ins Schlafzimmer geliefert wird, aber ich bin mir nicht sicher, ob er damit meint, dass eine neue gekauft wurde oder dass ein Möbelstück aus dem Haus in das Zimmer gebracht wird.

Ich ziehe mich schnell um und eile ins Bad. Ich kann es mir nicht leisten, diese Woche wieder zu spät zu kommen.

Der Drache wird mir Feuer in den Nacken spucken und mich rösten.

Vielleicht habe ich es auch ein wenig verdient.

In letzter Zeit war ich nicht mehr ich selbst. Mit Aurielo zu schlafen, gehört nicht zu meinen stolzesten Momenten. Aber ich kann das, was ich vor fast sechs Jahren mit ihm gemacht habe, nicht mit dem vergleichen, was letzte Nacht passiert ist.

Ich kneife mir in den Nasenrücken und starre mein Spiegelbild im Badezimmer an.

„Wer bist du?", flüstere ich. Ich erkenne mich selbst nicht wieder.

Ich ziehe mich so schnell wie möglich an und eile aus dem Bad.

„Können wir reden?", fragt Aurielo.

Mir dreht sich der Magen um. Wird er mir jetzt sagen, dass er es bereut, mit mir geschlafen zu haben und sich mit anderen Leuten treffen will, obwohl wir verheiratet sind?

Es ist ja nicht so, dass wir aus Lust geheiratet haben. Ich hatte keine Wahl.

Na ja, nicht wirklich eine Wahl. Tod oder den Mafioso heiraten.

Ich habe gekniffen und den Weg der Heirat gewählt. Vielleicht hätte ich es zulassen sollen, dass er mir eine Kugel in den Kopf jagt und mein Leben beendet. Aber wäre das nicht noch egoistischer für Ashton gewesen? Vielleicht war es für mich egoistisch, weil Ashtons Leben in Gefahr war. Wenn ich tot wäre, wäre er in Sicherheit.

„Ich muss zur Arbeit", sage ich, um das Geschehene zu verdrängen und zu reden.

Ich hasse diese „Wir müssen reden"-Rede. Es läuft nie gut.

„Ich melde Ashton heute Morgen an", sagt Aurielo.

„Das macht dir doch nichts aus?" Ich gehe auf die Tür zu. Ich muss jetzt los, wenn ich es noch rechtzeitig in die Stadt schaffen will. Normalerweise bringe ich Ashton vor der Arbeit zur Schule und er nimmt an einem Frühprogramm teil, das die Kinder bis zum Unterrichtsbeginn in der Turnhalle der Schule beschäftigt und unterhält.

Wenn ich mich darauf verlassen würde, dass Ivy ihn zur Schule bringt, würde er erst um die Mittagszeit eintrudeln. Vielleicht sogar eine Stunde früher.

„Das ist kein Problem", sagt Aurielo. „Soll ich seine jetzige Schule anrufen, damit sie seine Daten übermitteln?"

„Ich rufe an, sobald ich zur Arbeit komme, und lasse mir seine Zeugnisse faxen. Ich denke, das Kind ist bereits in der Schule. Wie viel Papierkram kann da schon anfallen?"

Er setzt sich im Bett auf und fährt sich mit der Hand durch sein dunkles Haar. „Ich brauche wahrscheinlich seine Geburtsurkunde und seine Sozialversicherungsnummer", sagt Aurielo.

„Ich kann Ivy bitten, diese Dinge in seiner neuen Schule abzugeben." Ich öffne die Schlafzimmertür. Wenn ich jetzt gehe, schaffe ich es noch rechtzeitig zur Arbeit.

———

„Da hat jemand Sex gehabt", sagt Jocelyn und schaut im Pausenraum zu mir rüber.

Ich fülle meine Wasserflasche und nehme einen Schluck.

Wie zum Teufel kann sie das wissen? „Ist es so offensichtlich?" Ich lache nervös. Ich bin nicht darauf vorbereitet, dass sie mich mit zwanzig Fragen überfällt.

„Nun, ihr seid verheiratet, und da ihr keine Flitterwochen gemacht habt, habe ich einfach angenommen, dass ihr jede Oberfläche in eurer neuen Wohnung einweiht. Wohnt ihr zusammen in seiner Wohnung oder in eurer?", fragt sie.

Jocelyn ist nicht gerade subtil mit ihren Fragen, aber wenigstens fragt sie mich nicht vor den Patienten aus. Vor allem, weil unsere Patienten Kinder sind, wäre das höchst unpassend.

„Seine Wohnung, im Norden der Stadt", sage ich, ohne etwas weiter zu verraten. Er wohnt etwas mehr als nur „Uptown". Er wohnt außerhalb der Stadt in einem Wohngebiet, das immer stark verstopft ist, mehr noch als die typischen Vorstädte. Es ist kaum außerhalb der Stadt.

„Du bist so kryptisch", sagt Jocelyn und holt sich eine Limonade aus dem Kühlschrank. Sie macht das Getränk auf und zieht den Deckel ohne zu überlegen ab. „Er ist gut aussehend, du hast wirklich ein Händchen für heiße Typen." Sie hält inne und nimmt einen Schluck von ihrem Getränk.

Ich wiederhole.„Heiße Typen?"

„Ja", sagt sie und starrt mich an, als wäre ich ein Idiot.

„Ich bin mir nicht sicher, was du mit Heiße Typen im Plural meinst." Ich verschränke abwehrend die Arme vor der Brust. Seit der Nacht, in der Ashton gezeugt wurde, habe ich mit niemandem mehr geschlafen. Nun, bis gestern Abend.

„Du hast mir nicht gesagt, dass du dich mit jemandem triffst, geschweige denn, dass es dir ernst ist. Was ist da los?" Jocelyn starrt mich an und wartet auf eine Erklärung.

Ich habe keine, und ich habe auch nicht vor, ihr eine zu geben.

Ich versuche, sie zu schützen, indem ich sie von Aurielo und seinen Männern fernhalte. Besonders nach dem, was letzte Nacht in seinem Haus im Norden passiert ist. Ashton hätte erschossen werden können.

„Es ist kompliziert", sage ich, schlurfe mit den Füßen und versuche, ihrem intensiven Blick auszuweichen.

Es klappt nicht.

Jocelyn tritt näher heran.

„Komm schon, rede mit mir. Wir sind doch praktisch eine Familie", sagt Jocelyn.

„Ich kann nicht. Ich versuche, dich zu beschützen." Das ist das letzte Wort, das ich über Aurielo, die Ehe und mein Sexleben mit ihr sprechen werde. Das ist alles vom Tisch. Alles andere ist erlaubt: Über das Wetter, Ashton und sogar das Liebesleben meiner Schwester kann ich lästern. Aber nicht über die Mafia oder wie ich in diese Situation geraten bin.

„Du weißt, dass ich es aus dir herausbekommen werde", sagt Jocelyn. Sie nimmt einen Schluck von ihrer kalten Limonade, die außen an der Luft schwitzt. Ich fühle mich wie die Dose, die sie unter die Lupe genommen hat und schwitze gewaltig.

Nur, dass ich nicht körperlich schwitze.

Aber gefühlsmäßig bin ich ein Wrack. Ich beiße mir auf die Unterlippe, um den Drang zu unterdrücken, wegzulaufen. Wohin sollte ich gehen? Wie weit würde ich kommen?

Es wäre einfacher, aus dem Pausenraum zu flüchten und vor Jocelyn wegzulaufen, was ich auch tue. „Ich muss zurück an die Arbeit", sage ich und gehe an ihr vorbei.

Ihre Augen verengen sich, als sie sieht, wie ich den Raum verlasse.

Sie wird so lange auf mich einreden, bis ich ihr ein paar pikante Details erzähle. So ist Jocelyn nun mal, wenn es um Dinge geht. Vielleicht reicht es ja, wenn ich ihr ein paar Brocken der Wahrheit erzähle, damit sie mich in Ruhe lässt.

Offen gesagt möchte ich aber jemanden haben, dem ich anvertrauen kann, was ich durchmache. Ivy ist die praktischste Person, an die ich mich wenden kann, aber ich will auch ihr Leben nicht gefährden. Und nach dem, was gestern passiert ist, scheint ein Alleingang die sicherste Option zu sein.

Ich gehe rein, um nach Molly Ryan zu sehen. Sie ist ein süßes Kind. Sie ist erst letzte Woche sechs Jahre alt geworden.

„Krankenschwester Karina!" Molly quiekt und ihre Augen leuchten auf. Sie kuschelt sich an ihr flauschiges weißes Einhorn mit der Regenbogenmähne. „Schau mal, was Mami mir zum Geburtstag geschenkt hat."

Ihre Aufregung schwappt über wie die Ufer eines Flusses. Trotz allem, was sie durchgemacht hat, ist die Kleine stark und eine echte Kämpfernatur.

„Hast du ihr einen Namen gegeben?", frage ich.

Ich überprüfe Mollys Werte und notiere die Informationen in ihrer Krankenakte.

„Tallulah." Molly strahlt vor Aufregung. „Ist sie nicht hübsch? Und sie hat noch alle ihre Haare!"

Ich kichere und bin froh, dass Molly trotz allem, was sie durchmacht, einen Grund zum Lächeln findet.

An manchen Tagen zwinge ich mich, fröhlich zu sein, während ich arbeite. Normalerweise bin ich nicht fröhlich, aber ich kann nicht zulassen, dass das, was gerade passiert, die Patienten beeinflusst.

Und das gilt auch für mein Privatleben.

Es hat Jahre gedauert, bis ich gelernt habe, die Geschehnisse bei der Arbeit abzuschotten und den Job hinter mir zu lassen, wenn ich nach Hause gehe. Sich ständig auf die Tatsache zu konzentrieren, dass ich mit kranken und sterbenden Kindern arbeite, ist kein Zuckerschlecken.

Versteh mich nicht falsch, die Arbeit ist lohnend, aber sie ist auch körperlich anstrengend. Und da ich meinen eigenen Sohn zu Hause habe, ist es schwierig, wenn er mir eine Beule am Kopf zeigt, nicht zu befürchten, dass es sich um mehr als nur einen bösen Sturz handelt.

Reagiere ich über?

Ja.

Bin ich ein Helikopter-Elternteil?

Wahrscheinlich schon.

Ich versuche, es nicht zu sein. Ich tue mein Bestes, um Ashton so viel Freiheit wie möglich zu geben und ihn die Welt so erleben zu lassen, wie er sie erleben sollte.

Aber es ist schwer, Kinder leiden zu sehen. Die Freude an der Arbeit besteht darin, für diese Kinder da zu sein, ihnen zu helfen, sich um sie zu kümmern, ihre Stütze zu sein.

Und bei Kindern wie Molly, mit ihrem strahlenden, ansteckenden Lächeln, ist es schwer, nicht zurückzulächeln. Sie ist ein echtes Herzchen.

„Ich wünsche mir Haare wie Tallulah."

Ich zwinge mich zu einem Lächeln.

Molly trägt einen orange-roten Schal, dessen Stoff mit Mohnblumen verziert ist. Ich kann mich nicht erinnern, dass sie jemals mit Haaren auf der Kinderstation war. Sie wurde aus einem anderen Krankenhaus außerhalb der Stadt verlegt. Ihre Eltern zogen für ihre Behandlung um.

„Du willst Regenbogenhaar?", frage ich. Ich vermute, dass sie Haare haben möchte, die nicht durch die Chemotherapie ausfallen und dünn sind.

„Meinst du, du kannst Mama bitten, mir eine Regenbogenperücke zu besorgen?" Molly grinst.

„Ich weiß, mein Geburtstag ist gerade erst vorbei, aber ich wünschte, ich hätte Regenbogenhaar!"

„Ich werde sehen, was ich tun kann", sage ich und zwinkere ihr zu. „Wie geht es dir heute?", frage ich und kontrolliere den Tropf.

Über den Lautsprecher in unserer Etage wird ein Code Blau ausgerufen. Mein Magen verkrampft sich und ich versuche, Molly so gut es geht anzulächeln.

„Ich bin gleich wieder da."

Ich verlasse eilig das Zimmer und gehe zum Patientenzimmer, um bei dem Code Blue zu helfen.

Meine Füße stampfen über den Boden und ich eile so schnell ich kann durch den Flur auf die andere Seite des Stockwerks.

Es ist das Zimmer von Cora.

Die vierzehnjährige Cora Clarke.

Ich eile hinein und sehe, dass ihre Haut grässlich aussieht. Sie liegt flach auf dem Bett, das Kopfkissen ist weg.

Jocelyn führt eine Herzdruckmassage durch, während ein anderer Mitarbeiter mit einem Notfallwagen herbeieilt, um zu helfen.

Der Raum dreht sich. Ich trete auf den Flur hinaus, und was noch wichtiger ist, ich gehe aus dem Weg. Ich will keine Last sein.

Schweiß rinnt mir über die Stirn. Mir wird schlecht.

———

Der Tag wird immer schlimmer.

Der Aufzug klingelt an der Schwesternstation und ich schaue auf, weil ich erwarte, dass Coras Eltern kommen, um sich zu verabschieden.

Sie hat es nicht geschafft.

Ich muss noch das Leichenschauhaus anrufen, damit sie die Leiche abholen und in den Keller bringen.

Francesco betritt die Kinderstation. „Was machst du auf unserer Station? Keine Besucher."

Ich bin nicht in der Stimmung, mich mit seinen oder Alessandros Possen zu beschäftigen. Ich bezweifle, dass Aurielo ihm befohlen hat, mich bei meiner Arbeit zu stalken.

„Planänderung", sagt Francesco. „Deine Schicht ist zu Ende."

Ich schaue auf die Uhr. „Ich bin fast fertig. Es sind noch zwanzig Minuten." Ich werde nicht früher gehen, nur weil der Pavian mir sagt, dass ich fertig bin.

„Wir müssen zurück ins Haus, sofort", knurrt er mich an.

Jocelyn kommt um die Ecke gerannt und stolpert fast in Francesco hinein. Sie bleibt auf halbem Weg stehen.

Ihr Gesicht ist rot und fleckig. Sie hat geweint.

Wir haben alle auf unterschiedliche Weise mit Coras Tod zu tun.

Und ich?

Ich verdränge die Scheiße.

Das ist nicht unbedingt die gesündeste Art, aber die einzige, die ich kenne, um den Tod zu verarbeiten.

„Gehst du weg?", fragt Jocelyn.

„Ja", antwortet Francesco für mich.

Ich öffne den Mund, um Nein zu sagen, aber er fixiert mich mit seinem Blick. „Aurielo will, dass du nach Hause kommst."

„Ich ziehe mich nur schnell um und komme dann gleich." Ich atme einen schweren Seufzer aus und gehe den Flur hinunter, um mich umzuziehen.

Eine Sekunde später ist Jocelyn mir auf den Fersen . „Was ist mit ihm los?", fragt sie mit leiser Stimme.

„Was meinst du?" Ich öffne meinen Spind, schlüpfe aus meinen Turnschuhen, ziehe meinen

Kittel aus und ziehe mir eine schwarze Yogahose und ein extra bequemes T-Shirt an. Sogar meine Kleidung fängt an, nach Aurielo zu riechen.

„Ich habe ihn fast jeden Tag in der Lobby gesehen. Ich bin mir ziemlich sicher, jeden Tag, an dem du arbeitest."

Jocelyn ist viel öfter zum Mittagessen gegangen als ich, vor allem, weil Francesco Bodyguard spielt. Ich habe es vermieden, die Etage zu verlassen, bis meine Schicht vorbei ist.

„Er arbeitet mit Aurielo zusammen. Ein angeheuerter Leibwächter." Ich halte eine Hand hoch. „Mach keine große Sache draus. Okay?"

„Warum brauchst du einen Bodyguard?", fragt Jocelyn.

Das Mädchen hört nie auf, Fragen zu stellen. Sie ist genauso wissbegierig wie Molly, aber zumindest bei einer Sechsjährigen ist das liebenswert.

„Ich weiß nicht, Aurielo könnte viel Geld wert sein. Sein Job ist sehr einflussreich und prestigeträchtig. Vielleicht ist er insgeheim ein Milliardär?" Ich versuche, sie von der offensichtlichen Tatsache abzulenken, dass Francesco mit seinem dunklen Anzug, seinem dichten schwarzen Haar und dem italienischen Akzent wie ein Mafioso aussieht.

„Du weißt nicht, warum er den Hulk auf dich angesetzt hat, oder?" scherzt Jocelyn.

Ich ziehe meine Schuhe an und schließe den Spind. „Sein Name ist Francesco", korrigiere ich sie. Ich bin mir nicht sicher, warum ich ihn verteidige. Er war herrisch und anmaßend. Mit dem Mann ist es noch viel schlimmer als mit Aurielo.

Wenigstens gibt es eine körperliche Anziehungskraft zwischen Aurielo und mir, was sich gestern Abend im Schlafzimmer gezeigt hat. Der Raum fühlt sich um einige Grad heißer an, und ich schleiche mich an Jocelyn vorbei zur offenen Tür.

„Es gibt vieles, was ich dir nicht sagen kann, Jocelyn. Ich wünschte, ich könnte es, aber es ist sicherer, wenn du nicht ganz so viele Fragen stellst."

Ihre Augen zucken, als sie sieht, wie ich den Flur hinuntergehe.

Ich hoffe, ich habe ihr nicht noch mehr Tränen in die Augen getrieben, aber ich muss meine Arbeit und mein Privatleben trennen. Das ist der einzige Weg, um zu überleben.

„Lass uns gehen", sage ich zu Francesco und drücke den Abwärtsknopf für den Aufzug.

„Harter Tag?", fragt er, als der Aufzug klingelt.

Die Doppeltüren öffnen sich. Coras Eltern betreten die Etage.

Ich schlucke die Galle hinunter, die in meiner Kehle aufsteigt und unterdrücke das Schluchzen, das sich bilden will.

Begrabe den Schmerz.

Schlucke die Gefühle hinunter.

Das ist ein Mantra, das ich leise in meinem Kopf singe.

Ich weiß nicht, wie lange es funktionieren wird, als ich in den Aufzug steige, bevor alles explodiert und mich in die Knie zwingt.

Im Moment bin ich wie betäubt.

Alles in mir schmerzt. Ich wünsche mir nichts sehnlicher, als nach Hause zu gehen.

Aber Aurielos Haus ist nicht mein Zuhause. Es gibt keine Wärme und keinen Komfort den ich gewohnt bin.

Es ist eine Tortur.

28

KARINA

ICH GEHE hinein und Francesco führt mich die Treppe hinauf zu Ashtons Zimmer.

„Was ist hier los? Wo ist Aurielo?", Mir gefällt weder die Stille noch die Tatsache, dass ich Befehle erhalte und herumkommandiert werde.

Das ist nicht das, was wir vereinbart haben.

Nicht, dass ich das gewollt hätte, aber Francesco soll mich beschützen und nicht durch das Haus kommandieren. Für wen zum Teufel hält er sich eigentlich?

„Aurielo ist mit der Arbeit beschäftigt", sagt Francesco mit einem Grunzen. „Geh ins Schlafzimmer und verlasse es nicht, bis dich einer von uns abholt.

Er reißt die Tür auf und ich bin überrascht, dass

er sie mit so viel Kraftaufwand nicht aus den Angeln hebt.

Ashton sitzt mit mehreren Spielzeugeisenbahnen auf dem Boden und spielt.

Ich schalte das Deckenlicht ein. Die Jalousien sind offen, aber der Raum ist um diese Uhrzeit nicht besonders hell. Die Sonne scheint auf der gegenüberliegenden Seite des Hauses.

„Warst du heute in der Schule?", frage ich.

Aurielo sollte ihn an der Privatschule anmelden. Ich habe ihm die Unterlagen geschickt, zusammen mit den notwendigen Dokumenten und allem, was er sonst noch gebraucht hätte.

„Ja." Ashton presst die Lippen zusammen und zieht die Stirn in Falten.

„Wie war's?", frage ich und setze mich neben ihn auf den Boden.

Ich brauche eine Ablenkung von meinem beschissenen Tag.

Er zuckt mit den Schultern.

Das ist nicht die Art von Antwort, die ich mir vorgestellt habe. „Bist du auf eine neue Schule gegangen?", frage ich.

Ashton nickt und blickt zu mir auf. „Ich musste eine blöde Uniform tragen."

„Hatten die anderen Kinder an der Schule die

gleiche Uniform an?", frage ich. Ich kann mir nicht vorstellen, dass er herausgehoben wurde, aber es ist sicher nichts, was er gewohnt ist.

Ashton hat sich seine Kleidung selbst ausgesucht, sogar im Laden, wenn wir einkaufen gehen. Ihm ist es egal, ob er ungleiche Socken oder eine karierte Hose mit einem gestreiften Hemd trägt.

Und ich bin nicht die Modepolizei. Was auch immer ihn glücklich macht, seine Kleidung zu tragen und unabhängig zu sein, ist ein großer Teil davon, aber auch das Befolgen der Regeln.

Er antwortet mir nicht.

„Ich weiß, dass du von deiner neuen Schule nicht begeistert bist, aber ich wette, wenn du dir etwas Zeit lässt, wirst du viele neue Freunde finden." Ich möchte, dass er eine bessere Ausbildung bekommt. Das wird ihm auf lange Sicht helfen, auch wenn er das jetzt noch nicht versteht. Aber diese Chance ist für ihn von großer Bedeutung.

„Ich will nach Hause", sagt Ashton.

Ich stoße einen schweren Seufzer aus. „Ich weiß, aber das hier ist jetzt unser Zuhause." Ich wünschte, ich könnte es ihm erklären, aber ich weiß nicht, wie ich einem Fünfjährigen die Wahrheit sagen soll, ohne ihm all die beängstigenden Dinge zu erzählen, in die wir durch einen einfachen Fehler verwickelt wurden.

Außerdem sollte er diese Art von Last nicht auf sich nehmen.

Er ist ein Kind.

„Können wir draußen spielen?", fragt Ashton und stellt seinen Truck auf dem Boden ab.

„Im Moment nicht", sage ich. Ich bin mir offen gesagt nicht sicher, warum wir im Schlafzimmer eingeschlossen sind. Das scheint mir ein wenig übertrieben zu sein.

Will Aurielo uns aus einem Grund bestrafen?

Liegt es daran, dass wir miteinander geschlafen haben und ich heute Morgen hinausgestürmt bin, ohne zumachen, was er wollte, nämlich reden?

Das ist meine Schuld. Das muss es auch sein.

Wann ist es nicht meine Schuld, wenn eine Beziehung in die Brüche geht? Ich bin schlecht in Beziehungen.

„Bitte", jammert Ashton. „Das ist für die Schule. Der Lehrer hat uns Hausaufgaben aufgegeben."

„Was müsst ihr denn draußen machen?", frage ich.

„Wir sollen zählen, wie viele verschiedene Farben wir in einem Bereich sehen."

Es gibt nicht viel Platz, um sich frei zu bewegen,

außer im Garten. „Okay." Ich stimme zu. Wenn der Junge eine Hausaufgabe hat, werde ich ihn nicht aufhalten.

Er ist an einer neuen Schule, mit neuen Lehrern. Das Letzte, was ich will, ist, dass Ashton in Verzug gerät.

„Nimm deine Aufgabe", sage ich und stehe auf.

Er greift nach seiner Schultasche und holt ein Blatt Papier und einen Stift heraus.

„Wir müssen leise sein. Okay?" erinnere ich ihn. Ich will weder Francesco noch sonst jemandem über den Weg laufen, wenn ich es verhindern kann.

Ash folgt mir aus dem Schlafzimmer und geht den Flur entlang. Ich achte darauf, leise zu sein und meine Schritte unsichtbar zu machen.

Zum Glück ist Ashton nicht übereifrig und nicht so gesprächig wie sonst. Vielleicht erkennt er, wie wichtig es ist, meinen Anweisungen zu folgen?

Das bezweifle ich.

Wir schleichen uns leise die Treppe hinunter, durch den langen Flur und zu den Flügeltüren, die in den Garten führen.

Er rennt nach draußen und verzichtet dabei auf Schuhe und Socken. Der Junge wird später ganz schön durcheinander sein.

Ich schließe die Türen, ohne dass das Schloss

klickt, und schlendere mit meinem Sohn in den Garten. Er katalogisiert und notiert bereits alle Details für seine Aufgabe.

Ich gehe über die Steine zu der Schaukel.

Sie ist beschädigt, umgekippt und unbrauchbar.

Was ist hier passiert?

Als ich meine Schritte zurücknehme, schaue ich mich um und vergewissere mich, dass nur wir beide allein sind. Ich sehe sonst niemanden im Garten, nicht dass ich in den paar Tagen, die ich in der Villa bin, jemanden gesehen hätte.

Ashton füllt das Blatt Papier vorn und hinten aus, bevor er sich ins Gras wirft und in den Himmel starrt.

Die Sonne geht gerade unter und wirft ein warmes, orangefarbenes Licht auf den Himmel. Ich suche mir einen freien Platz und setze mich.

Eine männliche Stimme räuspert sich.

Ich werfe einen Blick auf die Gestalt hinter mir, die in der Nähe der Tür auftaucht. Ich hatte nicht gehört, dass jemand in den Garten gekommen war.

„Du musst drinnen sein, oben."

Der Mann ist älter, rauer und ungehobelt. Ich erkenne ihn aus dem Hotelzimmer, Alessandro. Er ist der Boss hier und derjenige, der mich töten lassen wollte.

Ashton hat seinen Auftrag beendet. „Ja, natürlich."

Ich widerspreche nicht. Das ist auch gar nicht nötig.

Er ist ein Mann, mit dem man sich nicht anlegen sollte, und er hat meinem Sohn erlaubt, hier mit mir zu leben.

Ashton erhebt sich vom Boden. Ich stehe auf, nehme die Hand meines Sohnes und halte ihn fest.

Alessandro reißt die Balkontür auf und wartet, bis wir hinein gestapft sind, bevor er die Glastüren schließt und uns zur Treppe begleitet.

Ich bin überrascht, dass er uns nicht beide in das Zimmer bringt, in dem wir unter Verschluss gehalten werden, aber vielleicht ist ihm der Weg über die Treppe doch zu weit. Wir haben ihm Unannehmlichkeiten bereitet. Ich kann die Energie und den Ärger unter der Oberfläche brodeln spüren. Wenigstens weiß er, wie er seine Zunge im Zaum halten kann, besonders vor meinem Kind.

Ich öffne die Schlafzimmertür und lasse Ashton herein.

Wo ist Aurielo? Wenn er bei der Arbeit ist, warum gibt Alessandro dann den Befehl, dass wir uns im Schlafzimmer verstecken sollen?

Etwas fühlt sich komisch an.

Liegt es an dem gestrigen Angriff und den Drohungen dieser Männer? Sollten wir hier nicht sicher sein?

Bald ist es Zeit für das Abendessen, und ich kann mir nicht vorstellen, dass wir gezwungen werden, im Schlafzimmer zu essen oder, schlimmer noch, ohne Abendessen auszukommen.

Aurielo würde nicht so grausam zu seinem Sohn sein. Oder?

„Kannst du mir ein Bild malen?", frage ich Ashton.

Ich möchte ihn ablenken, während ich mich umschaue.

29

AURIELO

WIR KONNTEN Don Bianchi zwar nicht schnappen, aber seinen Stellvertreter Matteo zu erwischen, ist nicht weniger als ein Sieg.

Er sitzt gefesselt auf einem Stuhl im Keller, in einer Arrestzelle.

Er ist inhaftiert.

Er wartet auf mein Verhör.

Alessandro hat mir bereits das Kommando dafür übertragen. Einem Kriminellen nahe zu sein, kann einen ganz schön mitnehmen. Aber ich möchte, dass Matteo das gleiche Grauen und die gleiche Angst verspürt, die ich gestern Abend bei seinem Chef erlebt habe.

Ich stapfe die Treppe hinunter und halte inne. Giovan steht als Wache vor Matteos Gefängniszelle.

Wir rechnen zwar nicht damit, dass er ausbricht, aber man kann nie vorsichtig genug sein.

Wir machen uns eher Sorgen, dass er sich erhängen oder einen anderen Weg finden könnte, um Selbstmord zu begehen um einem ausführlichen und quälenden Verhör zu entgehen.

Giovan zieht mich zur Seite, seine Stimme ist so leise, dass das Monster nicht hören kann, was ich sage.

„Bist du sicher, dass du dazu bereit bist?", fragt Giovan.

Ich werfe einen kurzen Blick auf Matteo und dann wieder auf Giovan. „Möchtest du andeuten, dass ich nicht fähig bin, einen klaren Kopf zu bewahren?"

Er verzieht das Gesicht zu einem Grinsen. Giovan würde so etwas nie vorschlagen. Er würde mich aber daran erinnern, dass man einen Kriminellen, den wir gefangen genommen haben, nicht auf die leichte Schulter nehmen darf.

Und ich habe nicht die Absicht, großzügig oder freundlich zu sein. Wir sind keine Polizisten oder vom FBI. Wir müssen uns nicht um Zuständigkeiten oder einen Ehrenkodex kümmern. Das macht meine Methoden unfehlbar.

„Ich bin mir sicher, dass dich sein gutes

Aussehen oder sein Charisma nicht beeindrucken werden", scherzt Giovan.

Ein Lächeln kommt mir nicht über die Lippen.

Obwohl ich erleichtert bin, dass wir Matteo geschnappt haben, war ich nicht Teil der Mission, wie wir zu ihm gekommen sind. Ich war damit beschäftigt, Ashton in der Privatschule anzumelden.

Wäre ich bei dem Überfall dabei gewesen, hätte ich Matteo eine Kugel in den Kopf gejagt. Er hätte es nie zu einem Verhör auf das Gelände geschafft.

Wieder ertönen schwere Schritte auf der Treppe.

Ich werfe einen Blick über meine Schulter auf Francesco.

Er nickt mir zu. Alles ist in Ordnung. Karina und Ashton sind oben, in Sicherheit. Ich habe ihn sofort angerufen, als ich erfuhr, dass ich ein Verhör zu führen habe. Das Letzte, was ich will, ist, dass Karina Wind davon bekommt, was wir tun.

Wissen und sehen sind zwei völlig verschiedene Dinge.

„Benötigst du Hilfe mit ihm?", fragt Francesco. „Ein paar Muskeln, um die Wahrheit aus ihm herauszuprügeln? Es ist schon ein paar Tage her, dass ich mir die Hände schmutzig gemacht habe."

Francesco beschönigt es nicht einmal.

Er erwartet Blut für Blut. Die Bianchis haben

Karina und Ashton, meine Familie, bedroht, was eine direkte Bedrohung für die Familie Rinaldi ist.

Ich verlange Matteos Tod.

––––––––––

Blut tropft von meinen Knöcheln, als ich meine Faust in Matteos Kiefer schlage.

Mit auf dem Rücken gefesselten Armen und an einen Stuhl gefesselt, ist das nicht gerade ein fairer Kampf.

Niemand hat behauptet, dass etwas, was wir je getan haben, fair oder ehrenhaft war.

Am besten wäre es, wenn wir den Bastard aus seinem Elend befreien würden.

Seinem Leben ein Ende setzen.

Ich bin nicht großzügig.

Ich bin ein Wilder.

„Ich werde dir gar nichts sagen", sagt Matteo und spuckt mir ins Gesicht.

Ich weiche aus, aber seine Spucke landet auf meinem Hemd.

Verdammtes Arschloch.

Er lacht.

Die Dunkelheit dringt in meine Seele.

Ich schlage mit meiner Faust auf sein Gesicht

und seine Nase. Ich spüre, wie die Knochen brechen und höre das Knacken, das mir einen Schauer über den Rücken jagt.

Ich schlucke den Ekel und die Wut hinunter. Die Abscheulichkeit, die von diesem Mann auf mich übergreift.

Er hat mir keine andere Wahl gelassen, als so zu sein, ihn zu foltern, bis er hingerichtet wird.

„Du bedrohst meine Familie. Dafür wirst du den Preis zahlen", sage ich.

Sein Kopf hängt tief und das Blut tropft aus seiner Nase auf den Zementboden und bildet eine Pfütze.

„Ich habe nichts", sagt Matteo. Er blickt mit verdunkelten Augen und einem finsteren Lächeln auf. „Ich habe nichts zu verlieren."

„Ich nehme an, dein Leben ist ziemlich wertlos." Ich stimme ihm zu. Das heißt aber nicht, dass ich ihm Schmerz und Leid ersparen will. „Sag mir, was Dorian vorhat. Es sollte ihm völlig egal sein, wen ich heirate. Etta und ich haben schon vor Monaten Schluss gemacht."

Jahrelang hatten wir ein Hin und Her mit dem Anschein einer Beziehung hinter uns. Sie war rein körperlich. Sexuell. Am Ende hatte sie einen wandernden Blick, was mich dazu brachte, die

Verbindung zu ihr abzubrechen und jede Idee von einer Beziehung oder Ehe zwischen uns zu beenden.

„Dorian will das gebrochene Herz des Mädchens heilen", sagt Matteo.

Das glaube ich keine Sekunde lang.

„Dorian kümmert sich nur um sich selbst." Wenn er sich um jemand anderen kümmern würde, hätte er seine Männer hinterhergeschickt, um Matteo zurückzuholen.

Stattdessen wird Matteo geopfert. Die Bianchis werden nicht kommen, um ihn zu retten. Selbst wenn sie es wollten, sind wir in einer Festung, die von Dutzenden bewaffneten Männern bewacht wird. Sie werden nicht hineingelangen.

„Stimmt", sagt Matteo, seine Stimme ist leise und schwach.

Ich falle nicht auf seine Masche herein, bei der er so tut, als wäre er dem Tod nahe und würde sich nur noch wehren. Ich habe das schon oft bei Feiglingen gesehen.

„Er will dich tot sehen. Dich, Alessandro, die ganze Familie."

Ich ziehe einen freien Holzstuhl heran, drehe ihn um und setze mich mit verschränkten Armen darauf. „Das ist nichts Neues. Unsere Familien streiten sich schon so lange, wie ich denken kann, schon als ich noch ein Kind war. Du musst mir mehr als das erzählen, Matteo. Du bist nicht Dorians Sekundant, ohne zu wissen, was in seinem Kopf vor sich geht. Wenn dir dein eigenes Leben nicht wichtig ist, ist dir vielleicht deine Familie wichtig?", frage ich.

Es herrscht Stille im Raum.

„Nichts?" Ich schüttle den Kopf. „Das ist schade. Ich hatte gehofft, wir könnten die Folter hinter uns lassen und direkt zu deinem vorzeitigen Tod übergehen."

Matteos Augen blitzen mich an, als er zusammenzuckt. „Du wirst mich nicht umbringen."

„Werde ich nicht?" Was macht ihn so sicher, dass ich ihn gehen lassen werde? Er war gestern da und hat meine Familie bedroht, und das auf Dorians Befehl.

„Du wirst einen Krieg zwischen unseren Familien auslösen."

Wenn das seine Art ist, darum zu betteln, dass er am Leben bleibt, dann funktioniert das bei mir überhaupt nicht.

„Ich sage es dir nur ungern, aber der Krieg hat bereits begonnen."

Ich schlage meine Faust gegen sein Gesicht, weil mir seine Antwort nicht gefällt. Meine Knöchel sind blutig, aber ich ignoriere den leichten Schmerz.

Außerdem ist das Blut seins.

„Ich kann die ganze Nacht durchhalten", warne ich. „Was hat Dorian vor? Er ist doch nicht nur aufgetaucht, um meine Frau und dem Jungen zu drohen."

Ich verzichte darauf, Ashton als meinen Sohn zu bezeichnen, schon gar nicht vor diesem Monster. Er darf nicht erfahren, dass das Kind mein Sohn ist.

Ein leises weibliches Keuchen ertönt von der anderen Seite der Gitterstäbe in der Nähe des Treppenhauses.

Scheiße!

Ich werfe einen Blick über meine Schulter und sehe Karina.

Sie keucht und eilt die Treppe wieder hinauf.

Francesco rennt ihr hinterher. Seine Schritte donnern oben.

Matteo grinst, seine Lippen sind blutig und sein linkes Auge geschwollen. „Lass mich raten. Die neue Frau weiß nicht, was du beruflich machst?" Ein düsteres Lachen entweicht seinen Lippen und seine Schultern sacken nach vorn. Er hustet und spuckt. Die Rötung landet auf meinem Arm.

Ich wische die Spucke weg und schlage ihm

gegen die Brust, sodass sein Stuhl nach hinten und auf den Boden fällt.

Ich stehe auf und stehe über ihm, mein Fuß drückt gegen seine Lunge. „Giovan!", rufe ich nach meinem Bruder.

Er schließt die Gefängnistür auf. „Wenn er heute Abend nicht reden will, machen wir morgen mit dem Verhör weiter. Wurde dir schon mal ein Zahn gezogen?" frage ich.

Das ist eine rhetorische Frage.

Wir haben eine große Auswahl an Werkzeugen, von Zangen über Autobatterien bis zu Baumscheren. Ich bevorzuge es, meine Fäuste zu benutzen und einen Kerl zu verprügeln, bevor wir die Sache auf die Spitze treiben. Folter bringt sie normalerweise dazu, dir alles zu sagen. Nicht unbedingt die Wahrheit. Sie wollen nur, dass der Schmerz aufhört.

Ich bin ein wenig von der alten Schule.

Eine Tracht Prügel macht sie lockerer für die härtere Gangart.

Mir wäre es lieber, der Bastard würde jetzt die Wahrheit sagen. Das würde uns beiden eine Menge Zeit und Leid ersparen, aber sie machen es sich nie leicht.

Ich verlasse die Zelle, lasse Giovan Matteos Stuhl anheben und ihn wieder in eine sitzende Position bringen, bevor ich die Metalltüren abschließe und den Gefangenen allein lasse.

Giovan folgt mir die Treppe hinauf.

„Das war Karina, die sich hierher geschlichen hat. Stimmt's?", fragt Giovan.

Ich hatte gehofft, dass er es nicht bemerkt hat. Aber das ist unmöglich, wenn man bedenkt, dass Francesco Karina die Treppe hochgejagt hat.

„Ja, eine Sache mehr, um die ich mich heute Abend kümmern muss." Auf dem Weg nach oben ziehe ich mein Hemd aus. Ich bin mit Blut und Matteos Spucke bedeckt und benötige eine Dusche.

„Du kannst es kaum erwarten, dich für deine heiße Frau auszuziehen", scherzt Giovan.

Ich trete auf den Treppenabsatz im Hauptgeschoss und warte, bis er zu mir kommt, bevor ich die Kellertür zuschlage und sie mit den verstärkten Doppelriegeln verriegele.

„Pass auf, was du sagst", warne ich. „Willst du, dass dein Gesicht so aussieht wie das von Matteo?"

Giovan hält seine Hände zur Kapitulation hoch. „Verstanden."

Ich schlüpfe aus meinen Schuhen und schleiche die Treppe zum Schlafzimmer hinauf.

Francesco steht vor meiner Tür. „Ist Karina da drin?", frage ich ihn.

Er grinst und stößt die Tür auf. „Ja. Das Kind ist in seinem Zimmer. Ich dachte, ich sollte sie für eine Weile trennen. Damit sie sieht, wie es ist, in ihrem eigenen kleinen Gefängnis zu sein."

Alessandro hatte zweifellos Wind davon bekommen, dass sie sich in das Kellergefängnis geschlichen hatte. Wenn er es nicht wusste, hat Francesco es mit Sicherheit angekündigt, indem er sie nach oben ins Schlafzimmer gejagt hat.

So viel zum Thema Subtilität.

„Ich werde sie im Auge behalten", biete ich an. Ich muss ohnehin aufräumen und duschen. Solange ich mit ihr im selben Raum bin, kann ich Francesco auch eine Pause gönnen. Der Kerl bewacht sie seit heute Morgen bei der Arbeit.

„Die Anweisung des Chefs lautet, dass ich vor ihrem Zimmer bleiben und Wache halten soll.

Ich streite mich nicht mit Francesco. Er ist ein großer Kerl, und ich brauche dringend eine heiße Dusche und neue Klamotten.

„Nur zu", sage ich und gehe an ihm vorbei, während ich die Schlafzimmertür öffne.

Karina sitzt auf dem Bett und hat die Arme vor der Brust verschränkt. Sie blickt auf, ihre Augen weiten sich, als sie mich sieht, und dann sinken ihre Schultern.

Hatte sie jemand anderen erwartet?

Ich öffne meinen Gürtel und lege ihn auf die Kommode, während ich nach einer Jeans, Boxershorts und einem T-Shirt krame. Ich nehme die Sachen mit ins Bad und drehe mich um, bevor ich die Tür schließe und mich ihr zuwende.

„Musst du auf die Toilette?", frage ich sie.

Sie schüttelt den Kopf: „Nein."

Ich schließe die Badezimmertür und stelle den Duschstrahl an, bevor ich mich ausziehe.

Der Geruch von Blut vermischt sich mit Schweiß. Ich warte, bis die Dusche heiß ist, bevor ich unter den Strahl trete.

Schmutz, Dreck und Blut wirbeln den Abfluss hinunter, während das heiße Wasser auf mich einprasselt.

Ein kühler Luftzug füllt das Badezimmer.

„Karina?" Wer sollte mich sonst unterbrechen?

„Hast du ihn umgebracht?", fragt sie.

Der Duschvorhang ist der einzige Anschein von Privatsphäre, aber das scheint sie nicht zu stören. „Willst du die Wahrheit wissen?", frage ich und erwarte fast, dass sie ihn aufreißt und wissen will, was passiert ist.

„Ich will nicht, dass du mich anlügst!" Ihre Stimme hebt sich um eine Oktave. „Dieser Mann von gestern will meinen Sohn und mich töten. Ich kann nicht schlafen, wenn ich weiß, dass er im selben Haus ist wie wir."

In ihrer Stimme schwingt Angst und Unsicherheit mit. Die Angst schleicht sich ein und zeigt ihr hässliches Gesicht. Ich ziehe den Duschvorhang auf und greife nach ihr.

„Was machst du da?", fragt sie. „Du machst mich nass."

Ich kichere bei ihrer Antwort. „Das ist genau der Punkt. Eine heiße Dusche ist die beste Möglichkeit, sich zu entspannen." Neben anderen Aktivitäten.

„Aurielo." Karina zögert, ihre Augen sind groß. Sie hält sich zurück.

Hat sie Angst vor mir?

Ich lasse meine nassen Hände von ihren Armen fallen. Ich werde sie zu nichts zwingen.

Hat sie das noch nicht begriffen? Es sei denn, es geht um ihre Gesundheit oder Sicherheit.

„Ich bin in ein paar Minuten fertig", sage ich, schließe den Duschvorhang und tauche meinen Kopf wieder unter den Wasserstrahl.

Am liebsten hätte ich sie verschlungen und atemberaubenden Duschsex genossen, aber sie war offensichtlich nicht in der Stimmung. Nicht, dass mich das Verhören und Verprügeln eines Typen im

Kellergefängnis geil macht. Das tut es nämlich nicht.

Aber wenn ich in der Nähe von Karina bin, tue ich Dinge, die ich normalerweise nicht tun würde. Etwa einen Fremden ficken.

Ich hatte schon einige One-Night-Stands, aber noch nie mitten auf einer Party, im Büro, mit einer Frau, die ich noch nie zuvor getroffen habe. Das war verrückt, sogar für meine Verhältnisse.

Ich dusche zu Ende, steige aus und trockne mich ab. Nachdem ich mich angezogen habe, öffne ich die Badezimmertür.

Sie liegt wieder auf dem Bett, als wäre sie nicht erst kurz zuvor ins Bad gekommen.

„Wir müssen reden", wiederhole ich. Ich bin mir nicht sicher, ob jetzt der beste Zeitpunkt ist, um ihr zu sagen, dass das Kondom letzte Nacht geplatzt ist, aber einmal muss sie es erfahren, möglichst bevor neun Monate vergangen sind.

Nicht, dass ich ein Baby erwarte.

Das tue ich nicht.

Es ist wahrscheinlich in Ordnung, solange sie keinen Eisprung hatte.

„Reden? Ich schwöre, ich werde nicht mehr da runtergehen. Ich wusste nicht, was du gemacht hast und wo du warst. Alessandro hat uns draußen im

Garten erwischt und Ashton und mich in sein Schlafzimmer bestellt."

„Du hättest auf ihn hören sollen, *Micetta*." Es gefällt mir nicht, dass sie einen direkten Befehl des Chefs missachtet hat.

Sie starrt auf ihre Hände im Schoß. „Ich wünschte, ich hätte es getan. Kann ich bei Ashton bleiben? Er ist ganz allein in seinem Zimmer. Er macht sich wahrscheinlich Sorgen um mich."

Ihre Sorge ist echt, aber Francesco wird sie nicht zu ihrem Sohn lassen. Und ich bin mir sicher, dass das auf Alessandros Anweisung geschieht.

„Es wird ihm gut gehen. Wie wäre es, wenn ich nach ihm schaue?" sage ich. „Er hat bestimmt auch Hunger auf das Abendessen."

Sie kaut auf ihrer Unterlippe. Als wollte sie etwas sagen, hält sich aber zurück.

„Was?", frage ich. Es ist schwer, eine Frau zu lesen, die ich kaum kenne.

Ich möchte sie kennenlernen, jeden Zentimeter ihres Körpers und ihres Geistes, aber sie macht es mir schwer. Nicht, dass sie es interessiert. Sie ist es gewohnt, in ihrer perfekten Welt mit Freiheit und wenig Konsequenzen zu leben.

In der Welt der Mafia ist das nicht so.

Wenn du jemandem in die Quere kommst, bist du am Ende tot.

Hat sie denn nichts aus dem Geschehen im Hotel gelernt?

Ich möchte sie beschützen, aber sie muss wachsam und vorsichtig sein. Sie kann nicht durch das Gelände spazieren. Obwohl ich sicher bin, dass von nun an eine Wache vor ihrem Zimmer stehen wird, wenn sie von der Arbeit nach Hause kommt.

„Es war ein harter Tag", sagt sie.

Ich ziehe neugierig eine Augenbraue hoch. Meint sie den Mann, den ich im Gefängnis angegriffen habe, oder etwas anderes? „Ist mit Ashton alles in Ordnung?" Mein Magen dreht sich um, wenn ich nur daran denke, dass er einen schwierigen ersten Tag an seiner neuen Schule gehabt haben könnte.

Ich wollte hören, wie sein Tag gelaufen ist, ob er neue Freunde gefunden hat, aber ich war so mit der Arbeit beschäftigt, dass ich, während ich ihn abholte, ununterbrochen mit Alessandro telefoniert habe.

„Abgesehen davon, dass er die Schuluniformen hasst, geht es ihm gut", sagt Karina.

Ich atme erleichtert aus, dass es ihm wenigstens noch gut geht. Der Junge hatte gestern Abend bei mir zu Hause eine Tortur hinter sich. Ich hatte nicht damit gerechnet, dass es so ablaufen würde. Ich wollte Karina das Leben zeigen, das wir außerhalb des Geländes führen können. Ich brauchte nur Zeit, um Alessandro davon zu überzeugen, dass ich nicht auf dem Gelände leben muss und dass er uns vertrauen kann.

Aber nachdem der Ort zerstört und unser Leben bedroht wurde, will ich nicht, dass wir an einem anderen Ort leben. Die Sicherheit von Karina und Ashton hat für mich Priorität, und ich kann nur dafür sorgen, dass sie auf dem Gelände geschützt sind.

Sie presst ihre Lippen aufeinander. „Wir können später reden." Karina deutet auf die Tür. „Geh bitte nach meinem Sohn sehen."

„Unser Sohn", korrigiere ich sie und gehe auf die Schlafzimmertür zu. „Ich bringe dir das Abendessen."

Ich kann mir nicht vorstellen, dass Alessandro ihr heute Abend erlauben wird, das Schlafzimmer zu verlassen. Das wird er vielleicht auch in der nächsten Woche nicht tun, außer um zur Arbeit zu gehen.

Seine Strafen mögen hart erscheinen, aber er versucht, sie zu beschützen. Und ich stimme

Alessandro zu. Karina hätte nie in den Keller kommen dürfen. Das Gefängnis ist absolut tabu.

Zum Glück war sie klug genug, Ashton nicht mitzunehmen.

„Ich bezweifle, dass ich essen kann", sagt Karina. „Keine Eile."

„Auf dem Nachttisch liegt ein Buch, wenn du etwas zu tun haben willst", sage ich.

„Ich schwöre, wenn es die Bibel ist—"

Ich schnaube bei ihrem Kommentar. „Ist das ein Witz?" Ich weiß wirklich nicht, ob sie es ernst meint oder die Situation auf die leichte Schulter nehmen will. „Es ist ein Politthriller. Aber ich schwöre, wenn du das Ende verrätst", necke ich sie, „wirst du meinen Zorn zu spüren bekommen".

Sie kaut auf ihrer Unterlippe. „Dann muss ich es wohl für mich behalten."

Ich wette, sie ist gut darin, Geheimnisse zu bewahren. Sie hat die Tatsache, dass sie mit meinem Kind schwanger war, vor mir geheim gehalten.

Zu ihrer Verteidigung sei gesagt, dass sie nicht wusste, wer ich war. Aber sie hat auch nicht versucht, mich zu finden.

———

Nach dem Abendessen mit Ashton lasse ich ihn in unser Schlafzimmer schleichen, um seiner Mutter eine Gute-Nacht-Umarmung zu geben.

Francesco ist nicht erfreut, aber Karina verlässt das Zimmer nicht.

Es werden keine Regeln gebrochen.

Oder?

„Danke", flüstert sie mir zu, als ich Ashton zurück in sein Schlafzimmer führe. Ich habe keine Geschichte, die ich ihm vorlesen kann, aber sein Kopf liegt auf dem Kissen und er schließt bereits die Augen, um zu schlafen.

Das werte ich als Sieg.

Ich eile nach unten, hole Karinas Abendessen und bringe es hoch ins Schlafzimmer. Es ist ein paar Minuten nach acht und sie ist wahrscheinlich schon am Verhungern.

Vorbei an Francesco, der Wache steht, gehe ich ins Schlafzimmer. „Ich bin für die Nacht da", sage ich. Er muss nicht vierundzwanzig Stunden am Tag Wache halten.

Aber wenn Alessandro ihm sagt, dass er von einer Brücke springen soll, würde er es tun.

Francesco gibt nach und geht den Flur hinunter in sein Schlafzimmer.

Ich schlüpfe in mein Zimmer, schließe die Tür

hinter mir und bringe das Tablett mit dem Essen in der Hand zum Bett.

„Hungrig?"

Karina blickt von dem Buch auf, das ich ihr geliehen habe. Sie liest die Seite mit den Eselsohren und legt es auf den Nachttisch.

„Nein. Ich glaube nicht, dass ich etwas essen kann."

„Du musst aber etwas essen", sage ich.

Hat sie durch das, was sie im Keller mit dem Gefangenen erlebt hat, ihren Appetit verloren?

Es dauert seine Zeit, bis man nichts mehr fühlt, wenn man einen Mann foltert. Ich würde mir Sorgen machen, wenn es sie nicht stören würde.

„Ich werde dich füttern, wenn ich muss, *Micetta*", warne ich.

30

KARINA

ICH SAGE NICHTS, zwinge mich, ein paar Bissen zu essen, und klettere dann wortlos unter die Decke.

Es gibt nichts, was Aurielo sagen kann, um das Geschehene wiedergutzumachen.

Er hat einen Mann brutal geschlagen.

Ich weiß zwar nicht warum, aber ich vermute, dass es mit den gestrigen Ereignissen zu tun hatte.

Auge um Auge bringt niemanden weiter. Aurielo und seine Männer stehen nicht über dieser Art von Verhalten.

Es wäre eine Lüge, wenn ich sagen würde, dass ich keine Angst vor der Familie Bianchi und der Bedrohung meines Sohnes und mir habe. Aber im Haus der Rinaldis zu sein, scheint nicht besser zu sein.

Ich muss hier raus, bevor es zu spät ist.

Ich liege im Bett. Die Sonne ist noch nicht einmal am Horizont aufgegangen, aber ich kann nicht schlafen. Ich tue mein Bestes, um mich nicht hin und her zu wälzen. Ich will den Wilden nicht wecken, der neben mir schläft.

Ist immer noch eine Wache vor der Schlafzimmertür postiert?

Ich bin versucht, auf Zehenspitzen durch den Raum zu schleichen, mich zur Tür zu schleichen um sie aufzumachen. Aber was würde ich überhaupt tun? Mit Ashton mitten in der Nacht fliehen, aber wohin genau?

Ashton ist kein Baby. Es ist schwieriger, mit einem neugierigen Fünfjährigen zu fliehen als mit einem schlafenden Säugling. Ganz zu schweigen davon, dass es nicht meine erste Wahl ist, ihn zu tragen.

Ich benötige einen Plan.

Die Uhr tickt, und mit jeder Sekunde steigt mein Puls. Ich erwarte, dass die Uhr schneller schlägt, während meine Angst mich von innen heraus packt.

Ich muss Aurielo glauben lassen, dass ich keine Angst vor ihm habe.

Er muss das Gefühl haben, dass er mir vertrauen und mir Freiheit gewähren kann, und wenn er das tut, werde ich die Gelegenheit ergreifen und mit Ashton fliehen.

Aber ich werde Hilfe brauchen.

Ich kann nicht in meine Wohnung zurückkehren. Das ist der erste Ort, an dem Aurielo nach mir suchen wird. Ich könnte Jocelyn um Hilfe bitten, aber Aurielo ist nicht dumm. Er wird jeden verhören, mit dem ich gearbeitet habe oder mit dem ich befreundet bin, und ich will nicht, dass er Jocelyn so behandelt wie den Mann im Keller.

Selbst wenn die Bianchis Monster sind, heißt das nicht, dass Aurielo auch eins sein muss. Es muss einen anderen Weg geben, das zu bekommen, was er will, ohne ihn zu foltern.

———

Die Arbeit ist düster.

Nach Coras Tod herrscht unter den Mitarbeitern eine gewisse Schwere.

Ich werfe einen Blick in das leere Zimmer von Cora. Ihre Habseligkeiten wurden ausgeräumt und von ihren Eltern mit nach Hause genommen. Die Bilder an den Wänden, die sie gemalt hatte, sind entfernt worden. Es ist kahl und leer. Es riecht nach Antiseptika.

Ein anderer Patient hat das Zimmer noch nicht übernommen.

Aber das wird er, und ich kann nur hoffen, dass es ihm besser geht.

Fröhlicher.

In einer Pause schleiche ich mich davon und nehme das Wegwerf-Handy, das mir meine Schwester gegeben hat.

Sie nimmt gleich beim ersten Klingeln ab.

„Wo bist du? Ist alles in Ordnung?" fragt Ivy.

Nein.

Nichts ist in Ordnung.

„Ich bin bei der Arbeit", räuspere ich mich. Meine Stimme bleibt mir im Hals stecken. „Ich brauche deine Hilfe."

„Was auch immer es ist, ich bin für dich da."

Ivy ist nicht die zuverlässigste Person, aber sie würde ihr Leben für ihren Neffen und mich aufs Spiel setzen, wenn es um Schwesternschaft geht.

Ich gebe ihr einen kurzen Überblick über die letzten Tage mit Aurielo, den Bianchis und dem, was ich letzte Nacht erlebt habe.

„Scheiße, du steckst wirklich mit der Mafia unter einer Decke", sagt Ivy. „Sag mir, was du benötigst. Papiere? Einen Ort, an den du außerhalb der Stadt fliehen kannst?"

„Alles", flüstere ich und achte darauf, meine Stimme zu senken.

„Ich werde sehen, was ich tun kann", sagt Ivy. „Behalte Ashton in deiner Nähe, wenn dieser Verrückte meinen Neffen anrührt—"

„Das wird er nicht", sage ich und unterbreche sie. Ich schließe die Tür zum Pausenraum und sorge dafür, dass niemand das Gespräch mithören kann. „Ashton ist der Sohn von Aurielo. Er wird nicht zulassen, dass seinem Kind etwas zustößt, deshalb muss ich uns hier herausholen, bevor die Dinge noch komplizierter werden."

„Scheiße. Ich habe mir schon Sorgen gemacht, dass zwischen euch beiden etwas läuft", sagt Ivy.

Was auch immer wir hatten, es ist vorbei.

Das ist nicht das Gespräch, das ich mit Ivy führen will, und schon gar nicht am Telefon. „Kannst du mir nun helfen oder nicht?" Ich schaue auf meine Uhr, mir läuft die Zeit davon.

Meine Pause ist vorbei.

Jeden Moment wird Jocelyn oder eine der anderen Krankenschwestern oder Mitarbeiter nach mir suchen.

„Ja. Tu einfach weiter so, als wäre alles in Ordnung. Gewinne sein Vertrauen", sagt Ivy.

Sie hat nicht Unrecht. Ich muss das Vertrauen von Aurielo gewinnen. So tun, als ob ich mit dem, was ich gesehen habe, einverstanden wäre. Das ist ein ganz anderes Szenario, mit dem ich zu kämpfen habe.

Ich bin mit der Arbeit fertig. Francesco holt mich zur üblichen Zeit ab. Ich habe keine Ahnung, ob er immer noch in der Lobby wartet oder ob er einen Zeitplan hat und vorbeikommt, wenn meine Schicht zu Ende ist.

Seitdem ich Aurielo geheiratet habe und gezwungen bin, einen Leibwächter zu haben, war ich nicht mehr zum Mittagessen aus. Aber nach dem, was mit der Bianchi-Familie passiert ist, bin ich ein wenig erleichtert, dass sich jemand um mich kümmert.

Aurielo will mich beschützen.

Zumindest rede ich mir das ein.

Ich hasse den Gedanken, dass der Grund, warum Francesco mich immer noch zur Arbeit fährt, mir folgt und ein Auge auf mich wirft, der ist, dass er mir nicht traut.

Ich schlüpfe aus meinen Schuhen, sobald ich an der Haustür bin, und werfe einen Blick über die

Schulter zu Francesco. „Wo ist Ashton?" Ich weiß nicht, ob er wie ich gestern in seinem Zimmer eingeschlossen wurde oder ob er an einem anderen Ort im Haus ist.

Francesco zieht eine Augenbraue hoch. „Woher soll ich das wissen? Geh nach oben."

Ich presse meine Lippen zusammen.

Streiten wird mir nicht helfen, das Vertrauen der anderen zu gewinnen.

„Okay", sage ich und tue, was er mir sagt. Ich gehe die Treppe hinauf. Hoffentlich wird er mich nicht in mein Schlafzimmer zwingen. Ich will meinen Sohn sehen und herausfinden, wie sein Tag in der Schule war.

Francesco hält mich nicht auf, als ich Ashtons Zimmer erreiche und die Tür öffne.

„Mami!" Ashton grinst. Seine Augen leuchten und sind groß. Er legt seinen Bleistift auf seinen neuen Schreibtisch, der in sein Zimmer geliefert wurde, und stürmt zu mir, um mich zu umarmen.

Aurielo sitzt am Rand der Fensterbank und setzt sich aufrecht hin, als ich eintrete.

„Hey, Ash. Wie war die Schule?" frage ich und drücke ihn fest an mich.

„Hart", sagt Ashton. Er rümpft die Nase. „Sie

lassen uns Mathematik machen. Das ist so verwirrend."

Ich zerzauste sein Haar und küsse seine Wange.

„Mama", jammert er und wischt meinen Kuss weg.

Ich lache leise und rolle mit den Augen. Fünf Jahre und er benimmt sich schon wie ein Teenager. Ist es das, worauf ich mich freuen kann, wenn er älter wird?

„Wie war die Arbeit?", fragt Aurielo und stößt sich von der Fensterbank ab, während er mit verschränkten Armen aufsteht.

Seine Körperhaltung ist abwehrend.

„Besser als gestern", sage ich.

Mir wird klar, dass ich ihm nicht von Cora und ihrem Verlust erzählt habe. Jetzt ist nicht der richtige Zeitpunkt, wenn Ashton im Raum ist. Obwohl er weiß, dass ich Krankenschwester bin, versuche ich, ihn von der Trauer und den emotionalen Schwierigkeiten meines Berufs abzuschirmen.

Aurielo runzelt die Stirn, aber er sagt nichts.

„Hast du ihm bei seinen Schularbeiten geholfen?", frage ich.

„Er hat meine Antworten überprüft. Aber er will mir nicht die richtigen geben", jammert Ashton.

Aurielo blickt auf Ashton hinunter. „Du wirst

nichts lernen, wenn du es nicht allein schaffst. Ich werde morgen nicht mit dir in der Klasse sein, um dir die Antworten zu geben."

„Du bist gemein", sagt Ashton. Er drückt mich fester in seine Umarmung.

Aurielo ist gemein. Nicht wegen der Art und Weise, wie er versucht, Ashton zu unterrichten, sondern wegen der anderen Dinge, die er getan hat. Die Gräueltaten, für die Ashton noch zu jung ist, um sie zu verstehen.

„Wie wäre es, wenn ich dir bei deinen Hausaufgaben helfe?" schlage ich vor. „Vielleicht können wir gemeinsam herausfinden, wie wir auf die Antwort kommen."

Er löst sich aus meiner Umarmung, nimmt meine Hand und führt mich zu seinem neuen Schreibtisch. Hat Aurielo den für ihn bestellt?

Ich bücke mich und er zeigt mir seine Matheaufgaben. Es ist eine Multiplikationstabelle.

In seiner vorherigen Schule hat er Addition und Subtraktion gelernt, und es scheint, dass er die Multiplikation anders beherrscht als die Addition, wie man an den Antworten auf seinem Blatt sieht.

„Hast du dir das schon angeschaut?", frage ich und schaue zu Aurielo auf.

„Zweimal", sagt er.

———

Nachdem er einige Stunden damit verbracht hat, Ashton beim Erlernen der Multiplikation zu helfen und dann die Antworten, die er gefunden hat, noch einmal zu überprüfen, legt er seine Hausaufgaben weg.

Aurielo ist bereits aus dem Schlafzimmer verschwunden. Ich weiß nicht, ob er damit beschäftigt ist, einen Verdächtigen zu verhören, uns das Abendessen zu kochen oder eine andere Mafiatätigkeit auszuüben, von der ich nichts erfahren darf.

„Willst du heruntergehen und einwenig hinausgehen?", frage ich Ashton.

Er wird ja sagen.

Der Garten ist die perfekte Ausrede für mich, um zu sehen, wie viel Ärger wir bekommen, wenn wir wieder im Haus herumwandern.

Niemand hat gesagt, dass wir für den Rest des Tages im Schlafzimmer bleiben müssen. Wenn ich den Keller meide, werde ich schon zurechtkommen.

Das muss der Grund gewesen sein, warum Alessandro uns gestern die Treppe hinauf zitiert hat.

Leise öffne ich die Schlafzimmertür. Ich muss

keinen darauf aufmerksam machen, dass wir aus dem Zimmer nach draußen gehen.

Ashton scheint nicht die gleiche Idee zu haben.

Er ist kein bisschen leise und ich bringe es nicht übers Herz, ihm zu sagen, dass er still sein soll. Ich will nicht, dass er Angst vor Aurielo oder den Männern hier hat.

„Mami", sagt Ashton. „Können wir Fangen spielen, so wie neulich?"

Mir tut das Herz weh bei dieser Frage. „Ich habe keinen Ball, aber vielleicht finden wir einen im Garten."

Ich bezweifle, dass da einer herumliegt, aber ich werde Aurielo später fragen, ob er einen bestellen und für Ashton ins Haus liefern lassen kann.

Wir gehen die Treppe hinunter, durch das Foyer in den Flur.

„Ab in den Garten?", fragt Aurielo, als er um die abgedunkelte Ecke kommt.

Mein Mund ist trocken. Ich will nicht nervös sein, aber in seiner Gegenwart bin ich es. Ich muss ihm zeigen, dass ich ihm vertraue. Das ist keine leichte Aufgabe.

„Ja", sage ich.

„Willst du mit mir fangen spielen?", fragt Ashton ihn.

Mein Herz schmerzt bei Ashtons Frage. Ich will nicht, dass er sich mit Aurielo anfreundet. Das würde es uns nur noch schwerer machen, zu gehen.

„Klar, Kumpel. Aber dann muss ich helfen, das Abendessen für dich und deine Mutter zu kochen."

Aurielo führt uns in den Garten, öffnet die Tür und gibt uns ein Zeichen, hinauszugehen.

„Ich bin gleich wieder da", sagt er und schließt die Tür.

Eine Minute später kommt er mit einem Ball und einem Pitcherhandschuh zurück.

Sie gehen hinaus in die Mitte des Hofes. Der Boden besteht aus saftigem, weichem Gras und ich setze mich hin und beobachte das Spiel der beiden.

„Hey, was ist mit der Schaukel passiert?", frage ich und erinnere mich an ihr Aussehen, als ich das letzte Mal hierher kam und bin überrascht, sie in Trümmern vorzufinden.

„Wir haben uns geprügelt. Die Schaukel hat gewonnen", murmelt Aurielo.

Na gut.

Vielleicht ist es besser, wenn ich nichts von seinen gewalttätigen Neigungen weiß. Ich habe letzte Nacht genug für ein ganzes Leben gesehen.

Deshalb muss ich Ashton weit weg von hier bringen.

————

Nachdem ich zu Abend gegessen und Ashton ins Bett gebracht habe, finde ich nur widerwillig den Weg in unser Schlafzimmer. Ich weiß nicht, was Aurielo von mir erwarten wird.

Ivy hat mir gesagt, ich solle nett sein und ihn glauben lassen, dass ich ihm vertraue, aber bedeutet das, dass ich mich ihm wieder ausliefere?

Der Sex vor ein paar Nächten war phänomenal, aber nach dem, was ich letzte Nacht erlebt habe, ist mir die Lust vergangen.

Ich habe Angst vor Aurielo. Er hat mir zwar noch nicht wehgetan, aber ich kann nicht anders, als mir Sorgen zu machen. Wenn ich nicht tue, was er verlangt, wird er sich gegen mich wenden?

Könnte ich mich im Gefängnis wiederfinden?

Ich bin nicht sicher. Ich werde nie sicher sein, bis ich frei bin.

Ich schnappe mir meinen Pyjama und gehe ins Bad, um zu duschen. Ich höre immer wieder die Worte meiner Schwester in meinem Kopf, dass ich ihn davon überzeugen muss, dass er mir vertraut.

Aber ich vertraue Aurielo nicht.

Und ich bin furchtbar darin, hinterlistig zu sein. Ich kann nicht so tun, jemand zu sein, der ich nicht bin. Aber ich will überleben, wegkommen und das Beste für meinen Sohn tun.

Ich muss die Rolle spielen.

Nachdem ich geduscht habe, stelle ich das Wasser ab, trockne mich mit einem Handtuch ab und ziehe mich an.

Kaum bin ich aus dem Bad raus, ist Aurielo auch schon hinter mir her.

„Wir müssen reden."

Es muss um das gehen, was ich gestern Abend gesehen habe. Er wollte gestern Abend auch reden. Ich bin ihm aus dem Weg gegangen, so gut ich konnte, aber ich glaube nicht, dass er es zulassen wird, dass ich der Situation weiter ausweiche.

„Ich weiß", sage ich und schleiche mich an ihm vorbei zum Bett. Ich klettere unter die Decke und greife nach dem Buch, das er mir geliehen hat.

Ich brauche eine Ablenkung.

Obwohl ich bezweifle, dass ich mich auf eine einzige Seite konzentrieren kann, wenn er mich so intensiv ansieht.

„Und du?", fragt er und fixiert mich mit seinem Blick.

„Ich hätte nicht im Haus herumlaufen sollen", sage ich.

Er schnaubt leise vor sich hin. „Wem sagst du

das? Schnüffeln trifft es wohl eher", murmelt er.

„Es tut mir leid. Ich werde es nicht wieder tun."

Das ist die Wahrheit. Ich habe nicht vor, mich wieder in den Keller zu schleichen. Ich möchte nicht miterleben, was Männer wie Aurielo anderen Männern antun können.

„Da hast du verdammt recht, das wirst du nicht", schnauzt er. Seine Augen verdichten sich und er zieht sein Hemd aus.

Ich sollte den Blick abwenden.

Aber ich kann es nicht.

Er schlendert zur Kommode und holt sich eine frische Boxershorts. Er zieht sich völlig nackt aus. Er ist kein bisschen bescheiden, es ist ihm nicht unangenehm, wenn er sich vor mir auszieht.

Ich wünschte, ich könnte auch so mutig sein.

Es ist schwer, meinen Blick nicht verweilen zu lassen, während ich auf seine nackte Gestalt starre. Seine Brustmuskeln sind angespannt. Ich möchte mit meinen Fingern über seinen Oberkörper streichen, aber ich halte meine Hände fest um das Buch geklammert. Das Buch, an dem ich heute Abend nicht das geringste Interesse habe.

Er macht sich nicht die Mühe, die sauberen Boxershorts anzuziehen.

Nein.

Stattdessen stolziert er nackt auf mich zu.

Mein Atem schnürt mir die Kehle zu.

Ist ihm bewusst, welche Wirkung er auf mich hat? Der Raum fühlt sich warm an. Heiß, um genau zu sein.

Ich schiebe die Decke bis zu meinem Schoß herunter. Ich stütze mich mit zwei Kissen ab, damit ich lesen kann, aber mein Blick ist ganz auf Aurielos nackte Gestalt gerichtet.

„Ich kann dich nicht beschützen, wenn du dich an Orte begibst, wo du nicht hingehörst", schimpft Aurielo.

Da hat er nicht unrecht.

„Ich werde es nicht wieder tun." Ich habe keine Lust zu sehen, wie seine Faust in den Körper eines anderen Mannes eindringt. Unwillkürlich schaudert es mich, wenn ich mich an die Szene erinnere.

„Was geht dir durch den Kopf, *Micetta*?", fragt Aurielo. Er bleibt direkt neben dem Bett stehen, seine Boxershorts in der Hand. Ich hatte gar nicht bemerkt, dass er das dünne Stück Stoff in der Hand hielt, aber er hatte nicht vor, die Kleidung zu tragen.

„Du bist nackt." Ich spreche die Worte leise aus.

„Das habe ich gar nicht bemerkt." Er grinst und wirft einen Blick auf mich. „Du siehst errötet aus, Karina. Geht es dir gut?"

Er spielt mit mir. Das muss es sein. Natürlich weiß er, dass die Reaktion, die er sieht, auf das zurückzuführen ist, was er tut. Es kommt nicht jeden Tag vor, dass ich einen umwerfenden, nackten Mann an meinem Bett sehe.

Ich schlucke nervös. „Mir geht's gut. Du solltest dir etwas anziehen, bevor dir kalt wird.“

„Ist es das, was du wirklich willst?“, fragt Aurielo.

„Ja“, krächze ich. Ich klinge kein bisschen überzeugend.

Er zuckt mit den Schultern, zieht seine Boxershorts an und tut, worum ich ihn gebeten habe. Ich bin etwas enttäuscht, aber es ist besser so. Wir können nicht miteinander schlafen, abgesehen davon, dass wir tatsächlich schlafen.

„Das ist schade. Ich hatte gehofft, dir eine Ganzkörpermassage geben zu können“, sagt Aurielo, während er um das Bett herum schlurft und unter die Decke klettert.

Meine Wangen müssen brennen. Ich schwitze unter der Decke. Hat er die Heizung im Schlafzimmer hochgedreht, damit ich mich nackt ausziehe und mich ihm anschließe?

Ich sehe zwar kein separates Thermostat für sein Schlafzimmer, aber das würde ich ihm nicht zutrauen.

Ich stöhne und rolle mich auf die Seite, weg von ihm. Ich lege das Buch auf den Nachttisch. So schaffe ich es auf keinen Fall, zwei Wörter zu lesen. Das Einzige, was ich noch sehen kann, ist Aurielos nackter Oberkörper in meinem Kopf.

Scheiße!

Ich habe mich noch nie in meinem Leben so geil gefühlt. Nicht einmal während meiner Schwangerschaft, als ich mich nach Sex sehnte. Damals musste mein Vibrator ausreichen. Aber den habe ich jetzt nicht, und wenn ich mich auch nur berühre, könnte Aurielo es herausfinden.

Die Versuchung ist groß, die Neugierde, wie er reagieren würde, aber ich bin auch nervös. Er ist heiß und beherrschend. Ich bin mir nicht sicher, wie er reagieren würde, wenn seine Frau neben ihm im Bett masturbiert.

Ich bin mir sicher, dass er unzählige Fantasien hat und wahrscheinlich tut er das auch unter der Dusche, wo es niemand mitbekommt.

„Gute Nacht", sagt Aurielo und greift nach mir, um das Licht zu löschen.

Ich kann ihn riechen.

Es ist eine Mischung aus Holz und Schweiß. Sein Geruch ist berauschend.

Ich atme scharf ein.

Aurielo starrt auf mich herab.

Ertappt.

„Alles in Ordnung, *Micetta*?", fragt er. Auf seinen Lippen liegt ein Lächeln, als wüsste er, was ich gerade getan habe.

Fuck my life.

Ernsthaft, könnte meine Nacht noch schlimmer werden?

„Gute Nacht", murmle ich und rolle mich auf den Bauch, um mein Gesicht im Kissen zu vergraben.

Er gluckst neben mir. Seine Stimmung ist leicht. Ich verstehe nicht, wie er nach allem, was er gesehen und getan hat, so fröhlich und herzlich sein kann. Das passt nicht zu ihm.

Er passt nicht in die Form, die ich gesehen und erwartet habe. Das beunruhigt mich.

Ich sollte ihn hassen.

Ihn verachten. Und nicht im Geringsten von ihm erregt werden.

Aber mein Körper verlangt nach ihn. Verdammt, *ich* möchte ihn.

Wer bin ich, dass ich nein sagen kann?

Aber es ist zu gefährlich. Es steht zu viel auf dem Spiel, nicht nur mein Sohn.

Die   Dunkelheit   ist   eine   willkommene

Ablenkung, aber ich kann ihn immer noch auf den Laken und überall um mich herum riechen. Er wälzt sich herum und das Bett verschiebt sich, während Aurielo versucht, es sich bequem zu machen.

„Du riechst wie Weihnachten", murrt er gegen die Kissen, während er auf der Matratze herumrutscht.

„Danke?" Ich weiß nicht, was ich von seiner Bemerkung halten soll.

Wie zum Teufel kann ich nach Weihnachten riechen?

Ich habe das Shampoo und die Spülung benutzt, die im Bad waren. Aber es war nicht dasselbe Zeug, das er benutzt. Wahrscheinlich hat er sich einfach nicht an den Duft gewöhnt.

Ich drehe mich auf die Seite.

Seine Augen sind weit aufgerissen, und ich atme scharf ein. Ich habe nicht damit gerechnet, dass sein intensiver Blick auf mich starrt.

Ich will mich herumdrehen und so tun, als hätte ich seinen Blick in der Dunkelheit nicht bemerkt, aber ich kann nicht wegschauen. Es ist jetzt wie ein Wett starren, bei dem derjenige, der zuerst wegschaut, verliert.

Und ich verliere nie.

AURIELO

DIE HITZE IM SCHLAFZIMMER BRUTZELT. Ich habe kaum etwas an, nur eine fadenscheinige Boxershorts, und möchte mich am liebsten aus der Decke ziehen.

Wie zum Teufel kann Karina immer noch ihren Pyjama tragen?, obwohl die Decke an ihrer Taille herunter geschoben ist.

Ich dachte, sie schläft, bis sie sich umdrehte und mich dabei erwischte, wie ich sie anstarrte. Jetzt schaut sie nicht mehr weg.

Ich bin hin- und hergerissen, ob ich so tun soll, als ob ich mit offenen Augen schlafe, was in meinem Kopf noch lächerlicher klingt, oder ob ich darauf warte, dass sie nachgibt und mich gewinnen lässt.

Ein Rinaldi schreckt nie vor einer

Herausforderung zurück.

Beim Duschen nehme ich einen Hauch von ihrem Duft wahr. Sie riecht nach Zimt und Gewürzen. Ich möchte mich zu ihr beugen und meine Lippen auf ihre legen, aber ich kann das nicht tun.

Irgendwie sage ich ihr, dass sie nach Weihnachten riecht, aber ihre Antwort ist eindeutig, denn sie weiß nicht, dass es ein Kompliment ist. Ich hätte meinen Mund halten sollen.

Genau das tue ich jetzt und starre sie an.

Und sie starrt zurück.

Ich bin nicht gut gelaunt, wenn ich müde bin, und ich fühle mich launisch.

Meine Gedanken rasen, aber nichts was ich sage, kann das was sie gestern Abend gesehen hat, ungeschehen machen. Ich kann nicht ändern, wer ich bin oder was ich tue. Das wusste sie, als sie zustimmte, mich zu heiraten.

Nun, es ging um Leben und Tod.

Schließlich blinzelt sie und schließt die Augen. Ich habe gewonnen, obwohl ich mich nicht im Geringsten besser fühle..

„Gute Nacht", flüstere ich.

„Warum?"

„Warum was?", frage ich.

Ihre Augen blitzen auf.

„Warum hast du ihn ins Haus geholt?“

Ich benötige eine Sekunde, um zu begreifen, was sie fragt. „Der Mann von letzter Nacht, den du im Keller gesehen hast? Dort halten wir unsere Gefangenen fest, *Micetta*. Wir können keine Männer in Hotelzimmern verhören.“

„Du hast Angst, dass du eine zweite Frau heiraten musst, wenn jemand in das Zimmer stolpert.“

Autsch.

„Nein, du bist die Einzige für mich.“ Ich greife nach ihrem Kinn und halte ihren Blick auf mich gerichtet. „Ich nehme mein Ehegelübde sehr ernst.“

Darüber haben wir zwar noch nie gesprochen, aber da ich mit Karina verheiratet bin, werde ich nicht zulassen, dass ein anderer Mann meine Frau berührt.

Ich werde auch mein Gelübde nicht brechen.

Wir sind verheiratet. So einfach ist das.

„Aber du liebst mich nicht“, flüstert Karina. Ihre Augen haben einen tiefen, satten Farbton wie das Meer angenommen.

„Und das macht dich traurig?“ Sie kann nicht glauben, dass ich mich nach ein paar Tagen in sie verliebt habe.

Sie schüttelt den Kopf: „Nein. „Ich verstehe nicht, wie du mich heiraten kannst, ohne jemanden zu wollen, der dir das Gefühl gibt, ganz zu sein."

Ist es das, was sie über die Ehe denkt?, dass er sie vervollständigen wird. Das ist ein Ende wie aus dem Bilderbuch.

Solch eine Liebe ist nicht real.

Ich glaube nicht an Fantasien oder Märchen.

Wir bestimmen unser Schicksal, und meines bestand darin, Karinas Leben zu retten. Ich bereue meine Entscheidungen nicht. Nicht einen einzigen Moment.

„Meine Eltern hatten eine arrangierte Ehe", flüstere ich und starre sie an, während ich meine Hand zurückziehe und sie unter das Kissen lege. „Sie wuchsen zusammen und, was noch wichtiger ist, er beschützte sie.

„Hast du mich deshalb gerettet?", fragt Karina. „Weil du ein großer Beschützer bist?"

Ich lache über ihre Bemerkung und rolle mich auf den Rücken. „Offen gesagt, habe ich mich nie so gesehen. Als Verhörspezialist für Alessandro beschütze ich normalerweise niemanden, außer die Geheimnisse, die unsere Familie hütet."

„Und welche Geheimnisse könnten das sein?"

„Netter Versuch." Sie bekommt nichts aus mir

heraus. Die Geheimnisse, die ich habe, werde ich mit ins Grab nehmen.

———

Es ist schon spät, als ich einschlafe und der Morgen zeigt sein hässliches Gesicht, lange bevor ich aufwachen möchte.

Der Wecker, der Karina wecken soll, schrillt und ich schalte das verdammte Ding aus, während sie aus dem Bett tappt.

Ich versuche gar nicht erst, wieder einzuschlafen. Ich setze mich im Bett auf, stütze mich mit den zusätzlichen Kissen ab und lege mir die Decke um die Hüfte, während ich ihr zuschaue, wie sie im Schlafzimmer herumläuft.

Karina schnappt sich ihre Klamotten von der Kommode, geht ins Bad und schließt die Tür hinter sich.

Nur einmal hätte ich gerne eine Show.

Einen Striptease.

Etwas, um mein schmerzendes Verlangen zu stillen, das sie hauptsächlich heute Morgen geweckt hat.

Werde ich sie jemals wieder nackt und zitternd in meinen Armen spüren können? Vielleicht, wenn ich meine Karten richtig ausspiele, aber seit der Begegnung im Keller ist sie zögerlich.

Ich fahre mit den Fingern durch mein Haar. Es war nie meine Absicht, dass sie mitbekommt, womit ich mein Geld verdiene. Es ist zwar kein Geheimnis, aber wissen und sehen sind zwei völlig verschiedene Dinge.

Ich habe sie erschreckt.

Wahrscheinlich hält sie mich für eine wilde Bestie, ein Tier, das es genießt, Abschaum zu quälen und zu demütigen.

Die Arbeit macht mir keinen Spaß, aber sie wird angemessen bezahlt, und ich mag meinen luxuriösen Lebensstil. Außerdem hat es seine Vorteile, für Alessandro zu arbeiten. Ich hätte Karina nie geheiratet, wenn ich nicht Verhörspezialist wäre.

Wir hätten uns wahrscheinlich auch nicht wiedergesehen.

Die Badezimmertür öffnet sich quietschend und Karina kommt in Jeans und T-Shirt heraus. „Das trägst du bei der Arbeit?", frage ich.

Sie sieht sexy aus. Ich würde ihr am liebsten die Klamotten vom Leib reißen, die sie gerade angezogen hat.

„Ja, ich ziehe meine OP-Kleidung an, wenn ich auf die Station komme", sagt Karina. Sie zieht die

Stirn in Falten. „Du bemerkst erst jetzt, dass ich meine Arbeitskleidung nicht vor der Arbeit trage?"

Ich war in letzter Zeit nicht besonders aufmerksam. Zumindest nicht in Bezug auf das, was sie trägt. Es ist ja nicht so, dass ich ihre Outfits oder ihre Garderobe im Auge behalte. Ich war mit anderen Dingen beschäftigt.

„Lass mich in Ruhe, es ist noch früh und ich bin erschöpft." Das ist die Wahrheit.

Sie geht zur Kommode, holt ein Paar Socken heraus und setzt sich auf die Bettkante, während sie sie anzieht. „Können wir mit der Familie in den Park gehen? Ball spielen? Normale Familiensachen machen und vielleicht auswärts essen gehen?" fragt Karina, während sie ihre Socken anzieht.

Sie verlangt viel, aber ich sehe nicht, dass es schadet. Wenn das ihr Friedensangebot ist, werde ich es annehmen.

„Warum nicht?" Ich muss sicherstellen, dass Francesco nicht beschäftigt ist, oder ein anderer Leibwächter kann uns begleiten, wenn wir das Gelände verlassen wollen. „Wie wäre es, wenn ich dich nach der Arbeit abhole und Ashton mitbringe? Er sollte ungefähr zur gleichen Zeit mit der Schule fertig sein."

32

KARINA

DER PLAN IST IN BEWEGUNG.

Ich habe Ivy bereits benachrichtigt. Aurielo hat mir noch nicht gesagt, in welchen Park er mich bringen will, aber es gibt einen in der Nähe des Krankenhauses. Ich schlage vor, dass wir dorthin gehen und ihn und Ashton ein bisschen Fangen spielen lassen, bevor Ivy für Ablenkung sorgt.

Hoffentlich klappt das.

Mein Magen hat sich den ganzen Nachmittag über verkrampft.

Der Tag vergeht langsam, und wenn alles nach Plan läuft, werde ich heute Abend aus der Stadt heraus sein.

Niemand wird wissen, was mit Ashton oder mir passiert ist.

Außer Ivy.

Und selbst sie wird nicht wissen, wohin wir gehen. Es ist zu ihrer eigenen Sicherheit. Je weniger sie weiß, desto besser.

Sie lässt ihr Auto in der Nähe des Parks stehen und schnappt sich einen Leihwagen, mit dem sie in den Hydranten des Parks pflügt.

Ich hoffe nur, dass es klappt und ich Aurielo lange genug von Ashton wegbekomme, um zu rennen.

„Wie war die Arbeit?", fragt Aurielo und lächelt mich freundlich an, als ich die drei in der Lobby des Krankenhauses abhängen sehe.

„Viel zu tun." Das ist die Wahrheit.

Ich habe ihm immer noch nicht von dem Tag erzählt, an dem ein Patient gestorben ist. Es ist ja nicht so, dass auf unserer Station keine Kinder sterben, aber Cora war schon so lange dabei, dass ich wirklich nicht dachte, dass sie sterben würde. Zumindest nicht so bald.

„Bereit für ein bisschen Spaß?", fragt Aurielo. Irgendwie glaube ich, dass die Frage mehr an Ashton als an mich gerichtet ist.

Francesco grunzt leise vor sich hin. Er sieht nicht gerade amüsiert über diesen Familienausflug aus. Wie immer ist er scharf gekleidet. Heute ist es nicht anders. Er wird im Park auffallen, aber dagegen kann ich nicht viel tun.

Aurielo hat wenigstens daran gedacht, Jeans und ein weißes Hemd zu tragen. Er sieht unbestreitbar heiß aus.

Ashton umklammert Aurielos Hand, bis er mich sieht und direkt zu mir rennt. Er wirft seine Arme um mich, während ich mich herunterbeuge, um ihn fest zu umarmen.

„Mami!"

„Wie geht es meinem kleinen Lieblingsmann?", frage ich. Es ist ein wunderbares Gefühl zu wissen, dass er in meinen Armen sicher ist.

Deshalb muss ich das tun.

Ihn beschützen.

Um jeden Preis.

„Wir dürfen im Park Ball spielen!", quiekt Ashton, während er meine Hand festhält.

Gemeinsam gehen wir aus dem Krankenhaus und ich gehe voran in Richtung Park. Aurielo und Francesco folgen ohne viel Aufsehen. Meine Hände sind schwitzig vor Nervosität.

Ivys Auto parkt auf der einen Seite des Parks, derHydrant befindet sich auf der gegenüberliegenden Seite.

Perfekt.

Nachdem wir die Straße überquert haben, lasse ich Ashtons Hand los und lasse ihn über das Gras in den Park laufen.

„Bist du sicher, dass das eine gute Idee ist?" Aurielo schlendert neben mir her.

„Was?"

„Ihn einfach so vor dir weglaufen zu lassen. Jemand könnte ihn sich schnappen."

Ja, ich.

Ich presse meine Lippen fest zusammen und werfe ihm einen Blick zu. „Du hast deinen Bodyguard hier. Wir kommen schon klar. Es ist draußen noch hell und der Junge benötigt Zeit, um herumzulaufen und Spaß zu haben. Hast du deinen Ball und deinen Handschuh dabei?" frage ich.

Aurielo zeigt mir seinen Rucksack, den ich vorhin nicht bemerkt hatte, und schwingt ihn auf die anderen Schulter. „Ja, habe ich", sagt er.

„Gut. Ich bin sicher, Ashton wird sich freuen, mit dir im Park Ball zu spielen." Ich verschränke meine Arme vor der Brust. Die leichte Brise ist heute Nachmittag kühl, aber sie fühlt sich gut an und verursacht eine Gänsehaut auf meinen Armen.

Mein Magen ist wie verknotet, während ich Ashton und den Hydranten im Auge behalte. Ich hoffe, dass der Plan funktioniert und dass Aurielo und Francesco ihre Aufmerksamkeit lange genug von Ashton abwenden, damit ich ihn packen und unbemerkt zum Auto locken kann.

Bei der Ablenkung spielt eine Menge mit.

Aurielo lässt seinen Rucksack fallen und kniet sich hin, während er den Reißverschluss des schwarzen Rucksacks öffnet und einen Baseball und zwei Handschuhe herausholt. Diesmal hat er einen für Ashton.

Ich bin eine beschissene Mutter, weil ich meinen Sohn von seinem Vater wegnehmen will.

Aber dieser Vater ist ein Mafioso.

Welch eine Wahl habe ich denn?

Ich wusste nicht, dass der Mann, mit dem ich geschlafen habe, für seinen Lebensunterhalt Menschen foltert und tötet. Ich muss das tun, was das Beste für mein Kind ist, und es aus einer schwierigen Situation herauszuholen. Es ist egal wie es nach außen hin aussieht, dass ist nicht wichtig.

Dieses neue Leben ist oberflächlich.

Die Privatschule, in der Ashton eingeschrieben ist, sein Vater, der mit ihm Ball spielen will, die Villa, in der wir leben - all das ist nicht echt.

Es muss sein, sonst mache ich den größten Fehler meines Lebens.

Nein.

Mein Magen dreht sich um. Ich schiebe meine Hände in die Taschen und hoffe, dass niemand das leichte Zittern bemerkt. Nervös ist die größte Untertreibung.

Ich versuche, nicht aufzufallen, indem ich auf den Hydranten starre.

Ivy hat mir gesagt, dass sie die Ablenkung schaffen würde, aber das setzte voraus, dass der Verkehr perfekt zeitlich abgestimmt ist. Wir sind in der Stadt, der Verkehr ist scheiße.

Außerdem kenne ich weder die Marke noch das Modell des Mietwagens, den sie sich geschnappt hat. Also werde ich von dem Unfall genauso überrascht sein wie Aurielo und Francesco.

Ich muss einfach nach meinem Instinkt handeln.

Nicht reagieren.

Aurielo eilt zu Ashton hinüber, bückt sich und reicht ihm einen Handschuh. Sie wechseln ein paar Worte und umarmen sich dann.

Ich werde noch krank.

Ich tue das für Ashton.

Er verdient Sicherheit. Schutz. Liebe.

Aurielo kann ihm das alles nicht geben. Vielleicht eines davon, ich bin mir aber nicht sicher, welches.

Sie werfen den Ball hin und her. Es fühlt sich an, als würde sich die Zeit ewig hinziehen.

Ich gehe näher an Ashton heran. Ich muss bereit sein.

Die Reifen quietschen.

Das ist meine Chance.

Ein knallroter Geländewagen pflügt über den Rasen, auf den Bürgersteig und knallt dann gegen den Hydranten.

Ich schnappe mir Ashton und renne zu Ivys geparktem Auto. Es ist nicht weit von uns entfernt und wir sind im Vorteil. Aurielo befindet sich einige Meter in der entgegengesetzten Richtung.

Das Auto, das gegen den Hydranten geprallt ist, hat seine Aufmerksamkeit erregt.

Ich kann mich nicht umdrehen, um zu sehen, ob Aurielo oder Francesco unsere Flucht bemerkt haben und uns gefolgt sind. Wenn ich das tue, würde uns das aufhalten.

Ich eile zum Auto. Die Türen wurden offen gelassen und ich schiebe Ashton praktisch auf den Rücksitz.

„Schnall dich an!", befehle ich und eile zur Fahrerseite, öffne die Tür und springe ins Auto. Ich schließe die Türen, nehme die Schlüssel von der Sonnenblende und starte den Motor.

Scheiße!

Ich schaue aus dem Fenster und Aurielo ist schon fast an der Tür. Er holt uns ein und sieht sauer aus.

Ich lege den Gang ein und trete das Gaspedal durch - ich donnere in den Verkehr.

Die Autos hupen mich an, weil ich sie geschnitten habe, als ich auf die Fahrbahn fahre und mich beeile, vom Park wegzukommen. Ich kann nicht zulassen, dass Aurielo uns einholt.

———

„Mami", wimmert Ashton auf dem Rücksitz.

Wie soll ich erklären, was gerade passiert ist?

„Ist schon gut, Kumpel. Bist du in deiner Sitzerhöhung angeschnallt?" Ich hasse es, dass ich keine Zeit hatte, den Sitz zu sichern. Ich muss darauf vertrauen, dass Ivy ihn bereit hatte und Ashton die Schnalle selbst einrastet.

Gelegentlich werfe ich einen Blick in den Rückspiegel.

Ich fahre auf den Nebenstraßen, um die Stadt zu verlassen. Wenn ich den Highway nehme, könnten andere hinter mir her sein und sie kennen das

Fahrzeug, das ich fahre. Es wird nicht schwer sein, uns zu entdecken.

Wird Aurielo um Verstärkung bitten?

Noch ein Blick in den Rückspiegel. Nur eine Menge Verkehr. Keiner schöpft Verdacht. Francesco beschattet uns noch nicht.

Das ist eine gute Nachricht.

Ich fahre vom Krankenhaus weg. Francesco und Aurielo müssen zum Krankenhaus zurückkehren, um das Auto zu holen.

Mein Magen dreht sich um, während ich das Lenkrad festhalte.

Ivy.

Was war ihr Plan? Sie sagte, ich solle mir keine Sorgen machen. Sie würde sich darum kümmern, aber was hatte sie vor, nachdem sie den Hydranten getroffen hatte?

Ist sie weggefahren?

Haben Francesco oder Aurielo sie geschnappt?

Meine Unterlippe zittert bei der schrecklichen Vorstellung, dass Ivy von Aurielo verhört werden könnte.

Nein.

Er würde meine Schwester nicht foltern. Oder doch?

33

AURIELO

WAS ZUM TEUFEL ist gerade passiert?

Francesco rennt auf das Fahrzeug zu, das gerade in den Hydranten gepflügt ist und überall Wasser verspritzt hat.

Das hat mich unvorbereitet getroffen.

Genau wie Karina.

Nach dem ersten Schock über den Autounfall drehe ich mich um, um mich zu vergewissern, dass es Ashton gut geht, und sehe wie Karina mit ihm über den Rasen zu einem wartenden Fahrzeug hetzt.

Verdammt!

Sie hat mich ausgetrickst.

„Aurielo!", schreit Francesco nach mir.

Ich kann mich nicht darum kümmern, was er im

Moment braucht. Ruf den Notruf an, wenn der Fahrer medizinische Hilfebenötigt.

Ich renne dem Auto hinterher, und gerade als ich nah genug dran bin, um nach dem Türgriff zu greifen, rast sie in den Verkehr und verursacht fast einen Zusammenstoß mit vier Autos, um zu entkommen.

Ich schwöre, wenn sie meinem Sohn auch nur ein Haar krümmt, wird sie dafür bezahlen.

„Aurielo!" Francesco ruft wieder nach mir. Seine Stimme ist weit entfernt und ich schimpfe und eile auf die andere Seite, um zu sehen, was es mit dem ganzen Trubel auf sich hat.

Scheiß darauf.

Ivy Cole. Karinas Zwillingsschwester.

„Ich hole das Auto", sagt Francesco, während er durch den Verkehr sprintet und ein paar Blocks in Richtung Krankenhausparkplatz läuft. Er ist auf derselben Seite wie ich.

„Das hast du mit Absicht gemacht", knurre ich, während ich auf den roten Geländewagen zustürme.

Ivy ist nach vorn gesackt. Ihr Kopf muss gegen das Lenkrad oder das Fenster gestoßen sein. Sie hat eine klaffende Wunde an der Stirn und Blut an ihrem Haaransatz.

Beim Klang meiner Stimme öffnen sich

schlagartig ihre Augenlider. Sie lächelt, während ihr das Blut über die Wange tropft. „Du wirst sie nie finden."

————

„Ich werde euch nichts sagen", sagt Ivy.

Wir zerren sie aus dem Fahrzeug in unser Auto und nehmen sie mit zum Verhör auf das Gelände.

Im Gefängniskeller wird sie auf einen Stuhl gezwungen und ihre nackten Füße gleiten über den kalten Zementboden.

„Ihr könnt mich hier nicht ewig festhalten."

Sie ist ihrer Schwester so ähnlich.

Welche von ihnen ist älter?

Das spielt keine Rolle. In meinem Verhör geht es nicht um sie.

„Wo hat deine Schwester meinen Sohn hingebracht?", schimpfe ich, während ich mich über sie beuge.

Ivys Hände sind hinter ihrem Rücken mit einem Seil gefesselt. Ich habe die Wunde an ihrer Stirn mit einem feuchten Lappen und Alkohol gesäubert, damit sie ein bisschen Schmerz spürt.

„Ich weiß nicht, wovon du redest", sagt Ivy.

„Willst du wirklich so tun, als wäre das heute

ein Zufall gewesen?", frage ich und schnaufe leise vor mich hin. „So dumm kannst du doch nicht sein, Ivy. Du weißt doch, womit ich mein Geld verdiene. Ich bin sicher, Karina hat es dir schon erzählt."

„Ja! Sie hat mir gesagt, dass du ein Monster bist, und jetzt kann ich es mit eigenen Augen sehen." Ihre Augen glitzern.

Hinter ihrem Blick steckt eine wilde Entschlossenheit.

„Hat sie zufällig erwähnt, wie ich ihr das Leben gerettet habe?" Ich ziehe mir einen Stuhl heran und fixiere sie mit meinem Blick. „Ich wette, sie hat vergessen zu erwähnen, dass Don Rinaldi sie hinrichten lassen wollte und ich ihr das Leben gerettet habe."

„Du bist ein Lügner", sagt Ivy.

Nur wir beide sind in der Gefängniszelle. Wenn ich hinter den Eisenstäben herauskommen will, rufe ich Giovan, dass er mich herauslassen soll. So wird verhindert, dass ein Schlüssel in die Zelle getragen wird und ein Häftling fliehen kann.

„Warum sollte ich dich anlügen?", frage ich.

„Du willst deinen Sohn sehen."

Sie hat nicht unrecht, aber ich lüge nicht. „Ich will Ashton sehen. Er ist mein Sohn, wie du gesagt hast, mein Fleisch und Blut. Aber ich will weder ihm noch Karina wehtun."

Ihre Augen verdichten sich. „Du bist ein Monster. Du hast meine Schwester entführt, sie gezwungen, dich zu heiraten, und sie wahrscheinlich vergewaltigt."

Ich bin entsetzt. Ich stehe auf und schiebe den Hocker mit quietschendem Geräusch von mir weg. „Ist es das, was du denkst? Ist es das, was sie gesagt hat?"

Ich kann ihr nicht glauben. Ich habe mich Karina niemals körperlich aufgezwungen,. Ich glaube fest an das Einverständnis. Es macht mich nicht an, wenn eine Frau Angst hat oder kein Interesse zeigt. Es gibt viele Frauen, die sich mir an den Hals werfen. Ich muss nicht dieses Monster sein.

„Das musste sie nicht", sagt Ivy. „Sieh dich nur an. Deine Hände waren in der Wohnung überall an mir. Das war nicht einvernehmlich!"

Ich stoße einen schweren Seufzer aus und kneife mir in den Nasenrücken. „Ich habe deine Schwester gewarnt, dass ich sie durchsuchen würde, wenn sie in die Wohnung geht und mich draußen im Flur stehen lässt."

Sie schnaubt. „Das glaube ich dir nicht."

Ich zucke mit den Schultern. „Das ist mir egal. Ich sage die Wahrheit. Du weißt nichts über meine Beziehung zu Karina." Weiß sie, dass wir diese Woche Sex hatten? Ich schätze nicht. Ivy hat es nicht erwähnt.

„Ich weiß genug. Sie wollte von dir wegkommen."

Ivy hat recht. Karina traut mir nicht. Das liegt daran, was sie gesehen hat, was ich mit dem Mann im Gefängnis gemacht habe. Ich fahre mir mit einer Hand durch die Haare und knurre.

„Scheiße!" Ich trete den Hocker, auf dem ich eben noch gesessen habe, quer durch die Zelle, sodass das Holz gegen die Metallstäbe knallt.

Wenn ich Ivy auch nur ein Haar krümme, beweist das Karina, dass ich der Wilde bin, für den sie mich hält.

Giovan eilt die Treppe hinunter, um nach mir zu sehen. Ich habe ihn nicht heruntergerufen, aber ich war auch nicht besonders leise mit dem blöden Holzhocker. Das verdammte Ding ist jetzt kaputt, ein Bein ist abgebrochen. Ich werfe das gebrochene Bein durch das Eisengitter vor die Gefängnistür.

Das Letzte, was ich gebrauchen kann, ist, dass Ivy versucht, es als Waffe zu benutzen, obwohl sie noch gefesselt ist. Aber ich wende meinen Blick nicht von ihr ab.

„Sag mir, wo meine Familie ist."

Ivy zuckt mit den Schultern. „Oben?"

Ich schleiche mich näher an sie heran und beuge mich über sie. „Ich wette, du hältst dich für witzig."

„Auf Partys bin ich der Brüller", scherzt Ivy.

Sie sieht Karina so ähnlich. Die Ähnlichkeit lässt meinen Magen knurren. Wenn sie Karina wäre, würde ich ihr am liebsten die Kleider vom Leib reißen und sie in der Gefängniszelle ficken.

Es ist trügerisch, dass sie ihrer Schwester, meiner Frau, so sehr ähnelt.

„Ich wette, das bist du", murmle ich vor mich hin. „Ich muss mit Karina sprechen. Wie hast du mit ihr kommuniziert? Auf der Arbeit?"

Ich habe ihr das Handy abgenommen, als sie mit mir kam und eingewilligt hat, mich zum Schutz zu heiraten.

„Ja, klar."

Ich bin nicht überzeugt.

Ich greife in ihre Handtasche, die wir mitgenommen haben, als sie im Park geschnappt wurde. Ich hatte gehofft, dass sie etwas darüber aussagt, wo Karina Ashton hingebracht hat, aber es waren nur ihr Telefon, ihr Portemonnaie und ein Kaugummi drin.

Ich hole ihr Telefon heraus.

„Passwort?", frage ich.

Sie schüttelt den Kopf.

„Ich Glückspilz. Dein Finger funktioniert." Ich halte das Telefon hinter ihrem Stuhl und zwinge sie, das Fingerabdruckpad zu berühren, um ihr Telefon zu entsperren. „Du solltest mir dankbar sein, jedem anderen hätte ich den Finger abgeschnitten."

Ivy knurrt bei meiner Bemerkung. „Siehst du! Deshalb ist sie weggelaufen."

Ich rolle mit den Augen. „Hör auf, so dramatisch zu sein. Ich werde weder meinem Sohn noch meiner Frau etwas antun", sage ich.

Warum kann sie mir nicht glauben?

Ich schaue ihre Nachrichten durch. Es gibt keine SMS.

Das ist seltsam.

Sie muss sie vor dem Unfall gelöscht haben. Es ist offensichtlich, dass Karina und Ivy die Flucht geplant haben.

Ich blättere durch die Kontakte und dann durch die vorherigen Nummern. Es gibt eine, die sie mehrmals angerufen hat. „Wer ist das?", frage ich.

„Mein Therapeut", sagt Ivy.

Ich drücke auf „anrufen" und warte, bis die andere Person abnimmt.

„Ivy? Geht es dir gut?" fragt Karina mit außer Atem geratener Stimme.

„Nein, geht es ihr nicht", sage ich. „Du hast meinen Sohn. Bring ihn zurück zum Gelände, oder ich töte deine Schwester."

„Hör nicht auf ihn!", schreit Ivy.

Ich lege den Hörer auf und öffne eine Tracking-App, die Ivy zuvor installiert hat. Offenbar haben sie einander ihren Standort mitgeteilt. Ich weiß nicht, ob es mit Absicht war oder nicht, aber Karina ist am Busbahnhof. Zumindest ist ihr Telefon dort und da ich gerade mit ihr gesprochen habe, sollte sie es auch sein.

34

KARINA

ALS ICH DRAUSSEN STEHE, nehme ich Ashtons Hand in meine und drücke ihn fest an mich. Es ist schwer, nicht paranoid zu werden.

Aurielo ist da draußen und macht Jagd auf mich.

Wir haben nur die Kleider, die wir am Leib tragen.

Ich habe zwei Bustickets gekauft und habe vor, noch einmal die Route zu wechseln, um sicherzugehen, dass wir nicht verfolgt werden können.

Ich werfe mein Handy in den Müll. Ich kann kein Risiko eingehen, seit Aurielo herausgefunden hat, dass die Telefonnummer mir gehört. Wenn es eine Chance gibt, dass er mich aufspüren kann, muss ich vorsichtig sein und ihm zwei Schritte voraus sein.

Während wir auf den Bus warten, kommt Aurielo herein, als wäre nichts passiert.

„Hey, Ashton!" Aurielos Augen sind kalt, aber das Lächeln in seinem Gesicht lässt Ash direkt in seine Falle tappen.

Verdammt!

„Aurielo!", quiekt Ashton und rennt zu ihm.

Es hat nicht lange gedauert, bis sich die beiden angefreundet haben.

Ich hätte vorsichtiger sein und Ashton fernhalten sollen. Aber ich habe versucht, ihn vor Aurielo zu verstecken.

Was hätte ich noch machen können?

„Wie wäre es, wenn wir nach Hause gehen?", fragte Aurielo und zerzaust Ashs Haare nach einer festen Umarmung. Er hat einen Arm um meinen Sohn gelegt.

Ich werfe einen Blick auf die Waffe in seinem Halfter.

Mein Mund ist trocken.

Ich fühle mich bedroht. Ich bin mir sicher, dass das der Grund dafür ist.

„Komm, Mami", sagt Ashton und wartet darauf, dass ich zu ihnen komme.

Widerwillig seufze ich und trotte hinterher, um Aurielo zu seinem Auto zu begleiten. Wenigstens fährt Francesco nicht. Ich bin erleichtert, dass ich ihm nicht auch noch gegenüberstehen muss.

„Setz dich auf den Rücksitz, Kleiner", befiehlt Aurielo. Er öffnet die Autotür.

Wenigstens gibt es eine Sitzerhöhung für meinen Sohn.

Ashton klettert auf die Sitzerhöhung und schnallt sich an.

„Du hast dein eigenes Auto", sagt Aurielo und knallt die Hintertür zu.

„Was?" Ich schimpfe. Er nimmt mir doch nicht wirklich meinen Sohn weg. Oder doch?

Sein Blick strafft sich und er verschränkt die Arme vor der Brust. „Wenn du deinen Sohn sehen willst, triffst du mich zu Hause. Brauchst du die Adresse?" fragt Aurielo.

Ich kann Ashton nicht im Stich lassen. „Lass mich mit dir fahren." Um das Auto können wir uns später kümmern.

„Das ist keine gute Idee. Ich traue dir nicht", sagt Aurielo. Er wirft einen Blick zu mir rüber.

Was denkt er, was ich tun werde?

„Bitte, Aurielo, lass mich bei meinem Sohn sein."

Er brummt leise vor sich hin. „Das kannst du, sobald du nach Hause kommst."

„Ist Ivy—" Ich habe Angst, meinen Gedanken zu beenden.

Tot.

Ich muss die Wahrheit wissen. Vielleicht kann ich gegen Aurielo kämpfen und mir Ashton schnappen, um zu fliehen.

Wie weit würden wir kommen?

Aurielo wird nach uns suchen. Er wird niemals aufgeben, besonders jetzt, wo er weiß, dass Ashton sein Sohn ist.

„Ja", sagt Aurielo, während er seine Arme ausbreitet und die Schlüssel aus seiner Tasche kramt. Er drückt die Startautomatik des Autos und lässt den Motor aufheulen.

Meine Unterlippe zittert. Die Worte kommen nicht. Ich möchte ihm sagen, dass er ein rücksichtsloses Monster ist. Dass ich ihn niemals lieben werde und nur aus Angst und Notwendigkeit bei ihm bleibe, nicht aus Lust.

„Ja, Ivy ist zurück im Haus", beendet Aurielo seinen Satz.

Ein Schluchzen entweicht meinen Lippen und ich halte mir den Mund zu.

Ist sie am Leben?

Er hat nur gesagt, dass sie wieder im Haus ist. Das heißt nicht, dass sie noch lebt. Es bedeutet aber auch nicht, dass sie tot ist.

Die Welt um mich herum scheint sich zu drehen, und ich drücke mir auf den Nasenrücken. Die Tränen hören nicht auf zu fließen, egal, wie sehr ich sie wegwünsche. Könnte ich doch nur diese Woche wiederholen, und die Zeit zurückdrehen und mich selbst davon abhalten, dieses blöde Hotelzimmer zu betreten.

Aber das kann ich nicht.

Das hier ist mein Leben.

In guten wie in schlechten Zeiten. Bis dass der Tod uns scheidet.

———

Es gibt kaum eine andere Wahl. Ich folge Aurielo zurück zum Herrenhaus.

Er wartet, bis ich in mein Auto steige und ihm folge, bevor er auf die Autobahn fährt.

Meine Finger umklammern das Lenkrad, als würde mein Leben davon abhängen.

Vielleicht tut es das auch.

Mein Sohn sitzt in dem Fahrzeug vor mir. Ich will Ashton retten, aber ich will nicht, dass er verletzt wird. Ich halte einen Sicherheitsabstand, um sicherzustellen, dass ich den Wagen nicht ramme, obwohl mir der Gedanke durch den Kopf geht: In seinen Geländewagen zu knallen, meinen Sohn schnappen und weglaufen.

Das haben wir heute Nachmittag schon einmal ausprobiert, und es ist nicht gut gelaufen.

Als ich wieder an der Villa ankomme, stehe ich vor dem Haus und sehe einen Wachmann mit einer halb automatischen Waffe über der Schulter stehen.

So ein Mist.

Willst du mir damit Angst einjagen?

Es funktioniert.

„Mami!", quietscht Ashton, als er von der Rückbank aufspringt und auf mich zustürmt.

Ich umarme ihn ganz fest und präge mir jedes Detail ein, wie er sich in meinen Armen anfühlt. Ich will ihn gar nicht mehr loslassen.

Aber Ashton entzieht sich meiner Umarmung. „Mama", wimmert er.

Widerstrebend lasse ich ihn los. Was habe ich sonst für eine Wahl?

„Rein mit dir", befiehlt Aurielo, während er durch die Haustür eintritt und die Treppe hinauf stapft.

Ich ergreife Ashtons Hand und führe ihn hinein.

Ich atme schwer und mache mir Sorgen, ob ich jemals wieder das Tageslicht sehen werde.

Werden Aurielo oder seine Männer mich in den Gefängniskeller zwingen?

„Nach oben", schießt Aurielo einen weiteren Befehl.

Ich atme erleichtert auf und gehe die Treppe hinauf. Aurielo ist mir dicht auf den Fersen und lässt mir kaum Platz, um die Treppe hinaufzuschlendern.

Ashton hängt praktisch an meiner Hüfte, als wir uns seinem Zimmer nähern. Vor der Tür steht bereits eine Wache.

Sie haben sich nicht die Mühe gemacht, zu warten, bis wir nach Hause kommen.

Seltsam.

Ich drehe den Griff und öffne Ashtons Schlafzimmertür, woraufhin er an mir vorbei stürmt.

Ivy sitzt auf der Bettkante, die Hände im Schoß. Sie springt auf, als die Tür aufgeht.

„Ivy?" Ich eile durch den Raum und lege meine Arme um sie, als sie aufsteht. Sie sieht besser aus, als ich mich fühle. Mein Magen schlägt Purzelbäume. Meine Hände hören nicht auf zu zittern und ich ziehe sie fest in eine Umarmung. „Dir geht es gut."

Erleichterung durchströmt mich.

„Ja, aber nicht dank ihm", murmelt Ivy und blickt zu Aurielo der im Türrahmen steht.

Ich löse den Griff um meine Schwester und drehe mich auf den Fersen um. „Was zum Teufel hast du ihr angetan?"

„Nichts, was sie nicht verdient hätte", sagt Aurielo. Er nickt in Richtung Ivy. „Schön, dass du wach bist."

„Was soll das heißen?", frage ich. Wovon redet Aurielo?

„Wahrscheinlich, weil ich unten im Gefängnis an einen Stuhl gefesselt war und verhört wurde!" Ivy zeigt auf Aurielo. „Du bist ein Monster."

„Du hast geplant, meinen Sohn zu entführen!" schnauzt Aurielo. Seine Nasenflügel blähen sich auf und sein Blick verengt sich, bevor er sich umdreht und die Schlafzimmertür zuschlägt.

35

AURIELO

HARSCH. Es gibt keine andere Möglichkeit, mit Karina umzugehen. Sie bekommt, was sie verdient hat. Sie nimmt mir meinen Sohn weg, stiehlt ihn und rennt davon, um wohin genau zu gehen?

Karina ist offensichtlich keine gute Planerin. Sie handelt nach dem Motto: „Das geht in die Hose". Oder vielleicht in ihre Unterhose.

Ich bezweifle, dass Karina sich den Plan ausgedacht hat. Ivy muss dahinterstecken. Sie scheint definitiv der Typ dafür zu sein.

Ich habe Giovan erlaubt, Ivy aus dem Gefängnis und in Ashtons Schlafzimmer zu entlassen. Giovan kann sich ein Feldbett schnappen und die beiden können sich für eine Weile ein Zimmer teilen.

Darauf zu vertrauen, dass Ivy nicht zu den

Bullen geht, ist keine Option. Normalerweise lassen wir niemanden frei.

Wenn wir eine Gefangene in die Finger bekommen, foltern und töten wir sie.

Aber Ivy sieht genauso aus wie Karina, und es fühlt sich falsch an, sie anzufassen.

Außerdem würde Karina mir nie verzeihen, wenn ich ihrer Schwester wehtun würde. Ich habe gesehen, wie Karina mich angeschaut hat, nachdem sie einen Blick auf ein Verhör erhascht hatte.

Ich weise Giovan an, das Abendessen für Ivy, Ashton und Karina zu organisieren. Ich kann mich nicht mit ihnen befassen. Nicht jetzt. Ich muss mich entspannen, abkühlen und meine Energie loswerden.

Keine leichte Aufgabe, wenn man meine Stimmung bedenkt.

Ich gehe in Trainingsklamotten die Treppe hinunter in den privaten Fitnessraum. Ich wickle mir die Hände ein und ziehe mir Handschuhe an, bevor ich mich auf den Boxsack stürze.

Es fühlt sich gut an, aber es gibt keinen Gegner. Ich will mich ducken und den Schlägen ausweichen, aber ich nehme, was ich heute Abend bekommen kann.

Nachdem ich eine Stunde lang die Scheiße aus

dem Sack geprügelt habe, ziehe ich die Handschuhe aus und gehe hoch ins Schlafzimmer, um zu duschen.

Das kalte Wasser brennt auf meiner Haut. Mein Herz rast immer noch, aber das mindert nicht den Schmerz in meinem Magen oder in meiner Brust.

Karina bedeutet Ärger.

Die Art und Weise, wie sie mich innerlich verknotet, gefällt mir nicht.

Normalerweise kann ich meine Gefühle besser kontrollieren, aber sie macht mich verrückt. Allein das Wissen, dass sie auf der anderen Seite des Flurs ist, macht mich steif.

Scheiße.

Ich will nicht an sie denken, Und ich will mich schon gar nicht berühren, wenn ich an sie denke.

Die Wut brodelt in meinen Adern, aber das hält meinen Körper nicht davon ab, seinen eigenen Willen zu haben.

Das Wasser muss noch kälter werden.

Ich muss mich verdammt noch mal abkühlen.

———

Es ist schon spät. Ich kann Karina nicht ewig aus dem Weg gehen. Giovan sollte ein Kinderbett in

Ashtons Zimmer bringen, damit Ivy dort schlafen kann.

Aber Karina kommt zu mir in unser Schlafzimmer.

Ob sie will oder nicht, sie gehört mir, und ich werde sie genau im Auge behalten.

Ich mache mir nicht die Mühe, ein Hemd zu tragen, sondern ziehe mir eine blaue Jeans an. Meine Füße sind nackt. Ich tapse durch den Flur, vorbei an Giovan.

Er steht Wache.

„Es ist schon eine ganze Weile ruhig", sagt er.

„Gut."

Hoffentlich denken sie sich nicht wieder ein neues Szenario aus. Wenigstens haben wir sie im Blick. Ich traue Alessandro zu, dass er vorschlägt, eine Überwachungskamera in dem Raum zu installieren.

Das hat er aber noch nicht getan, sonst wüsste ich sicher davon.

Ich mache mir nicht die Mühe, anzuklopfen. Ich reiße die Tür auf und stapfe hinein. Ich bin nicht leise, aber ich kündige meine Anwesenheit auch nicht an.

Ashton liegt schlafend im Bett.

Ich bin erleichtert, dass der Junge schlafen kann, nachdem, was heute passiert ist.

Ich starre Karina mit meinem Blick an. „Komm mit mir ." Das ist keine Frage. Es ist ein Befehl.

Sie seufzt, und erhebt sich von der Bettkante. „Gute Nacht", sagt sie zu Ivy und gibt ihr eine kurze Umarmung und einen Gutenachtkuss.

Ivy lässt sich auf das Bettchen plumpsen. Es hat bereits eine Decke und ein Kissen, aber sie hat es offensichtlich noch nicht benutzt.

Ich warte an der Tür auf Karina und schließe sie leise, nachdem wir auf den Flur hinausgegangen sind. „Schlafzimmer. Jetzt!"

„Du musst mich nicht herumkommandieren", faucht sie.

Karina geht durch den Flur zu unserem Schlafzimmer und öffnet die Tür.

„Muss ich nicht? Du scheinst nicht zu wissen, was du eigentlich tun sollst." Ich folge ihr hinein und schließe die Tür ziemlich abrupt hinter mir.

Bei dem Geräusch springt sie auf.

Karina ist ein wenig nervös. Ich kann es in ihrem Spiegelbild sehen, ihre Augen sind geweitet, ihr Atem geht schneller.

Hat sie Angst vor mir?

Ich will für sie kein Monster sein. Aber ich kann nichts dafür, wer ich bin und was ich bin.

Sie klemmt ihre Unterlippe zwischen die Zähne. Ihr Blick wandert über meine Brust zu meiner dunkelblauen Jeans und dann wieder nach oben.

„Siehst du etwas, das dir gefällt?" Ich bezweifle, dass sie mich anstarrt. Wahrscheinlich bilde ich mir das nur ein. Aber ich bin zuversichtlich.

Welcher heißblütige heterosexuelle Mann hofft nicht, dass eine hübsche Frau ihn will?

Karina verschränkt ihre Arme vor der Brust. Das ist eine defensive Bewegung. Man lernt Körpersprache, wenn man Verdächtige verhört. Nicht, dass sie eine Verdächtige wäre, die verhört werden müsste, aber es ist schwer, einige Facetten des Lebens zu trennen.

„Nein", flüstert sie. Ein leiser Lufthauch entweicht ihren Lippen.

Ich trete näher und dringe in ihren persönlichen Raum ein. „Ich glaube dir nicht."

Ihre Oberlippe kräuselt sich, als sie mich anknurrt und mir das Gegenteil beweist. „Ich will nichts mit dir und deiner blöden Mafia zu tun haben."

„Gut", sage ich und halte meine Hände hoch. „So soll es sein. Du kannst auf der Couch schlafen."

„Was? Nein!"

Ich zucke mit den Schultern und ziehe meine Jeans aus. Meine Boxershorts lasse ich heute Abend an. Ich habe bereits geduscht und mich umgezogen. Sie hat die Show verpasst.

Sie steht unbeholfen da, während ich an ihr vorbeilaufe, die Decke zurückziehe und es mir gemütlich mache. Es ist ja schließlich mein Bett.

Karina schürzt ihre Lippen und starrt mich an.

„Du hast Glück, dass ich eine Schwäche für meine Frau habe. Jeder andere, der versucht hätte, meinen Sohn zu stehlen, wäre tot gewesen."

Sie schluckt. Ihre Zunge schießt heraus und streicht über ihre Lippen. Karina scheint nervös zu sein.

Das ist gut. Sie sollte sich unwohl fühlen. Das Mädchen hat mich vor Angst in die Knie gezwungen, weil ich mir große Sorgen um meinen Sohn gemacht habe.

„Es tut mir leid", sagt sie leise, kaum hörbar.

„Sag nichts, was du nicht so meinst." Ich schüttele das Kissen hinter mir auf.

Worte bedeuten nichts, wenn keine Absicht dahintersteckt.

Karina tappt durch das Zimmer zur Kommode und holt einen Schlafanzug heraus. Auf dem Weg ins Bad wirft sie einen Blick über ihre Schulter zu mir. „Ich will nur das Beste für meinen Sohn."

„Das wollen wir beide", sage ich. Merkt sie das denn nicht? Ich kämpfe, um ihn zu beschützen. „Die Bianchis sind immer noch da draußen. Du kannst nicht einfach abhauen. Sie werden dich finden. Sie werden dich foltern. Dich töten."

Ihre Unterlippe zittert, und sie eilt den Rest des Weges ins Badezimmer und schlägt die Tür zu.

Ich höre den Ventilator im Bad surren, bevor sie das Wasser in der Dusche anstellt.

Habe ich sie verärgert?

Wahrscheinlich. Aber sie muss die Wahrheit hören. Sie muss wissen, womit sie es zu tun hat. Es geht nicht nur darum, dass ich übermäßig beschützend und anmaßend bin. Ich versuche, sie zu beschützen. Ich versuche verzweifelt, meinen Sohn in Sicherheit zu bringen.

Karina macht es mir nicht leicht.

Ich schalte das Licht aus und warte, bis sie aus dem Bad kommt, bevor ich einschlafe. Ich bin kein bisschen müde und ich will mit ihr reden. Es überrascht mich nicht, dass sie bei der ersten Gelegenheit eines Gesprächs aus dem Zimmer gestürmt ist.

Ich bin verbittert.

Ich kann es nicht ändern. Sie hat mir meinen Sohn weggeschnappt!

Ich werfe die Decke weg. Im Schlafzimmer ist es stickig. Vielleicht liegt es an mir.

Ich setze mich im Bett auf und starre auf die Badezimmertür, während ich darauf warte, dass sie herauskommt. Die Dusche wird abgestellt. Jeden Moment wird sie abgetrocknet und angezogen sein. Wahrscheinlich hofft sie, dass ich schon schlafe.

Da liegt sie völlig falsch.

36

KARINA

ICH MUSS NICHT im selben Raum sein, um die Spannung zu spüren, die sich zwischen uns aufbaut. Diese Energie geht vor allem von Aurielo aus, und das überrascht mich nicht.

Ich habe nicht bedacht, was passieren würde, wenn wir erwischt werden.

Wie hatte er Ashton und mich am Busbahnhof ausfindig machen können?

Ivy hatte nicht gewusst, wohin wir unterwegs waren. Sie hätte unseren Standort nicht verraten können. Aber er hatte meine Nummer gefunden, wahrscheinlich über das Telefon meiner Schwester.

Verdammt!

Gerade als ich dachte, dass wir es vielleicht

schaffen würden, zu entkommen und in Sicherheit zu sein.

Ich bleibe in der Dusche, bis das Wasser kalt wird und ich gezwungen bin, den Wasserhahn zuzudrehen—alles, um Aurielo zu vermeiden.

Als ich mich ins Schlafzimmer schleiche, ist Aurielo noch hellwach. Ich presse die Lippen zusammen, weil ich nicht weiß, was ich sagen soll. Nichts wird das, was heute passiert ist, wieder in Ordnung bringen.

Er traut mir nicht. Und er hat auch nicht Unrecht. Ich habe ihn betrogen.

Ich hätte fast Lust, auf der Couch zu schlafen, aber das sieht nicht sehr bequem aus. Aber unter Aurielos Beobachtung ist das noch weniger erstrebenswert.

Ich schalte das Licht im Bad aus, schleiche mich zum Bett und ziehe die Decke zurück.

Ich warte darauf, dass er etwas sagt wie ‚wir müssen reden oder ich werde dir nie wieder vertrauen.

Vielleicht kommt es ja und ich bin nur ungeduldig. Die Spannung steigt, und die Hitze ist quälend. Ich mag keine Konflikte, geschweige denn Streit.

„Lässt du das Wasser kalt laufen?", fragt Aurielo.

Ich schlüpfe unter die Decke und richte das Kissen, während ich auf der Matratze herumrutsche, um es mir bequem zu machen. Es ist schwer, sich auch nur ein wenig wohlzufühlen, wenn er mich anstarrt.

„Was ist das?" Ich tue so, als wüsste ich nicht, wovon er spricht. Ich bin kein Idiot. Ich bin gerade aus der Dusche gekommen. Aber vielleicht kann ich ihn wenigstens zum Reden bringen und das Gespräch auf etwas anderes lenken als auf das, was ich heute getan habe und meinen Verrat.

„Du hast eine Weile unter der Dusche gebraucht", sagt Aurielo.

Ich drehe mich auf die Seite und starre ihn an. Vielleicht sollte ich Angst vor Aurielo haben, aber das habe ich nicht.

Ich mache mir Sorgen um meinen Sohn, um die Welt, die er sehen und erleben wird, und darum, wie er sich unter der Führung der Mafia entwickeln wird.

Seine Vorbilder sollten positive Einflüsse haben, oder zumindest Menschen sein, die keine Männer foltern, verhören und ermorden.

„Das habe ich nicht bemerkt", sage ich und tue so, als ob ich mir die Fussel von der Schulter wische. Es ist eine Ablenkung, eine Möglichkeit, ihn nicht mehr anzustarren, während er mich weiter mit seinem Blick fixiert.

Das ist unangenehm.

Ich bin mir sicher, dass er es deshalb tut. Aurielo ist ein Meister der Verhöre. Wahrscheinlich kennt er sich auch gut mit Manipulationstaktiken aus.

„Was war dein Plan?", fragt Aurielo. Er weicht dem Thema überhaupt nicht aus. „Mit Ashton abhauen, und was dann? Es ist offensichtlich, dass du deinen Job liebst. Wolltest du ihn wirklich aufgeben? Und warum? Weil du nicht mit mir verheiratet sein willst?"

Das ist ein Schlag in die Magengrube.

„Was du diesem Mann angetan hast, kann ich nicht einfach vergeben und vergessen", sage ich.

Merkt er denn nicht, dass ich nicht will, dass mein Sohn so wird wie er?

„Du wusstest von Anfang an, wer ich bin."

Ich schüttle den Kopf. „Nicht beim ersten Mal." Schon gar nicht, als wir Ashton gezeugt haben. Ich wusste nichts über Aurielo.

Seine Nasenlöcher blähen sich auf, als er atmet. Aurielo atmet schwer durch seine Nase aus. „Ich spreche nicht davon, als wir auf der Verlobungsfeier meines Cousins gefickt haben."

„Ja, ich wusste, dass du ein Monster bist und

deshalb habe ich meinen Sohn von dir ferngehalten. Ivy wollte sich um ihn kümmern und ihn von diesem Leben fernhalten", sage ich. Ihm muss klar sein, dass ich es tat, um Ashton zu schützen.

Aurielo verschränkt seine Arme vor der Brust. Sein Bizeps ist riesig. Ich versuche, nicht auf seine Muskeln zu starren. Es hilft auch nicht, dass er kein Hemd trägt. „Wie lange sollte dieser Plan denn noch gelten? Siehst du deinen Sohn nicht?"

Ich hasse es, dass er recht hat, aber ich hätte alles getan, um Ashton zu schützen. Vielleicht hätte ich zulassen sollen, dass Ivy ihn sich schnappt und heute verschwindet, während ich ihren Platz in dem Fahrzeug einnehme, das in den Hydranten gekracht ist.

Obwohl ich nicht weiß, wie das ausgegangen wäre, außer dass wir Zwillinge sind. Aber Aurielo durchschaut uns sofort.

Zumindest habe ich das Gefühl, dass er das kann. Vielleicht mache ich mehr aus dem, was wir haben, als das, was zwischen uns ist.

„Ich würde alles tun, um ihn zu beschützen", flüstere ich. Es ist die Wahrheit.

„Falls du es noch nicht gemerkt hast, *Micetta*, ich würde es auch tun."

———————

Jeder Tag ist gleich. Ich gehe zur Arbeit und wenn meine Schicht vorbei ist, begleitet mich Francesco zurück in die Villa. Ashton wartet oben in seinem Schlafzimmer, das er sich mit Ivy teilt, auf mich.

Ich bin mir nicht sicher, ob ich dankbar bin, dass Ivy hier ist oder nicht. Sie hat mir keine Vorwürfe gemacht, aber ich kann den Unmut in ihren Augen sehen. Sie vermisst ihr Zuhause. Auch wenn unsere Wohnung nicht protzig oder prestigeträchtig war, so war sie doch unser Zuhause.

Dieser Ort ist kalt. Es ist unpersönlich. Mein Schlafzimmer fühlt sich nicht im Geringsten wie mein eigener Raum an. Das stört mich nicht annähernd so sehr wie die Tatsache, dass Ashton und Ivy sich ein Zimmer teilen.

Meine Schwester sollte es nicht mit ihm teilen müssen.

Vielleicht würde Alessandro mir keine zusätzlichen Unterbringungsmöglichkeiten getrennt von meinem Sohn anbieten, aber ich schiebe das auf die Tatsache, dass wir gezwungen wurden zu heiraten. Wahrscheinlich macht es ihm Spaß, uns zusammen in ein Zimmer zu sperren und uns Haus spielen zu lassen.

Ich hatte noch nicht allzu viele Begegnungen mit Don Rinaldi. Er scheint eine Million Mal unheimlicher zu sein als Aurielo.

Aurielo und ich tauschen abends vor dem Schlafengehen Höflichkeiten aus. Es ist oberflächlich, nichts weiter als ein Akt der Akzeptanz.

Ich habe dies als mein Leben akzeptiert.

Er hat mich entweder in Ashtons Schlafzimmer oder in meinem eigenen eingeschlossen. Vor dem Flur steht immer eine Wache.

Ich habe keine andere Freiheit als die, ich bei der Arbeit habe, und das ist kaum als Freiheit zu bezeichnen.

Ich gebe Ashton eine Umarmung zum Abschied, bevor ich die Treppe hinunter und zur Tür hinaus zu meiner Arbeit geführt werde. Ich weiß nicht, wann Ivy geht und ob sie überhaupt das Gelände verlassen darf.

Wir haben nicht darüber geredet und ich zögere, sie zu fragen. Zweifellos ist sie sauer, dass sie in das Arrangement verwickelt ist und unter Rinaldis Dach leben muss.

Ich sitze schweigend auf dem Rücksitz des Wagens, während Francesco mich zur Arbeit chauffiert. Aber er hängt immer noch den ganzen

Tag in der Lobby herum. Als ich mich gestern in einer Pause hinunterschlich, um zu sehen, ob ich später eine Flucht planen kann, saß er mit dem Gesicht zum Aufzug auf der anderen Seite der Lobby.

Ein Blick auf mich, und ich drückte den Knopf und fuhr mit dem Aufzug zurück nach oben.

Er ist kein Mann, mit dem ich zu tun haben will. Francesco ist Furcht einflößend, und da ich weiß, dass er Alessandro im Ohr hat, muss ich vorsichtig sein.

„Hast du einen anstrengenden Tag geplant?" fragt Jocelyn, als ich mich mit ihr treffe, um mich für meine Schicht anzuziehen.

Ich runzle die Stirn, weil ich ihre Frage nicht verstehe. „Das Übliche. Arbeit." Ich habe keine Ahnung, was sie da fragt.

In ihren Augen funkelt es und sie versucht verzweifelt, ihr Grinsen zu verbergen.

„Was weißt du denn?", frage ich. Ich kann spüren, wie sie vor Freude strahlt. Soweit ich weiß, ist es weder mein Geburtstag noch der von irgendjemand anderem auf der Station.

Sie presst die Lippen zusammen und schüttelt den Kopf. Jocelyn versucht, die Stirn zu runzeln, aber es gelingt ihr nicht. Ihre Unterlippe steht ein wenig zu weit vor. „Nichts." Sie knallt ihren Spind zu und wirft sich das Schlüsselband mit ihrem Ausweis über den Kopf.

„Mädchen, du kannst kein Geheimnis für dich behalten. Spuck's aus!" Ich warte auf den Dreck, den Saft, das 4-1-1. Welche Neuigkeiten sie auch immer hat, sie müssen heiß sein. „Ist jemand unter die Haube gekommen?" Ich bezweifle, dass es besser ist als meine Überraschungshochzeit.

Jocelyn lacht. „Nur du bist so spontan. Was ziemlich lustig ist, weil ich dich nie für spontan gehalten habe." Sie denkt ein paar Sekunden über ihre Worte nach und öffnet dann den Mund, um das Geheimnis zu lüften. „Dein Ehemann kommt heute."

„Was?" Sie hat völlig den Verstand verloren.

„Er steht auf dem Plan. Auf dem Whiteboard draußen in der Schwesternstation. Hast du es nicht bemerkt?"

Ich bin erst seit heute Morgen hier und sein Name stand gestern definitiv noch nicht darauf.

„Warum kommt er zu meiner Arbeit?" Die Frage richtet sich eher an mich als an Jocelyn. Ich erwarte nicht, dass sie weiß, was hier los ist. Obwohl sie bereits mehr Informationen hat als ich, und das macht mich wütend.

Ihre Stirn zieht sich zusammen. „Habt ihr beide Streit? Ich dachte, du wärst froh, dass er heute Nachmittag vorbeikommt."

„Heute Nachmittag", wiederhole ich.

Gelegentlich haben wir Besucher, besondere Gäste, wie z.B. prominente Sportler, die Trikots zum Signieren mitbringen und einen Nachmittag mit den Kindern verbringen. Aurielo ist kein Prominenter. Er ist niemand Besonderes. Ich meine, er ist ein Mafioso! Warum zum Teufel kommt er hierher? Wie konnten sie ihn in die Einheit kommen lassen, ohne ihn vorher zu überprüfen?

Schweiß tropft mir von der Stirn.

„Geht es dir gut?", fragt Jocelyn. „Ich kann dir eine Flasche Wasser aus dem Kühlschrank holen. Werd mir nicht ohnmächtig, okay?"

„Es geht mir gut." Mir geht es nicht im Geringsten gut. „Es hat mich einfach überrascht, dass er zu Besuch kommt. Geht er mit mir zum Mittagessen?" Ich will nicht so verdammt egoistisch klingen, aber ich kann mir nicht erklären, warum er in der Einheit für Kinder auftaucht. Er muss mich sehen wollen. Aber warum sollte ich mit dem Drachen, meinem Vorgesetzten, sprechen und es an die Tafel schreiben?

„Nein", sagt Jocelyn und legt einen Arm um

meine Schulter. „Er bringt Geschenke für die Kinder mit."

Was?

Ich bin fassungslos.

„Bist du sicher?", frage ich. Vielleicht war es ein anderer Herr, aber Aurielo hat ja keinen gewöhnlichen Vornamen.

„Hundertprozentig. Er hat den Drachen nach einer Liste mit Altersangaben und Sonderwünschen gefragt. Du glaubst gar nicht, wie viele Kinder sich ein Handy gewünscht haben!"

Es ist schwer, nicht zu lachen und das Lächeln zwingt sich auf meine Lippen. „Das klingt wie die Kinder", lache ich. Aber es klingt immer noch nicht wie Aurielo.

———

Bei der Menge an Geschenken, die er mit sich herumschleppt, könnte er genauso gut als Weihnachtsmann verkleidet sein. Er hat zwei riesige rote Schulranzen voller Geschenke, die eingepackt sind, genau wie Weihnachten.

„Will ihm niemand sagen, dass Weihnachten noch ein paar Monate hin ist?", flüstere ich Jocelyn zu.

Sie schüttelt den Kopf und grinst. „Wenn ich auf dem Schoß des Weihnachtsmanns sitzen darf, bin ich unartig."

Ich gebe ihr einen Klaps auf den Arm. „Das ist mein Mann." Und sie hatte den gleichen Gedanken wie ich. Vielleicht sind es die roten Schulranzen, die er von Zimmer zu Zimmer schleppt, um die Geschenke an die Kinder zu verteilen, die ihn ein wenig wie den Weihnachtsmann aussehen lassen.

Er hat nicht den langen weißen Bart, den Bauch oder das Outfit. Aber das muss ich ihm lassen. Er bringt die Gesichter der Kinder zum Strahlen.

Der Drache besteht darauf, dass ich Aurielo von Zimmer zu Zimmer begleite. Er darf nicht mit den Kindern allein sein, und ich bin erleichtert, dass es im Krankenhaus noch ein paar Regeln gibt, an die sie sich halten. Nicht, dass es illegal wäre, Geschenke von der Mafia anzunehmen, aber ich habe ein ungutes Gefühl im Magen.

Als wir nach dem ersten Zimmer um die Ecke biegen, packe ich ihn am Arm und ziehe ihn in die Vorratskammer. Ich brauche einen Ort, an dem ich unter vier Augen mit ihm reden kann, und der Pausenraum ist zu weit weg.

„Was machst du da?", fragt Aurielo.

Ich lache. Stellt er mir diese Frage wirklich?

„Was ich mache?" Ich spotte. „Ich sollte dich fragen, was du tust?" Meine Stimme hebt sich um eine Oktave.

„Ich gebe Kindern Geschenke", sagt Aurielo. „Ich dachte, ich könnte sie aufmuntern. Und dir zeigen, dass ich kein schlechter Kerl bin."

Ich schnippe mit den Fingern und zeige auf ihn. „Und das ist der Hintergedanke, auf den ich von dir gewartet habe."

Aurielo schaut sich in der Vorratskammer um. „Möchtest du mich hier einsperren oder kann ich die Geschenke für krebskranke Kinder fertig machen?"

Mist.

Hat er das gerade wirklich gesagt?

Er macht mich zum Bösewicht.

Ich öffne die Tür und mache eine Geste, damit er aus dem Zimmer treten kann. Er geht den Flur entlang. Ich schlage meine Hände vor mir zusammen. Ich habe keine andere Wahl, als ihm zu folgen und mich zu einem Lächeln zu zwingen. Wenn ich ihm jetzt eine reinhauen könnte, würde ich es tun.

Sein Verhalten als netter Kerl ist genau das: ein Verhalten. Er kann meine Kollegen und eine Etage voller kranker Kinder täuschen, aber mich nicht.

37

AURIELO

„WIRST du jemals über das Monster hinwegsehen, das du in mir lauern siehst?", frage ich. Es ist offensichtlich, dass sie nur das sieht, wenn sie mich ansieht: dass ich einen unbewaffneten Mann brutal angegriffen habe. Nun, er war mehr als nur unbewaffnet. Er war an den Stuhl gefesselt und konnte sich nicht bewegen.

Keiner hat gesagt, dass es ein fairer Kampf sein muss.

Wir sind die Mafia.

Außerdem habe ich Ivy während eines Verhörs mit äußerster Freundlichkeit behandelt. Aber Karina sieht das nicht so.

Ich bin der Wilde. Und sie ist die Heilige.

Ich sage dir mal was: Sie ist keine Heilige. Sie

versucht, mir meinen Sohn zu stehlen und mich meiner Familie zu berauben. Sie ist ein Wolf im Schafspelz—das wahre Monster.

„Das ist schwer zu machen, wenn du mich die ganze Zeit im Haus einsperrst!", schreit Karina.

Die Wände vibrieren förmlich und ich bin mir sicher, dass Ivy auf der anderen Seite des Flurs etwas zu hören bekommt. Die Wände sind nicht schalldicht, anders als der Keller. Es gibt einen Grund dafür, warum das Gefängnis zwei Stockwerke tiefer liegt, nicht dort wo Karina und mein Sohn festgehalten werden.

„Falls du es vergessen hast, die Bianchis sind immer noch hinter dir her."

Ich hasse es genauso wie sie, dass sie gezwungen ist, hinter Schloss und Riegel zu sein. Aber Dorian wird sie bei der ersten Gelegenheit töten lassen. Und da wir Matteo gefoltert und getötet haben, wird er sich rächen wollen.

Das ist unvermeidlich.

Und ich muss meine *Micetta* beschützen, auch wenn sie denkt, dass sie keinen Schutz braucht. Da irrt sie sich.

Sie öffnet ihren Mund, um etwas zu sagen, aber es kommt nichts heraus.

„Hat die Katze deine Zunge?" Ich habe sie noch

nie so sprachlos gesehen. Jedenfalls kann ich mich nicht daran erinnern. Sie hat immer eine Antwort parat, eine kluge Bemerkung, um mich anzustacheln. Sie mag es, mir unter die Haut zu gehen und mich zu ärgern. Das ist wahrscheinlich der Grund, warum ich mich zu ihr hingezogen fühle.

Zwischen uns geht es immer leidenschaftlich zu, besonders, wenn wir uns streiten.

„Halt die Klappe!"

Ich lache leise, aber sie hört mich und blickt zu mir auf. „Ist das alles, was du kannst?" Ich gebe ihr die Chance, zu kontern. Um ihr Bestes zu geben.

„Du bist heute an meinem Arbeitsplatz aufgetaucht und hast mir nicht gesagt, dass du kommst!"

Ist das schlimm? Ich habe etwas Nettes für die Kinder auf ihrer Station getan, sie haben Krebs. Ich dachte, ich bringe ihnen ein paar Spielsachen mit, um ihre Laune zu verbessern und ein bisschen Sonne in ihr Leben zu bringen.

Ich kann nicht gut mit Kindern umgehen, aber ich empfand es als ganz gut, ihnen Geschenke zu überreichen. Es war nichts, was ich großartig vermasseln konnte.

„Es sollte eine Überraschung sein. Außerdem dachte ich, du würdest dich freuen, dass ich selbstlos bin", sage ich. „Ich wollte dir zeigen, dass ich nicht das Monster bin, für das du mich hältst. Es gibt noch eine andere Seite von mir. Ich bin nicht nur ein Mafiabefrager."

Sie rollt die Lippen zusammen und presst sie aufeinander.

Wieder sprachlos.

Zweimal an einem Abend.

Der Sieg schmeckt süß.

Karina schlurft mit den Füßen und blickt niedergeschlagen auf den Boden. Sie öffnet ihren Mund und ich nehme an, dass sie sich entschuldigen will, aber stattdessen entweicht ihr ein leiser Lufthauch.

Vielleicht ist sie nicht gut im Entschuldigen. Es ist ja nicht so, dass ich mich jemals entschuldigen müsste. Das würde als schwach angesehen werden und ich habe nicht das geringste Interesse daran, zerbrechlich zu wirken.

„Was du heute im Krankenhaus für die Kinder getan hast, war sehr freundlich", flüstert Karina. Sie stößt mit den Zehen auf den Boden, während sie zappelt und zu mir aufschaut, nachdem sie zu Ende gesprochen hat. Es ist, als ob sie darauf wartet, dass ich ihr etwas zurückgeben würde.

„Ich bin froh, dass du die Geste zu schätzen

weißt, und wenn ich das nächste Mal etwas machen will, werde ich nicht mehr ganz so geheimnisvoll sein."

„Danke." Ihre Worte bleiben in der Luft hängen, während sie mich anstarrt. Ihre Augen sind schwer.

Sie ist so gebrochen, dass es mir das Herz zerreißt.

„Es tut mir leid", flüstert sie. Ihre Zunge fährt heraus und streicht über ihre Lippen. „Ich hätte nicht weglaufen sollen. Ich habe es nur getan, weil ich es für meinen Sohn am Beste hielt."

„Unser Sohn", korrigiere ich sie. Er ist genauso sehr mein Kind wie ihres. Vielleicht habe ich ihn in den ersten Jahren nicht großgezogen, aber das lag nur daran, dass sie mir nichts von ihm erzählt hat.

Ich wäre von dem Moment an, als ich erfuhr, dass sie schwanger war, für mein Kind da gewesen. Ich wäre vielleicht nicht glücklich über die Nachricht gewesen, aber ich hätte sie oder das Kind nicht im Stich gelassen.

„Verstehst du, warum du unbedingt hier bei Ashton bleiben musst?" Ich möchte, dass sie weiß, dass ich sie nicht hier festhalte, weil ich es will. Es ist aus der Not heraus und aus Notwendigkeit. Die Sicherheit von ihr und meinem Sohn hat Vorrang vor ihrer Freiheit.

Es ist nicht so, dass ich ihn nicht täglich zur Privatschule bringe und mich vergewissere, dass er im Gebäude ist, bevor ich gehe. Und wenn der Schultag zu Ende ist, bin ich sofort zur Stelle, um ihn abzuholen und mit nach Hause zu nehmen.

Karina nickt. „Wirst du die Bianchis jemals aufhalten können?", fragt sie. „Der Mann im Gefängnis, hat er dir geholfen?"

„Wir sind schon lange zerstritten, aber wir kommen uns näher." Ich kann das nicht weiter ausführen. Es ist nicht sicher für sie, die Details zu kennen. Matteo hat uns in seinen letzten Momenten eine Fülle von Informationen gegeben.

Ich ziehe sie zu mir aufs Bett, meine Hand umschließt ihr Handgelenk. Langsam ziehe ich meinen Daumen in leichten Kreisen über ihre weiche Haut. „Wie wäre es, wenn ich dich am Freitagabend ausführe?"

„Wie ein Date?", quietscht ihre Stimme.

Ist sie nervös?

Wir sind verheiratet. Es gibt viele Gelegenheiten für Dates und andere Dinge. Ich habe den Rest meines Lebens Zeit, Karina zu umwerben und sie davon zu überzeugen, dass ich mit ihr verheiratet sein will. Vielleicht geschah es aus Verzweiflung und dem Bedürfnis, ihr Leben zu retten, aber mein Wunsch ist nicht weniger real.

„Ist das ein Problem?", frage ich.

Sie zupft an ihrer Unterlippe. „Heißt das, wir dürfen das Haus verlassen?"

Ich kann mir ein Kichern nicht verkneifen. Ist das alles, woran sie denkt?

An Flucht.

„Ja, aber Ashton bleibt hier. Ivy kann auf ihn aufpassen." Ich mag Ivy zwar nicht und traue ihr nicht, aber Karina vertraut ihrer Schwester, und ich glaube, dass Ivy Ashton kein Haar krümmen würde. Das ist Grund genug für mich.

Und wenn Ashton im Haus ist, wird Karina nicht versuchen zu fliehen. Nach unserem Date wird sie nach Hause zurückkehren wollen, um bei ihrem Sohn zu sein.

„Damit kann ich leben ", flüstert Karina.

Ich greife nach ihrem Kinn und streiche mit den Fingerkuppen über ihre weiche, geschmeidige Haut. „Hab keine Angst vor mir, *Micetta*."

Ihr Atem stockt und sie nickt nur leicht. Eine leichte Röte breitet sich auf ihren Wangen aus und wandert über den Saum ihres Shirts hinunter zu ihrem Dekolleté.

Ich versuche, sie nicht anzustarren, aber ich bin

kein Gentleman. Die Röte macht sie noch mehr sexy, ob sie es merkt.

Ihre rubinroten Lippen öffnen sich und es kostet mich all meine Kraft, nicht mit dem Daumen darüber zu fahren.

„Ich habe keine Angst vor dir", flüstert Karina.

„Gut, denn ich würde dir nie wehtun." Sie sollte wissen, dass ich alles tue, um sie zu beschützen. Es gäbe keinen Grund, meiner Frau etwas anzutun.

Es ist ein seltsamer Gedanke, dass ich verheiratet bin. Ich starre auf ihre Lippen, ohne mich zu beugen und sie zu kosten. Mein Atem wird tiefer und passt zu dem ihren.

„Ist es warm hier drin?", fragt Karina.

Ja, es fühlt sich an, als würde mich die Sonne verbrennen. „Es gibt eine Lösung für dieses kleine Problem", sage ich und grinse. „Du hast zu viele Klamotten an."

Sie schnaubt. „Wow. Deine Gedanken sind direkt in der Gosse gelandet."

„Meine?" Karina ist frech. Das gefällt mir. Ich möchte ihre Lippen mit meinen bedecken, aber ich unterlasse es. „Dein Gesicht sieht sonnenverbrannt aus. Habe ich ein Feuer geschürt?"

„Es ist Wut."

Ich beuge mich vor und streiche mit meinen

Lippen über ihre Wange. „Wenn du es sagst, *Micetta*", flüstere ich und streiche ihr Haar hinter ihr Ohr.

Sie zittert bei meiner Berührung. „Das hast du nicht gespürt."

Grinsend küsse ich einen sanften Weg an ihrem Ohr entlang zu ihrem Kiefer und weiter zu ihrem Mund. Aber ich gebe der Versuchung nicht nach. Ich ziehe den Moment in die Länge. Ich will, dass sie sich hinabbeugt. Ich will, dass Karina die Kontrolle übernimmt und mich küsst. Ich spüre ihr Verlangen, den Sog der Elektrizität zwischen uns. Ich reize sie, aber ich will, dass sie diejenige ist, die das Gefühl hat, dass sie die Macht hat.

„Was fühlen?", murmle ich zwischen den Küssen.

Sie stöhnt und schlägt sich die Hand an die Stirn.

„Fieberhaft?" Ich necke sie.

Sie lässt sich zurück auf die Matratze fallen. „So ähnlich", röchelt sie. Karina schnappt bereits nach Luft.

Das Heben und Senken ihres Brustkorbs und das Beobachten, wie sie nach ein paar Küssen außer Atem ist, erregt mich sehr.

Sie will mich.

38

KARINA

ICH SCHLAFE KAUM, wälzte mich hin und her und denke an mein bevorstehendes Date mit Aurielo. Warum fühle ich mich wie ein junges Mädchen?

Wir sind verheiratet.

Es sollte keine große Sache sein, dass er mit mir ausgeht. Aber die einzige Zeit, in der ich wohin gehen darf, ist die Arbeit. Ansonsten wurde ich entweder in mein Schlafzimmer oder in das von Ashton gesperrt.

„Ich kann nicht glauben, dass du tatsächlich mit ihm essen gehst", sagt Ivy.

Ich glaube nicht, dass es Eifersucht ist, sondern eher Wut in ihrem Ton.

„Er ist kein schlechter Kerl", sage ich und ziehe sie quer durch den Raum, um nicht vor Ashton zu reden. Er malt in seinem brandneuen Dinosaurier-Malbuch, das Aurielo heute Nachmittag für ihn mitgebracht hat.

Aurielo hat sich Mühe gegeben. Seit dem Moment, als er erfuhr, dass ich ein Kind habe, wollte er für ihn da sein. Noch bevor er wusste, dass Ashton sein eigen Fleisch und Blut ist.

Was für ein Wilder würde so etwas tun?

„Er ist bei der Mafia und hat dich gezwungen, ihn zu heiraten!" schimpft Ivy mit mir.

Als hätte ich vergessen, warum ich hier bin. Ich rolle mit den Augen und verschränke die Arme vor der Brust. „Er hat mir das Leben gerettet, und ich habe diesem Leben zugestimmt. Sein Chef hat ihm befohlen, mich hinzurichten."

„Er muss sich nicht von ihm befehlen lassen", sagt Ivy. „Er hätte sich gegen ihn wehren können."

„Der Mafia-Boss? Ist das dein Ernst?" frage ich.

Alessandro macht mir Angst. So wie er sich benimmt, habe ich Angst, dass er seine Waffe zieht und mich auf der Stelle erschießt, wenn ich ihm unabsichtlich einen bösen Blick zuwerfe. Er ist kein Mann, der etwas zu bereuen hat.

Vielleicht habe ich mich in Aurielo getäuscht.

Er war nett zu Ashton und hat ihm beigebracht, wie man Fangen spielt. Jeden Wochentag fährt er ihn zur Privatschule und holt ihn wieder ab. Ganz zu schweigen davon, dass er die Rechnung für die Privatschule bezahlt. Außerdem ist er ein aufmerksamer Vater.

„Ich muss mich fertig machen", sage ich. Ich will mich nicht mit Ivy streiten. Ich liebe meine Schwester, aber wir waren noch nie einer Meinung. Wir sind nur vom Aussehen her identisch. So war es schon immer.

Ich öffne die Schlafzimmertür und trete in den Flur. Giovan steht Wache. „Passt du auf, dass ich nicht abhaue?" Ich schenke ihm ein Lächeln.

Er sieht nicht im Geringsten amüsiert aus.

Ich zeige auf mein Schlafzimmer. „Ich ziehe mich nur schnell für heute Abend an", sage ich.

Ich schleiche durch den Flur, ins Schlafzimmer und schalte das Licht an. Das Bett ist bereits gemacht, keine Überraschung, aber der riesige weiße Karton auf dem Bett macht mich neugierig. An dem Deckel ist ein gefalteter Zettel befestigt.

Für Karina.

Er ist schlicht und einfach.

Wenigstens weiß ich, dass ich die Schachtel öffnen darf und nicht herumschnüffle. Ich nehme den Deckel ab und bin überwältigt von dem roten Kleid. Es ist wunderschön und weich, wenn ich es berühre. Ich hebe das Kleid an den Spaghetti-Trägern hoch und halte es an meinen Körper.

Ein weiterer Zettel fällt zu Boden, der in der Schachtel versteckt war.

Passend zu deinem Rouge.

Lächelnd schüttle ich den Kopf. Ich schätze, er will, dass ich das heute Abend trage, was gut ist, da ich nichts Schickes für ein Date habe.

Ich schnappe mir das Kleid und gehe unter die Dusche, um mich vor dem Abendessen fertig zu machen. Ich will Aurielo beeindrucken, vor allem weil er das Kleid ausgesucht hat.

Wann hatte er denn die Zeit dazu? Während ich heute auf der Arbeit war?

Wir kommen im Restaurant an und werden sofort zu unserem Tisch geführt. Es ist ein kleiner, privater Tisch in einem belebten Restaurant. Das Licht ist gedämpft, die Atmosphäre romantisch.

Er zieht mir einen Stuhl heran, damit ich mich setzen kann. „Du siehst umwerfend aus", flüstert Aurielo mir ins Ohr.

Ich bin mir sicher, dass mein Erröten dem Kleid entspricht. Das war doch seine Absicht, oder?

„Danke", sage ich. „Du hast dich auch perfekt herausgeputzt."

Das klingt dumm, wenn es von meinen Lippen kommt. Er trägt bei der Arbeit immer einen schicken Anzug, aber heute Abend sieht er noch schärfer, und sexy aus. Ich weiß nicht, was es ist, aber ich möchte ihn bespringen.

Die Kellnerin gibt uns beiden eine Speisekarte, bevor sie verschwindet, um einem anderen Gast einen Platz zu geben.

Ich werfe einen Blick auf die Speisekarte. Die Preise sind der Wahnsinn. „Habt ihr hier schon mal gegessen?"

„Ein paar Mal", sagt Aurielo. „Alles, was ich gegessen habe, war immer köstlich."

Er winkt die Kellnerin heran und bestellt eine Flasche Rotwein und mehrere Vorspeisen.

Für mich klingt das gut. Ich kann mir nicht vorstellen, dass ich nach den Vorspeisen noch Platz für ein Hauptgericht habe.

Die Kellnerin kommt zurück, um die Bestellung aufzunehmen und den Wein zu bringen.

„Ich hoffe, du bist hungrig", sagt Aurielo.

Ich bin am verhungern. „Alles riecht so gut", gebe ich zu. „Und es hört sich alles wunderbar an." Es ist schon eine Weile her, dass ich auswärts gegessen habe. Ich kann mich nicht einmal daran erinnern, wann ich das letzte Mal in einem schicken Restaurant war.

„Hast du etwas auf der Speisekarte gesehen, das du probieren möchtest?" fragt Aurielo.

Die Kellnerin bringt uns eine Flasche Rotwein und drei Gläser. Sie entkorkt die Flasche und reicht Aurielo den Korken.

Ich nehme an, er soll riechen. Ich weiß nicht, was zum Teufel sie da macht. Ich habe noch nie eine ganze Flasche Wein in einem Restaurant bestellt. Es ist zu teuer und ich trinke normalerweise nicht so viel. Aber Ivy schon, und wenn ich mit meiner Schwester eine Flasche bestelle, dann wird sie betrunken sein.

Die Kellnerin gießt Aurielo eine kleine Menge ins Glas, damit er probieren kann.

Er schwenkt den Wein und atmet das Aroma ein, bevor er ihn probiert.

„Wie schmeckt er, Sir?", fragt die Kellnerin.

„Sehr gut", sagt Aurielo. „Du kannst uns beiden ein Glas einschenken."

Die Kellnerin schenkt ein neues Glas für Aurielo und ein Zweites für mich ein, bevor sie sich beeilt, an einem anderen Tisch zu helfen.

Ich fühle mich in so einem schicken Restaurant

fehl am Platze, aber Aurielo passt genau hierher. Ist das sein Lebensstil? Wie er lebt? Verschwenderisch? Kommt er mit seinem Mafiakumpel hierher?

„Was denkst du?", fragt er, als ich einen Schluck Wein nehme. Ich habe seit dem Mittagessen nichts mehr gegessen und will nicht zu früh am Abend beschwipst sein.

„Er ist gut, aber ich weiß nicht viel über Wein", gestehe ich. „Aber es ist die beste Flasche, die ich je getrunken habe."

Er lächelt stolz. „Gut."

Ich traue mich nicht zu fragen, wie viel er kostet.

„Hast du etwas auf der Speisekarte für das Abendessen gefunden?", fragt er wieder. Ich habe ihm vorhin nicht geantwortet, als die Kellnerin uns mit der Weinbestellung unterbrochen hat.

„Es sieht alles hervorragend aus."

„Wie wäre es, wenn ich ein paar Gerichte bestelle, die wir uns teilen können?" schlägt Aurielo vor.

Das klingt überzeugend, aber es scheint eine Menge Essen zu sein. „Bist du sicher, dass wir so viel Essen benötigen? Du hast doch schon eine Menge Vorspeisen bestellt!" Wir haben noch Reste für eine Woche, selbst wenn wir alle in der Villa versorgen.

„Die Portionen hier sind ziemlich klein. Lecker,

aber du wirst froh sein, dass wir so viele Gerichte zum Probieren bestellt haben."

Ich widerspreche nicht. Aurielo scheint zu wissen, wovon er spricht. Er war schon einmal hier.

Als die Kellnerin wieder auftaucht, bestellt Aurielo für uns beide und wählt vier Gerichte aus der Speisekarte aus. Das erscheint mir ein wenig übertrieben, vor allem, weil wir schon die Vorspeisen bestellt haben, aber ich bin am verhungern.

Ich nippe an meinem Wein und genieße den süßen Geschmack auf meiner Zunge. Er ist säuerlich, aber nicht bitter und hinterlässt keinen trockenen Nachgeschmack. Es ist ein guter Wein. Ich bin an die Fünf-Dollar-Flaschen aus dem Supermarkt gewöhnt. Dieser Wein war nicht aus dem Billigregal.

„Er ist gut, nicht wahr?", sagt Aurielo.

„Du kennst alle Weine." Ich zolle ihm Anerkennung, wenn er sie verdient. „Trinken du und die Jungs viel?"

Aurielo gluckst. „Ja, aber normalerweise keinen Wein. Den hebe ich mir für besondere Anlässe auf."

Mein Mund ist trocken. Ich greife nach dem Wein und nehme noch einen Schluck. „Das ist ein besonderer Anlass?" Ich quieke.

Aurielo greift nach der Flasche und füllt mein Glas, ohne auf die Rückkehr der Kellnerin zu warten. Sie ist beschäftigt, und er scheint darauf bedacht zu sein, dass ich weiter trinke. Vielleicht will er sichergehen, dass wir beide eine gute Zeit haben und entspannt sind.

Ich weiß nicht, wie wir heute Abend nach Hause fahren werden. Aber er ist noch bei seinem ersten Glas und ich nicht.

„Ich werde unser erstes richtiges Date als einen besonderen Anlass betrachten", sagt Aurielo. „Komisch, dass wir alles rückwärts machen."

Er hat nicht Unrecht. Ich lächle über seine Bemerkung. „Ja, so habe ich mir mein Leben nicht vorgestellt." Ich meine das nicht böse. Es ist nur alles eine Überraschung. Es fühlt sich immer noch unwirklich an, aber ich habe mich an das gewöhnt, was wir haben.

Eine Frau mit zehn Zentimeter hohen Stilettos nähert sich unserem Tisch. Sie ist platinblond. Offensichtlich gefärbt. Ihr Make-up ist ein bisschen übertrieben, ihr Kleid ist zwei Nummern zu eng und sie ist schwanger. „Aurielo?"

Verdammt!

Kennen die beiden sich?

Das Lächeln verschwindet aus seinem Gesicht.

„Etta, was machst du denn hier?" Er wirft einen Blick auf ihren Bauch, der ihm praktisch ins Gesicht schaut, da er immer noch sitzt.

„Ich esse mit meinem Vater zu Abend." Sie deutet mit ihren perfekt manikürten Fingernägeln quer durch das Restaurant auf Dorian Bianchi.

Mein Magen knurrt.

Der Appetit, den ich auf das Abendessen hatte, ist verflogen. Das ist Etta Bianchi, die Tochter des Dons.

War da nicht etwas zwischen Etta und Aurielo?

Seine Körpersprache ist starr und steif. Sie sitzt praktisch auf seinem Schoß und fährt mit den Fingern durch sein Haar. „Falls du dich wunderst", sagt Etta und sieht mich an. „Das Baby ist von ihm."

Ich habe mich nicht gewundert. Es ist mir nicht einmal in den Sinn gekommen.

Jetzt kann ich nicht anders, als mich krank fühlen.

Die Galle steigt mir in die Kehle. Ich greife nach meinem Weinglas und trinke die Flüssigkeit aus. Ich hätte nach meinem Wasserglas greifen sollen, aber ich brauchte etwas, um den wachsenden Schmerz in meiner Brust zu betäuben.

„Ich bin nicht der einzige Mann, mit dem du

geschlafen hast", sagt Aurielo. „Zeig mir einen Vaterschaftstest."

Etta schmollt und dreht das Drama und die Tränen auf. Ihre Augen glänzen vor Tränen. Das Mädchen hätte eine Schauspielerin sein können, obwohl sie keine gute ist. Sie ist einfach übermäßig dramatisch. Sie ist die Art von Freundin, vor der man bei der ersten Gelegenheit wegläuft.

„Siehst du, womit ich zu kämpfen habe?", sagt Etta und blickt mich an. „Er wird sich mit dir und deinem Sohn langweilen, so wie er es mit mir getan hat. Erwarte nicht, dass er ein richtiger Vater ist." Sie fährt ihm wieder mit den Fingern durch die Haare.

Aurielo packt sie am Handgelenk und hindert sie daran, ihn weiter zu berühren. „Das reicht jetzt", knurrt er.

Ich kann diese Frau nicht mehr ertragen. Ich stehe auf.

Aurielos Augen weiten sich. Er muss denken, dass ich gehe.

Das Grinsen auf Ettas Gesicht wird breiter, weil sie glaubt, dass sie gewonnen hat.

Aber da liegt sie völlig falsch.

„Ich bin seine Frau", sage ich stolz, bevor ich den Abstand schließe, mich hinunterbeuge und meinen Mund mit aller Kraft auf Aurielos Lippen drücke.

Etta macht einen Schritt zurück und räuspert sich. Vielleicht wartet sie darauf, dass der Kuss endet und er etwas sagt.

Ich höre nicht auf, Aurielo zu küssen, und er erwidert den Kuss begierig.

Er zieht mich auf seinen Schoß.

Ich schlinge meine Arme um seinen Hals und vertiefe den Kuss, wenn das überhaupt möglich ist. Die Welt um uns herum verschwindet, obwohl ich in meinem Hinterkopf weiß, dass Etta da ist und uns beobachtet. Aber das ist mir egal. Lass sie zusehen. Lass sie reden.

Als ich auf Aurielos Schoß sitze, spüre ich, wie sein Körper reagiert und wach wird.

Ein Grinsen breitet sich auf meinen Lippen aus. Keuchend ziehe ich mich etwas zurück, um zu Atem zu kommen. Mein Herz klopft gegen meinen Brustkorb.

Aurielos Augen sind auf mich gerichtet, auf mich allein.

39

AURIELO

DIESER KUSS. Verdammt. Da flogen die Funken.

Ich hatte keine Ahnung, dass Karina eine eifersüchtige Ader hat.

Ich bin stolz auf Karina, dass sie sich gegen Etta durchgesetzt hat. Nicht viele Frauen würden das tun, vor allem nicht gegen die Familie des Dons. Etta ist praktisch eine Mafiaprinzessin. Sie ist ein verwöhntes reiches Kind, das sich nie geändert hat. Sie ist nur älter geworden.

Eines Tages wird Etta das Imperium ihrer Familie leiten. Sie ist die Erbin des Bianchi-Vermögens. Und die Zusammenführung unserer Familien würde den Krieg beenden.

Aber ich habe Etta nie geliebt. Und ihr wandernder Blick hat nur dafür gesorgt, dass ich nach ihr an zweiter, wenn nicht gar dritter Stelle stehen würde.

Ich bin niemals der Zweite.

Mit Karina ist eine andere Spannung zwischen uns. Sie ist heißer, wilder. Karina hat eine Härte, die sexy ist, aber auch eine Unschuld, die meinen Schwanz hart werden lässt, sobald ich sie ansehe.

Etta hat sich mit hängendem Kopf zurückgezogen, sie ist es nicht gewohnt, zurückgewiesen zu werden.

Karina muss sich nie Sorgen machen, dass ich sie zurückweise, sie betrüge oder auch nur eine andere Frau ansehen werde. Das Feuer, das hell brennt, ist nur für sie da.

Der Kuss hat mir klargemacht, was mir gefehlt hat: Leidenschaft und Verlangen. Es gab nie etwas anderes als hinreißenden Sex mit Etta.

Auch wenn Karina und ich uns noch nicht füreinander geöffnet haben, glaube ich, dass wir es noch können. Es gibt Hoffnung für unsere gemeinsame Zukunft, und das nicht nur, weil wir verheiratet sind.

Ihre Finger streichen durch mein Haar und benebeln meinen Kopf, als unsere Lippen wieder miteinander verschmelzen - diesmal ist der Kuss nicht von Eifersucht oder Wut ihrerseits getrieben. Etta ist durch das Restaurant verschwunden.

„Es tut mir wirklich leid, Aurielo", flüstert Karina. Sie lehnt ihre Stirn an meine. Mein Herz klopft wie wild in meiner Brust. Die Art und Weise, wie sie mich ansieht und meinen Namen sagt, lässt meinen Magen einen Salto machen.

Ich war noch nie verliebt, aber wenn sich die ersten Schmetterlinge so anfühlen, habe ich große Angst davor, was es bedeutet, sich Hals über Kopf zu verlieben.

„Wozu?", frage ich und ziehe mich ein wenig zurück. Mein Magen macht einen Salto. Sie wird doch nicht vorschlagen, mit Ashton zu gehen, oder? Ich kann den Gedanken nicht ertragen, von meiner Familie getrennt zu sein.

Ihre Finger fahren über meinen Nacken. Ihre Berührung ist weich und sanft, beruhigend, während sie meine Haut streichelt. „Ich war verängstigt. Ich hatte Angst, nachdem der Mann eine Waffe auf dich und auf mich gerichtet hatte", flüstert sie. „Ich dachte, mit Ashton wegzulaufen wäre die richtige Entscheidung, aber er ist dein Sohn."

„Hältst du mich immer noch für ein Monster?"

Ich habe Angst vor der Antwort, die sie mir geben wird, aber ich frage sie trotzdem.

„Du tust Dinge, mit denen ich nicht einverstanden bin", sagt Karina. Sie macht keinen Hehl daraus, dass sie enttäuscht ist, von dem, was ich tue. Es ist ein Teil von mir, und sie muss wissen, dass ich ihr oder unserem Sohn nie wehtun würde. „Aber deine Liebe zu Ashton ist echt. Ich vertraue darauf, dass du nicht zulässt, dass er ein Schurke wird, wenn er erwachsen ist."

Ein Lächeln zerrt an meinen Mundwinkeln. „Ist es das, was du von mir denkst? Dass ich ein Schurke bin?" Ich habe Männer ermordet, aber nicht aus Lust.

Aus der Not heraus.

Die Kellnerin bringt unser Essen an den Tisch und Karina klettert von meinem Schoß und setzt sich wieder auf ihren Stuhl, der mir gegenübersteht. Ich vermisse ihre Wärme jetzt schon, das Gefühl ihrer Finger auf meiner Kopfhaut und in meinem Haar. Meine Lippen kribbeln noch immer von dem Kuss, den wir vor ein paar Minuten gegeben haben.

„Alles sieht gut aus", flüstert Karina und greift nach ihrer Stoffserviette, die sie auf ihren Schoß legt.

Ich habe Appetit auf den Nachtisch, aber der

muss warten, bis wir zu Hause sind. Je früher, desto besser.

———————

Nachdem wir mit dem Essen fertig sind, dauert die Fahrt zurück zum Haus ewig. Meine Hand liegt in ihrer und hält sie fest, unsere Finger verschränken sich, während ich meine andere Hand auf dem Lenkrad halte.

Meine Aufmerksamkeit richtet sich hauptsächlich auf die Straße.

„Ich hatte heute Abend viel Spaß. Danke, dass du mit mir ausgegangen bist", flüstert Karina. Ihre Stimme ist sanft und zerbrechlich. Sie starrt mich an.

Ich werfe einen kurzen Blick und ein Lächeln in ihre Richtung, dann richte meine Aufmerksamkeit aber wieder auf die Straße. Es ist dunkel und spät. Es sind noch ein paar Autofahrer unterwegs, und ich habe reichlich Wein getrunken, um zu wissen, dass es mir schwerfallen wird, in meiner Spur zu bleiben.

Es ist schon schwer genug, meine Aufmerksamkeit auf die Straße zu richten und nicht auf die kleine sexy Füchsin neben mir. Mein Schwanz zuckt in meiner Hose.

Obwohl ich Karina verzweifelt begehre, weiß ich nicht, was passieren wird, wenn wir im Haus ankommen werden.

Wird sie kalt und distanziert sein? Sie hat mich noch nicht über Etta und ihre Schwangerschaft ausgefragt. Das wird sie zwangsläufig tun, und ich habe keinen Grund, sie anzulügen.

„Es war ein netter Abend, trotz des ganzen unnötigen Dramas", sage ich und schaue sie kurz an.

„Deine Ex-Freundin ist etwas anderes." Karina seufzt und löst ihre Hand von meiner. „Stimmt es, dass das Baby, mit dem sie schwanger ist, von dir sein könnte?"

„Meines oder von einem halben Dutzend anderer Typen, mit denen sie geschlafen hat", sage ich. „Ich bin nicht der Einzige, der in ihr Bett geklettert ist."

„Du weißt nicht zweifelsfrei, dass sie mit anderen Männern geschlafen hat."

Ich weiß es. Etta hatte einen anderen Mann bei sich in der Dusche, als ich unangemeldet vorbeikam. „Sie hat mindestens einen Mann in der Dusche gefickt, als ich auftauchte. Und wenn man bedenkt, wie lang es her ist und wie weit sie schon ist, könnte es genauso gut sein Baby sein."

Karina presst ihre Lippen aufeinander. „Wirst du auf einen Vaterschaftstest bestehen?"

„Wenn es mein Kind ist, würde ich gerne an seinem Leben teilhaben. Aber wenn ich für den Rest meines Lebens an Etta gebunden bin, ist das eine Menge", sage ich.

Karina stößt einen schweren Seufzer aus. „Wann hattest du vor, mir davon zu erzählen? Ich sollte bei der Entscheidung dabei sein."

„Warum?"

„Ich bin deine Frau! Das ist nichts, was du vor mir verheimlichen solltest. Wenn es ein zweites Kind geben wird, sollte ich davon wissen."

Ich werfe einen Blick auf Karina.

Sie beißt sich auf die Unterlippe und zerrt sie zwischen die Zähne. Ihre Atmung wird lauter und unruhiger.

„Was ist los?"

„Dorian hat meinen Sohn und mich bedroht, ich bin mir nicht sicher, ob das jemals vorbei sein wird. Vor allem, wenn Etta dein Kind austrägt." Karina fährt sich mit einer Hand durch die Haare. Ihre Atmung beschleunigt sich wieder, jeder Atemzug wird lauter und ausgeprägter.

Hat sie eine Panikattacke oder schlimme Angstzustände? Ich habe noch nie erlebt, dass jemand hyperventiliert, nicht einmal in all meinen Verhören, aber Karina ringt nach Luft.

Ich lege eine Hand auf ihren Oberschenkel, halte an und schalte die Warnblinker ein.

„Atme einfach", ermuntere ich sie, langsamer zu atmen und sich zu beruhigen. Meine Hände ruhen auf ihren Oberschenkeln und reiben sanft hin und her, um ihr zu helfen, sich zu beruhigen.

Schließlich kehrt ihre Atmung zu einem viel normaleren Rhythmus zurück.

„Ich verstehe, dass du Angst hast", sage ich. Ich will nicht verharmlosen, was sie durchmacht. „Aber ich schwöre bei meinem Leben, dass ich alles tun werde, um dich und unseren Sohn zu schützen.

Einige Sekunden lang herrscht Schweigen im Fahrzeug. Ich richte meine Aufmerksamkeit wieder auf die Straße und fahre in den Verkehr.

Ihr Atem wird ruhiger, friedlicher. „Ich weiß, dass du es tun wirst. Ich vertraue dir", flüstert sie.

Vor ein paar Tagen hätte ich nicht gewusst, ob sie es ernst meint, aber jetzt weiß ich es. Ich vertraue ihr auch.

Karinas Stimme ist sanft und ruhig. „Was werden wir mit ihm machen?"

„Wer?", frage ich.

„Dorian. Der Mann, der das Leben deines

Sohnes bedroht hat. Du kannst nicht einfach warten, bis er hinter uns her ist."

Sie hat recht. Mehr als ich zugeben möchte. „Bist du einverstanden mit dem, was das bedeutet?" frage ich und schaue sie aus dem Augenwinkel an.

„Ich bin nicht glücklich darüber, aber ich will nicht, dass er hinter Ashton her ist", sagt Karina. Sie presst die Lippen zusammen und legt die Stirn in Falten.

„Was?", frage ich.

„Wird Etta hinter uns her sein, wenn wir einen Anschlag auf ihre Familie anordnen? Du hast gesagt, er ist wie ein Vater für sie."

Ja, das passiert unweigerlich, wenn wir nicht ihre gesamte Organisation ausschalten. „Mach dir keine Sorgen um Etta."

„Wie kann ich mir keine Sorgen um sie machen?" Ihre Stimme hebt sich um eine Oktave.

„Sie wird alles erben. Sie wird uns zwar hassen, weil wir ihn getötet haben, aber ich kenne Etta gut genug, um zu wissen, dass sie froh sein wird, dass er tot ist."

„Warum?"

„Sie ist bereit, das Geschäft zu übernehmen. Etta ist nicht rücksichtslos genug, um ihr eigenes Fleisch und Blut zu töten." Ich hoffe, ich habe recht und sie rächt sich nicht an uns, weil wir ihn ermordet haben.

Er ist kein unschuldiger Mann, Don Bianchi.

Etta wollte weder mich noch sonst jemanden heiraten. Dorian hatte darauf bestanden, dass wir uns zusammentun und die ganze Stadt als eine Fraktion beherrschen.

Ich vermutete, dass er Etta nicht zutraute, die Aufgabe allein zu bewältigen, und dass er sich, solange er noch lebt, im Reichtum und Ruhm sonnen will, den er durch die Zusammenlegung unserer Unternehmen erlangen könnte.

Aber Don Rinaldi traut Don Bianchi nicht, und ich auch nicht.

Allianzen werden verraten. Das passiert jeden Tag. Wir sind vorsichtig, wen wir in unsere Welt lassen. Verräter können verschiedene Formen und Größen annehmen.

„Ich hoffe, du hast recht", sagt Karina mit leiser und zaghafter Stimme. Sie räuspert sich, ihr Ton wird klarer und lauter. „Ich werde meinen Sohn nicht ohne Vater zurücklassen."

40

KARINA

„UND WENN ETTA der neue Don ist, was bedeutet das für das Kind, das sie in sich trägt? Wenn es deines ist?", frage ich.

Er hat mir bereits gesagt, dass er ein Teil des Lebens seines Sohnes oder seiner Tochter sein möchte, aber ich kann mir nicht vorstellen, wie das möglich sein soll, vor allem, wenn die Rinaldis Don Bianchi töten.

Aurielo parkt vor dem Haus und stellt den Motor ab. Er steigt nicht aus dem Auto aus. Er dreht sich zu mir um.

„Ich werde das Kind wahrscheinlich nie sehen", sagt er. „Es sei denn, es kommt zu einem langwierigen Gerichtsprozess, und selbst dann wird sie versuchen, meinen Ruf zu zerstören. Ich bin sicher, sie wird um das alleinige Sorgerecht kämpfen."

„Und das setzt voraus, dass sie den Richter nicht gekauft hat", sage ich.

„Ja, auch das ist möglich", murmelt Aurielo leise. Er öffnet die Autotür, und ich tue dasselbe.

Einen Moment später ist er an meiner Seite und bietet mir seinen Arm an, um mich zurück ins Haus zu begleiten.

Aber dieses Mal fühle ich mich nicht gefangen. Ich fühle mich sicher zu Hause.

Seine Hand legt sich auf meinen Rücken, als wir durch die Haupttür gehen. „Willst du etwas zu trinken? Einen Snack?" fragt Aurielo.

Ich schlüpfe aus meinen Schuhen und stelle sie neben der Tür ab.

„Ich kann keinen Bissen mehr essen." Es war für mich erstaunlich, wie viel Essen er bestellt hatte und dass wir es geschafft haben, alles zu essen. Aurielo hatte recht. Die Portionen waren winzig. Ich werfe einen Blick auf die Treppe. „Ich will nach Ashton sehen, ich bringe ihn ins Bett."

„In Ordnung", sagt er.

Ich gehe leise die Treppe hinauf. Es ist kurz vor Mitternacht und ich weiß nicht, wie viele Leute noch wach sind, aber ich will nicht die Ursache dafür sein. Ich bin leise, als ich mich der Schlafzimmertür nähere. Giovan ist vor der Tür postiert.

Hält er Ivy davon ab zugehen, oder bewacht er Ashton?

Ich schleiche mich in ihr Schlafzimmer und gebe Ashton einen Gutenachtkuss.

Ivy rührt und wälzt sich auf dem Kinderbett. Das Metall knarrt, als sie sich bewegt. „Du bist zu Hause", sagt sie. Ihre Augen öffnen sich träge, aber sie sieht immer noch müde aus. „Wie war dein Date?"

„Wir können morgen weiter darüber reden." Ich habe den Tag frei und möchte sie nicht aufhalten oder Ashton wecken. Ich beuge mich herunter und küsse ihre Wange. „Danke, dass du auf Ash aufgepasst hast."

„Kein Problem", sagt sie mit einem gedämpften Gähnen. „Wo soll ich denn sonst hin?"

Ich lache leise vor mich hin. „Schlafe einfach weiter." Ich schleiche mich aus dem Schlafzimmer und gehe den Flur entlang.

Aurielo steht schon unter der Dusche. Seine Kleidung liegt verstreut auf dem Boden. Kann er nicht selbst aufräumen?

Ich räume nicht hinter ihm her. Ich schaue von der Kommode zum Bad.

Oh, verdammt. Der heutige Abend ist wirklich gut gelaufen.

Ich will nicht, dass es vorbei ist.

Ich schleiche mich ins Bad. Die Dusche läuft, und der Vorhang ist geschlossen.

„Karina?", fragt Aurielo.

„Ich schätze, ich bin nicht gut im Reinschleichen", gestehe ich, während ich mein Kleid ausziehe . Ich hatte keinen Slip an, aber er hatte keine Gelegenheit, dieses kleine Geheimnis zu entdecken. Vielleicht beim nächsten Mal.

Es wird ein nächstes Mal geben. Oder etwa nicht?

Ich muss mir sicher sein, vor allem, wenn die Möglichkeit besteht, dass Etta sein Kind austrägt. Ich will nicht, dass ihm der Gedanke durch den Kopf geht, er hätte sie heiraten sollen, und mit ihr zusammen sein.

Er gehört mir und ich möchte, dass er weiß, dass ich es zu schätzen weiß, was er heute Abend getan hat.

Ich ziehe meine Unterlippe zwischen die Zähne. Allein der Gedanke an den Kuss im Restaurant macht mich kribbelig. Sein Kuss war leidenschaftlicher als jeder andere Kuss, den wir bisher geteilt haben. Er hatte etwas Rohes und

Ursprüngliches, das ich noch nie zuvor gespürt hatte.

Ich will mehr.

Ich ziehe den Vorhang zurück und steige in die Dusche.

Aurielo zieht den Vorhang hinter mir zu. Er packt mich an der Taille und zieht mich mit sich unter die Dusche, wo seine Lippen auf meine prallen.

Ich bin hungrig nach ihm. Das Verlangen steigt in mir auf. Ich kann mir nicht erklären, wie ich ihn fürchten, hassen und ficken kann, und das alles innerhalb einer kurzen Zeitspanne.

Er macht mich verrückt.

„Verdammt, bist du feucht", murmelt er gegen meine Lippen und seine Finger gleiten zwischen meinen Falten hinunter.

„Ist das nicht der Punkt?" Ich schimpfe. Wir sind in der Dusche. Oder hat er es schon vergessen?

Mein Verstand ist wie benebelt. Seine Finger streicheln mich, reizen meine Lippen und machen mich bereit, um mehr zu betteln. Ich will nicht, dass es langsam und langwierig wird. Das brauche ich heute Abend nicht. Mein Bedürfnis wiegt schwerer als alles andere.

Ich brauche ihn.

Er muss meine Dringlichkeit spüren, denn ich stöhne bei seiner rauen Berührung. Mein Inneres pocht und pulsiert, und er hat mich noch nicht einmal gefickt.

Aurielo hebt mich in seine Arme und meine Beine schlingen sich um seine Hüften, während er in mich eindringt. Er ist rau und hart. Das ist genau das, was ich heute Abend brauche.

Ich keuche auf, als er mich ausfüllt.

Meine Augen fallen zu. Mein Rücken ist gegen die kalten Kacheln der Duschwand gepresst, und ich zittere. Aber das ist mir egal. Alles, was ich spüre, ist die Wärme, die durch meinen Körper fließt, die Hitze, die sich in mir aufbaut und brennt und darum bettelt, auszubrechen.

Sein Mund erobert meinen Nacken und markiert mich, während er an meiner Haut saugt.

Ich versuche nicht, mein Stöhnen zu unterdrücken. Bei jedem Stoß schmerzt mein Inneres auf die wahnsinnigste Art und Weise. Der Dampf aus der Dusche heizt das Badezimmer auf, während Aurielo in mich stößt.

Unsere Körper sind glitschig von Schweiß und Wasser der Dusche.

Ich ziehe ihn enger an mich, fester, näher, ich will eins mit ihm sein.

Ich kralle meine Fingernägel in seinen Rücken und ziehe ihn tiefer in mich hinein.

Er grunzt zufrieden, küsst und saugt an meiner Haut. „Komm für mich, *Micetta*", flüstert er mir ins Ohr.

Aurielo knabbert an meinem Ohrläppchen, und ich ziehe mich an ihm fest und spüre das erste leichte Zittern. Seine Worte locken mich näher zu ihm.

Seine Lippen bewegen sich an meinem Mund, bedecken ihn und lassen mein Stöhnen verstummen, während ich dem Vergessen immer näher komme. Mein Inneres pocht und schmerzt, das pulsierende Gefühl ist überwältigend, während sich meine Zehen krümmen und ich mich fester an Aurielo klammere.

Ich zittere in seiner Umarmung und drücke mich an ihn, während er weiter stößt, grunzt und sich mit mir fallen lässt.

Mein Herz klopft wild gegen meinen Brustkorb.

Seine Stirn lehnt an meiner, zusammen, keuchend, nach Luft schnappend. Meine Beine fühlen sich wie Gummi an, als ich mich hinstelle.

Er hält mich für ein paar Sekunden fest und streicht mir eine Haarsträhne hinters Ohr. „Atme", flüstert er und fixiert mich mit seinem Blick.

Ich versuche, das zu tun, aber das Badezimmer ist stickig.

Er hält mich an die Duschwand gepresst, sodass mein Rücken die leichte Kühle der Kacheln genießt. Er schaltet die Dusche ab und nimmt mich in seine Arme.

„Was machst du da?" Ich lache.

„Ich trage dich ins Bett."

Ich grinse und lege meine Arme um seinen Hals. „Ich hätte dich nie für den romantischen Typ gehalten."

„Sag es niemandem, sonst muss ich es leugnen."

41

AURIELO

ICH SOLLTE in dem Team sein, das Dorian Bianchi ausschaltet, aber das ist die Aufgabe eines Soldaten, nicht eines Vernehmers. Wenn sie einen der Männer lebend zurückbringen, werde ich meine Chance haben, sie zu verhören, aber das ist nicht der Plan.

Sie werden Dorian auf Alessandros Befehl hin hinrichten.

Es war nicht schwer, Alessandro zu überzeugen, gegen die Bianchis in den Krieg zu ziehen. Wir kämpfen schon sehr lange gegen sie, soweit ich mich erinnern kann. Soldaten zum Angriff zu schicken, ist kein leichtes Spiel. Man muss planen, sich einschleusen und es schaffen zu entkommen.

Es ist das erste Mal, dass ich dankbar und zugleich traurig bin, kein Soldat zu sein. Ich möchte mit ein Teil der Mannschaft sein, die ihn ausschaltet. Aber ich möchte auch lieber dableiben, um meine Familie zu beschützen. Jemand muss auf dem Gelände bleiben, obwohl ich nicht im Haus bin, Karina ist bei mir, wir holen Ashton von der Schule ab.

Meine Hand umklammert ihre, als wir vom Auto zum vorderen Eingang des Schulgebäudes gehen. Die Schule muss jeden Moment die Türen öffnen.

Der Angriff auf das Bianchi-Gelände findet zur gleichen Zeit statt, obwohl die Männer den Befehl haben, Etta nichts anzutun, gibt es Kriegsopfer. Ich warte auf ihren Anruf, um die Neuigkeiten zu erfahren.

„Ich kann nicht glauben, dass ich seit Ewigkeiten mal wieder einen freien Tag hatte und ihn in der Villa verbracht habe", sagt Karina.

Ich ziehe eine Augenbraue hoch und schaue sie an. „Wir haben den Tag nicht vergeudet", sage ich. Wir haben den frühen Nachmittag mit Ivy verbracht und ihr geholfen, in ihr neues Schlafzimmer am Ende des Flurs zu ziehen. Alessandro hat zugestimmt, ihr ein eigenes Zimmer zu geben, und wenn Dorian tot ist, darf sie das Gelände mit einem Leibwächter verlassen.

Wenn sie nicht Karinas eineiiger Zwilling wäre,

könnten wir sie vielleicht allein leben lassen, aber so wie Karina auszusehen und ihre Schwester zu sein, bringt beide Mädchen in Gefahr.

Selbst wenn die Soldaten Dorian töten, haben wir uns zu viele Feinde gemacht.

„Ich bin sicher, dass Ivy froh ist, dass sie nicht mehr mit ihrem Neffen ein Zimmer teilen muss", sagt Karina.

„Das will ich hoffen. Ich musste ziemlich viele Fäden ziehen, um Alessandro davon zu überzeugen, ein weiteres Schlafzimmer abzugeben."

Karina schnaubt. „Das Herrenhaus hat tausend Zimmer. Kann er nicht noch eins entbehren?"

„Tausend?" Ich werfe ihr einen Blick zu. Sie übertreibt.

„Okay, hundert."

Sie ist süß, und wenn sie nicht so böse grinsen würde, könnte ich sie daran erinnern, dass Alessandro immer gut zu mir war und mich beschützt hat. Aber sie hat so eine Art, dass ich nicht mehr klar denken kann. Ich möchte sie küssen und mich an sie lehnen, aber die Schulglocke läutet und die Türen öffnen sich.

Wir melden Ashton ab und gehen zum Auto.

„Daddy", sagt Ashton und schaut mich über seine Schulter an. „Kann ich bei Ryan übernachten?

Er hat mich eingeladen, diesen Freitag bei ihm zu schlafen."

Habe ich ihn richtig verstanden?

Daddy?

Ich erstarre, und Karina drückt meine Hand. „Wir haben Ryans Eltern noch nicht kennengelernt", sagt sie und mildert die Frage ab. Sie muss dieselben Ängste haben, wie ich. Wer sind Ryans Eltern? Was, wenn sie zur Familie Bianchi gehören?

„Du kannst sie kennenlernen, wenn du mich abgesetzt hast. Bitte", jammert Ashton.

Wir nähern uns dem Auto und ich öffne die Hintertür, um Ashton auf den Rücksitz zu lassen. „Wie wäre es, wenn wir zu Hause weiter darüber reden?" Ich werde ihn auf keinen Fall bei einem Fremden übernachten lassen, aber vielleicht können wir seinen Freund zu uns einladen?

Da er mich Daddy genannt hat, kann ich nicht nein sagen. Weiß er das auch?

Wie stehen die Chancen, dass Alessandro einer solchen Bitte zustimmt?

Keine.

Alessandro hat keine Kinder. Er hat keine feste Freundin. Er bringt nur beliebige Frauen mit nach Hause ins Bett. Sie bleiben nie über Nacht. Sie werden auch nicht eingeladen, wiederzukommen.

Er ist der typische Playboy, der kein Interesse an Kindern hat.

Wie viele Kinder hat er schon gezeugt, von denen er nicht weiß, dass es sie gibt?

Er war unser Vorbild, der Alpha des Rudels.

Das war so, bis ich Karina zum zweiten Mal traf. Nachdem ich entdeckt hatte, was mir gefehlt hatte, wollte ich nie wieder in dieses Leben zurückkehren. Die Leere und Einsamkeit verzehrten mich.

———

Als wir zum Haus zurückkehren, gehen wir nach draußen in den Garten. Es ist ein schöner Tag. Ich möchte, dass Ashton die Wärme und das Sonnenlicht der letzten Tage des Herbstes genießt, bevor der Winter zuschlägt.

Ich gebe ihm einen Handschuh, der über seine kleine Hand passt, und wir werfen uns einen Ball zu. Das ist ein guter Energieschub.

Das Walkie-Talkie, das an meinem Gürtel befestigt ist, war stumm. Weder Alessandro auf dem Gelände noch die Wachen am Tor haben sich gemeldet.

Meine Aufmerksamkeit ist auf Ashton gerichtet.

Ich möchte, dass er sich an diesen Moment erinnert, als sein Vater mit ihm Ball gespielt hat.

Außerhalb des Geländes sind Wachen postiert und einige sind noch vor Ort, aber ich mache mir Sorgen, dass die Bianchis Vergeltung üben könnten.

Wir haben ihren stellvertretenden Befehlshaber getötet und gehen jetzt rein, um ihren Don auszuschalten. Wenn unsere Soldaten abgeschlachtet werden und es eine Falle ist, könnten Bianchis Soldaten jeden Moment die Festung einreißen und unser Haus zerstören.

Vielleicht hätte ich Ashton und Karina für den Tag aus der Stadt bringen sollen. Aber ich bin kein Mann, der davonläuft.

Ich ducke und verstecke mich nicht.

Ich warte.

Und die beste Art, das zu tun, ist, Zeit mit Ashton zu verbringen. Er ist die perfekte Ablenkung. Ein Moment, in dem ich mich mit dem Jungen, meinem Sohn, verbinden und das Grauen außerhalb des Geländes vergessen kann.

Das Knistern des Walkie-Talkies weckt meine Aufmerksamkeit. Ich lasse den Ball fallen, gerade als Ashton ihn auf meinen Handschuh wirft. Ich greife nach dem Gerät an meiner Gürtelschlaufe.

„Daddy!" Ashton versucht, meine Aufmerksamkeit zu bekommen.

Ich drehe den Ton lauter, um sicherzugehen, dass ich verstehe, was gesagt wird.

„Das Ziel ist neutralisiert."

Ich atme schwer aus.

„Wirf mir den Ball zu", jammert Ashton und stampft mit den Füßen auf den Rasen auf.

Der Junge hat ungefähr so viel Geduld wie ich - eine der vielen Eigenschaften, die er von seinem alten Herrn geerbt hat.

Ich stecke das Walkie-Talkie wieder an den Gürtelclip und nehme den Ball vom Boden auf. „Willst du den?", frage ich und zeige ihm den Ball. Er ist wie ein Tennisball, also sollte er keine Fensterscheiben zertrümmern, wenn Ashton ihn nicht fängt oder zu weit wirft.

„Ja", stöhnt er und steht mit einem breiten Schmollmund da. Der Junge wird ein Herzensbrecher sein, kein Zweifel. Ich hoffe nur, dass er nicht so wird wie Alessandro, der mit den Frauen herumzieht, ohne sich um sie zu kümmern.

Zum Glück lasse ich ihn nicht in die Nähe von Don Rinaldi, nicht dass der Chef Zeit mit meinem Kind verbringen will.

Ich werfe den Ball zurück zu Ashton, und er

wirft ihn mir zu. Das Spiel geht noch einige Minuten weiter und hilft mir, meine Gedanken zu beruhigen und die Anspannung zu lösen, die in mir pulsiert. Es ist schwer, sich nicht zu fragen, ob es außer unserem Ziel, Dorian Bianchi, noch andere Opfer gibt.

Die Sonne steht schon tief am Horizont und Karina schlingt ihre Arme um sich. Sie sieht unterkühlt aus. „Ein letzter Wurf", sage ich zu Ashton.

„Oh", sagt er und wirft mir einen schnellen Ball zu, den ich nur mit ausgestrecktem Arm fangen kann, bevor er an mir vorbei zur Tür fliegt.

Ich öffne die Terrassentür und begleite Karina und Ashton hinein.

Alessandro schlendert den Flur entlang und hält inne, als er uns aus dem Garten kommen sieht. „Aurielo, kann ich kurz mit dir reden?" Das ist keine Frage.

„Natürlich. Willst du ihn mit nach oben nehmen? Damit er sich für das Abendessen wäscht?" schlage ich vor und reiche Karina meinen Handschuh und den Ball, damit sie ihn mitnehmen kann.

Ich lächle als Dank und sie begleitet Ashton die Treppe hinauf.

Ich warte, um sicherzugehen, dass sie die

Anweisung befolgen, bevor ich Alessandro in sein Büro folge.

Gibt es ein Verhör, das ich heute Abend durchführen muss? Hat er mich deshalb gebeten, mit ihm zu sprechen?

Ich klopfe entschlossen an die offene Tür, bevor Alessandro mich in sein Büro bittet.

„Komm rein und setz dich."

Ich schließe die Tür und nehme mir den Stuhl gegenüber seinem Schreibtisch. „Was ist denn los?", frage ich.

Ich will nicht daran denken, dass einige unserer Soldaten es nicht nach Hause schaffen. Es gehört zum Job, sein Leben für die Familie aufs Spiel zu setzen.

Er atmet schwer aus. Es dauert einen Moment, bis er sprechen kann. Denkt er darüber nach, was er in Worte fassen will? Normalerweise ist er ziemlich direkt, ja sogar unverblümt.

„Wie du sicher im Radio gehört hast, ist Dorian tot."

Ich nicke und falte meine Hände vor mir auf dem Schreibtisch zusammen. „Ja, ich bin erleichtert zu wissen, dass meine Familie in Sicherheit ist." Karina und Ashton sind ein Teil dieser Familie, der Rinaldis.

Sein Blick flackert für einen kurzen Moment. „Leider gab es ein paar Opfer. Das ist in Kriegsangelegenheiten zu erwarten", sagt Alessandro.

Die Luft ist dick und schwer.

Mein Magen flattert. Ist es mein jüngerer Bruder, Giovan? Ist ihm während des Angriffs etwas zugestoßen? Mein Mund ist trocken, ausgedörrt. Ich kann nicht sprechen. Es ist zu schwer, die Worte laut zu formulieren.

„Ich weiß nicht, wie ich es dir sagen soll", sagt Alessandro. Sein Gesichtsausdruck ist voller Reue. „Etta ist tot."

Ich schlucke. Ein Kloß in meinem Hals hindert mich am Sprechen. Die Übelkeit, die mich durchströmt, hilft mir auch nicht, mich zu konzentrieren.

„Tot?", krächze ich. „Was ist mit dem Baby?"

Alessandro schüttelt den Kopf. „Das Baby hat auch nicht überlebt. Das tut mir leid. Ich weiß, dass du und Etta euch einst nahe gestanden habt, aber es musste getan werden. Alle Bande zwischen den Rinaldis und den Bianchis mussten gekappt werden."

Ich starre auf den Mahagonischreibtisch. Meine Finger streifen über die Holzlinien. Sie sind perfekt poliert, aber unter der Oberfläche sehen sie rau aus. Nicht alles ist so, wie es scheint.

„Du hast den Anschlag auf sie angeordnet?" Ich muss die Wahrheit wissen. Ich blicke zu ihm auf und schaue ihn genau an.

„Das habe ich", sagt Alessandro. Er zeigt kein Bedauern, keinen Kummer. Er akzeptiert nur, dass er den Krieg gewonnen hat.

Meine Sicht verschwimmt, und ich atme ruhig und gleichmäßig, um mich zu konzentrieren. Ich öffne meinen Mund, aber Alessandro spricht, bevor ich etwas sagen kann.

„Überlege dir deine Worte gut, Aurielo. Du hast hier eine Familie, eine Frau und einen Sohn, die unter unserem Schutz stehen, und einen Job, der gut bezahlt wird. Etta war eine Ablenkung, die sich in unser Haus und unser Leben geschlichen hätte. Das konnte ich nicht zulassen."

„Sie hätte mein Kind austragen können", wettere ich.

Alessandro zuckt nur mit den Schultern. „Das ist eine Möglichkeit, die ich in Betracht gezogen habe, aber was hättest du getan? Das Sorgerecht mit ihr geteilt? Sie hätte das gesamte Bianchi-Imperium geleitet und hätte das zerstört, was du mit der Frau da oben hast." Er hält seinen Finger hoch, um mich zum Schweigen zu bringen. „Du hast Karina vielleicht nicht aus Liebe geheiratet, aber ich sehe, wie du den Jungen ansiehst, als wäre er dein eigen Fleisch und Blut. Verliere nicht den Blick für das große Ganze."

„Und das wäre?" schimpfe ich. Mein Herz klopft wie wild gegen meine Brust. Der Raum ist stickig und mein Magen hört nicht auf, sich zu überschlagen.

Etta ist tot und das soll eine gute Sache sein?

Ich verstehe seine Position als Don und seine Beweggründe für sein Handeln, aber ich hätte vor und nicht nach ihrem Tod gefragt werden sollen.

„Deine Familie braucht dich, Aurielo. Die Rinaldis brauchen dich."

Mehr gibt es nicht zu sagen. Zumindest nicht heute. Ich verstehe das Spiel. Alessandro hat den Feind und den nächsten Anwärter auf den Thron ausgeschaltet. Das war aus mehreren Gründen eine strategische Entscheidung. Er brauchte mich nicht zu konsultieren. Er hätte es mir nicht einmal selbst sagen müssen, aber er hat es getan.

Vielleicht sollte ich ihm für seine Ehrlichkeit dankbar sein.

„Bin ich entlassen?", frage ich.

Es gibt nichts mehr zu sagen.

Alessandro nickt und deutet mir, zu gehen.

Ich verlasse sein Büro und lasse die Tür offen, bevor ich mich auf den Weg nach oben mache. „Sie sind in Ivys Zimmer", sagt Francesco.

„Danke." Ich gehe den Flur entlang zu Ivys Zimmer und klopfe kurz an die Tür, bevor ich eintrete.

In dem Raum ist eine riesige Plane ausgebreitet und eine offene Dose mit Lavendel Farbe.

„Weiß Alessandro, was ihr da macht?" Ich kann mir nicht vorstellen, dass er ihnen die Erlaubnis gegeben hat, einen Raum in der Villa zu streichen, schon gar nicht lila!

„Entspann dich", sagt Ivy und kichert. „Er hat mir gesagt, dass ich mit dem Zimmer machen kann, was ich will."

„Und dazu gehört auch das Streichen?" Er hat Etta gerade hinrichten lassen. Obwohl ich bezweifle, dass er Ivy als Bedrohung ansieht, macht mich das trotzdem nervös.

„Der große furchterregende Wächter im Flur hat mir die Farbe gekauft. Ich bin mir also ziemlich sicher, dass es erlaubt ist", sagt Ivy. „Beruhige dich."

Karina schlendert durch den Raum und schlingt ihre Arme um meine Taille. „Glaubst du, wir können den großen, furchterregenden Don davon überzeugen, dass wir unser Zimmer rosa streichen dürfen?"

„Auf keinen Fall." Ich hoffe, sie macht Witze. Ich werde auf keinen Fall in einem rosa Schlafzimmer schlafen.

„Darf ich meins auch streichen?", scherzt Ashton.

Karina drückt mir einen Kuss auf die Wange, bevor sie ihren Sohn ansieht und sich aus meiner Umarmung befreit. Sie beugt sich auf die Augenhöhe unseres Sohnes hinunter. „Natürlich, Ash. Welche Farbe soll dein Zimmer haben?"

Ich stöhne auf.

Wie soll ich zu Ashton Nein sagen?

Hat Alessandro Ivy die Erlaubnis gegeben, ihr Zimmer lila zu streichen? Mein Magen schlägt Purzelbäume. Das klingt völlig unpassend. Verrückt. Wahnsinnig.

Warte mal.

Schlafen sie miteinander?

Nein, das kann nicht sein. Ich meine, wann? Ivy schläft schon seit Tagen in Ashtons Zimmer. Und außerdem sind Ivy und Karina eineiige Zwillinge. Ich ziehe eine Grimasse bei dem Gedanken. Ich schwöre dir, wenn er Ivy auch nur anrührt, bringe ich ihn persönlich um.

„Du und Alessandro seid nicht—" Ich kann den Satz nicht beenden. Allein bei dem Gedanken, dass die beiden etwas Intimes miteinander gemacht haben könnten, steigt mir die Galle hoch.

„Was?" Ivy wirft mir einen finsteren Blick zu, mit einem lila Pinsel in der Hand.

„Miteinander geschlafen?" Ich erschaudere über meine eigenen Worte.

Ivy rollt mit den Augen. „Nicht, dass es dich etwas angeht, aber nein, er ist nicht mein Typ."

Zu sagen, dass ich erleichtert bin, wäre eine Untertreibung. „Na gut." Ich frage sie nicht, was ihr Typ ist und ob sie mit einem der Wächter schläft. Ich will es auch gar nicht wissen. Aber zum ersten Mal, seit ich sie kenne, scheint sie glücklich zu sein.

Ashton schnappt sich eine Rolle und taucht sie in die Plastikschale auf der Leinwand. Er versucht nicht einmal, die Farbe abzuwischen, bevor er sie an die Wand klatscht, wo sie überall hin tropft und eine riesige Sauerei verursacht.

Ivy schnappt sich die Rolle von Ashton und beseitigt das Desaster, bevor die Farbe überall landet, nur nicht an der Wand. Sie wirft einen Blick über ihre Schulter zu mir. „Wenn ihr beide helfen wollt, könnt ihr euch vielleicht etwas anderes anziehen?"

Ich werfe einen Blick auf Karina und gebe ihr ein Zeichen, mir aus Ivys Zimmer zu folgen. Ich will auf jeden Fall ein paar Minuten mit ihr allein sein. Das ist die perfekte Ausrede, um ihr einen Moment ihrer Zeit zu stehlen.

42

KARINA

„WAS IST HIER LOS?", frage ich. Es ist leicht zu spüren, wenn etwas nicht stimmt.

Aurielo ist durch die Tür geplatzt. Ich dachte, er würde sie abreißen, als er in Ivys Schlafzimmer kam. Ich bezweifle, dass es um den Anstrich ging.

Er öffnet die Schlafzimmertür und ich trete als Erste ein. Er schließt sie hinter sich und beginnt, sich auszuziehen. Er geht zur Kommode, um etwas zum Anziehen zu finden, das Farbe abbekommen kann.

Mein Blick wandert über seinen Körper. Er war noch nie schüchtern, wenn es um sein Aussehen ging. Er ist heiß; es gibt keinen Grund für ihn, Selbstzweifel zu haben, sein Selbstbewusstsein ist genauso sexy wie er selbst.

„Alessandro hat mich in sein Büro gerufen."

Diesen kleinen Leckerbissen kannte ich schon. „Und?" Ich warte auf die pikanten Teile der Geschichte, wenn er bereit ist, sie mir mitzuteilen.

„Etta ist tot."

Sein Gesichtsausdruck ist leer. Das Lächeln von vor ein paar Minuten ist verschwunden.

„Es tut mir leid", sage ich und trete näher, um ihn in eine Umarmung zu ziehen. Ich mochte die Frau zwar nicht, aber die Tatsache, dass sie vielleicht sein Kind austrägt, kann nicht einfach für ihn gewesen sein.

Ich frage nicht nach den Details. Ich bin mir nicht sicher, ob er sie kennt oder nicht, aber das geht mich nichts an. Wenn Aurielo mir sagen will, was er weiß, wird er es tun, wenn er dazu bereit ist.

Er kuschelt sich an meinen Nacken und seine Arme legen sich um mich, um sich an meinen Körper zu schmiegen. Diese Umarmung spendet Wärme und Trost.

„Ich liebe dich", flüstere ich.

Ich möchte, dass er weiß, was ich fühle. Vielleicht ist es nicht der beste Zeitpunkt, ihm zu sagen, dass er ein Verlangen in mir geweckt hat, von dem ich nicht wusste, dass es existiert, aber eine Welt ohne ihn kann ich mir nicht vorstellen.

Seine Lippen erdrücken meine.

Meine Finger krallen sich in sein Haar und ich ziehen ihn fester an mich, während wir uns küssen.

Da ist ein wilder Hunger, eine Sehnsucht nach mehr, die nicht nur durch einen Kuss gestillt werden kann. Er zieht sich lange genug zurück, um die Schnalle seiner Hose zu öffnen.

„Meinst du, sie werden uns vermissen?", frage ich.

„Wer?" Er zieht verwirrt die Stirn in Falten.

„Meine Schwester und Ash", sage ich, bevor ich mich für eine weitere Kostprobe vorbeuge. Das Feuer ist angefacht und ich bin noch nicht bereit, loszulassen.

EPILOG

Karina

SCHEISS DRAUF. Wie kann ich zu spät kommen? Wir hatten nur eine Handvoll Mal Sex, und jedes Mal haben wir ein Kondom benutzt.

Bis auf das eine Mal in der Dusche.

Aber von diesem einen Mal kann ich nicht schwanger sein. Ich meine, es ist noch nicht so lange her. Sicherlich hätte ich Symptome gehabt. Ich würde es merken, wenn ich schwanger wäre. Oder etwa nicht?

Ich kann mich nicht daran erinnern, wann ich das letzte Mal meine Periode hatte, und einen Schwangerschaftstest zu kaufen ist nicht so einfach, wenn mir ständig ein Bodyguard über die Schulter schaut.

In der Familie Rinaldi gibt es keine Geheimnisse.

Ich musste Jocelyn anflehen, mir auf der Arbeit einen Test zu besorgen, und ich habe ihn in meiner Handtasche nach Hause geschmuggelt. Ich habe mir geschworen, dass ich den Test gleich morgen früh machen werde.

Das ist heute.

Als ich auf die doppelten Linien starre, dreht sich mir der Magen um.

Wenigstens bin ich dieses Mal verheiratet.

„Karina?", Aurielos Stimme schallt durch die Badezimmertür.

„Igitt, nur eine Sekunde!", rufe ich und spüle die Toilette. Ich bin nicht bereit für ein zweites Kind. Wenigstens bin ich dieses Mal nicht allein, aber das macht mich nicht weniger nervös.

Als ich nicht schnell genug auftauche, klopft er fest. „Ich komme jetzt rein."

Ich bin mir nicht sicher, was er erwartet: Dass ich in die Toilette gefallen bin? Ich bin kein Kleinkind, das aufs Töpfchen geht.

„Alles in Ordnung?", fragt Aurielo. „Du hast dir ziemlich viel Zeit gelassen." Sein Blick fällt auf den

Schwangerschaftstest auf dem Badezimmertisch. „Ist das…"

„Ja", flüstere ich und presse meine Lippen aufeinander. Ich bin mir nicht sicher, wie er reagieren wird, ob er mir Vorwürfe machen oder erleichtert sein wird.

Es ist noch nicht lange her, dass er Etta verloren hat, und ob sie nun mit seinem Kind schwanger war oder nicht, der Gedanke muss ihm immer noch im Kopf herumgehen und er fragt sich, was wäre wenn?

Er kommt näher und blickt auf die doppelten rosa Linien. „Zwei Linien. Bist du schwanger?", fragt er.

„Du hast also noch nie auf einen Schwangerschaftstest gepinkelt?", frage ich lachend. Ich versuche, die Situation auf die leichte Schulter zu nehmen. Wir sind zwar verheiratet, aber es ist nicht so, dass wir eine konventionelle Ehe führen. Weitere Kinder zu bekommen, ist kein Thema, das wir gemeinsam besprochen haben.

Eine Schwangerschaft haben wir sicher nicht geplant.

„Klar, aber es hat noch nie zwei Linien gezeigt", neckt Aurielo. Er zieht mich an sich, seine Hände liegen auf meinem Rücken, seine Augen sind auf mich gerichtet. „Sag mir, was du denkst und fühlst. Ich will alles wissen."

„Ich frage mich, wie das passiert ist", sage ich.

„Brauchst du einen Sexualkundeunterricht?" Er gluckst. „Ich dachte, du weißt, woher Babys kommen."

Ich schnaube und schüttle den Kopf. „Wie ist das passiert?", frage ich und schlinge meine Arme um seinen Hals. Ich dachte, wir wären vorsichtig gewesen. Aber offensichtlich nicht vorsichtig genug.

Er schaut einen Moment lang in die Ferne.

„Es ist deines, falls du dich das fragst." Ich will nicht, dass er denkt, dass es noch jemanden gibt. Es besteht nicht die geringste Chance, dass es das Baby eines anderen Mannes sein könnte.

„Das habe ich mich nicht gefragt, aber ich denke, dass du mir treu bist", scherzt er und drückt mir einen sanften Kuss auf die Lippen. „Das Kondom ist vor ein paar Wochen kaputtgegangen."

„Was? Du hast nicht daran gedacht, mir das zu sagen?" Ich löse mich aus seiner Umarmung. Warum sagt er es mir jetzt? Aus Schuldgefühl? Aus Reue?

„Ich wollte es dir sagen, aber du bist eingeschlafen und dann ist etwas passiert und ich habe es vergessen."

Ich knirsche mit den Lippen zwischen den Zähnen. Ich denke über ein Dutzend Dinge nach, die ich sagen könnte, aber ist das wichtig? Wir sind verheiratet. Ich liebe ihn, und wir sind schwanger.

Ich atme leise aus und schaue in seinen strengen Blick. „Du kannst Alessandro sagen, dass unsere Familie größer wird."

Das ist kein Gespräch, das ich mit dem Don führen möchte.

Aurielo stöhnt, wirft den Kopf zurück und starrt an die Decke.

Er hat offensichtlich keine Lust dazu. „Ach, komm schon, du trägst das Kind doch nicht neun Monate lang aus und drückst es aus dir heraus. Das Mindeste, was du tun kannst, ist, mit Alessandro zu reden und ihn davon zu überzeugen, uns ein weiteres Schlafzimmer zu schenken."

Aurielo schaut mich an. „Und glaubst du, dass das klappen wird?"

„Ich weiß es nicht. Du bist ein ziemlich überzeugender Typ. Ich glaube, du schaffst das schon", sage ich, beuge mich vor und drücke ihm einen Kuss auf die Lippen. „Viel Glück, Schatz."

———

Danke, dass du Wildes Gelübde gelesen hast. Setze das Abenteuer mit Widerwilliges Gelübde fort.

Milliardär sucht Leihmutter...

Sie hat eine Schuld zu begleichen und ich habe ein Bedürfnis... nach einem Kind.

Es ist eine rein geschäftliche Transaktion, nichts weiter. Wenn das Baby geboren ist, werde ich sie nie wieder sehen.

Aber es ist ein Fehler, sie in mein Haus zu holen. Es könnte mich alles kosten. Sie ist neugierig und Frech. Und die größte Prüfung für meine Geduld.

Wie soll ich mit einem Kind umgehen, wenn ich sie unter meinem Dach nicht ertragen kann? Es hilft auch nicht, dass ihre Hormone rasen und sie mich im Schlaf umbringen will.

Ich bin kein so schlechter Kerl, ich leite nur die Mafia. Und sie darf es nie herausfinden.

Diese langsam brennende Mafia-Romanze mit Altersunterschied ist ein Standaloen-Roman mit einem Happy End..

Widerwilliges Gelübde jetzt mit einem Klick!

.   .   .

Bist du bereit für deine nächste One-Click-Lektüre? Binge die Eagle Tactical Serie, beginnend mit Enthüllt: Jaxson.

Und melde dich für meinen Newsletter an, um über neue Bücher, Werbegeschenke und Gratiszugaben informiert zu werden: www.authorwillowfox.com/subscribe

Ich freue mich, wenn du mir hilfst, das Buch weiterzuempfehlen, indem du einem Freund oder einer Freundin davon erzählst. Rezensionen helfen Lesern, Bücher zu finden! Bitte hinterlasse eine Rezension auf deiner Lieblingsbuchseite.

WERBEGESCHENKE, KOSTENLOSE BÜCHER UND MEHR GOODIES

Ich hoffe, dass dir Wildes Gelübde gefallen hat und du die Geschichte von Aurielo und Karina magst.

Melde dich für meinen Willow Fox Newsletter an

Wenn dir Wildes Gelübde gefallen hat, nimm dir bitte einen Moment Zeit, um eine Rezension zu hinterlassen. Rezensionen helfen anderen Lesern, meine Bücher zu entdecken.

Du weißt nicht, was du schreiben sollst? Das macht nichts. Er muss nicht lang sein. Du kannst erzählen, wie du mein Buch entdeckt hast: War es eine Empfehlung eines Freundes oder eines Buchclubs? Lass die Leserinnen und Leser wissen, wer dein Lieblingscharakter ist oder was du gerne als Nächstes sehen würdest.

Vielen Dank fürs Lesen! Ich hoffe, dass du dich in meine Mailingliste einträgst, damit ich dich über kostenlose Bücher, Werbeaktionen, Werbegeschenke und Neuerscheinungen informieren kann.

ÜBER DEN AUTOR

Willow Fox schreibt schon seit ihrer Highschoolzeit (vor vielen Jahren) gerne. Ihre Kleinstadtromane spiegeln das Leben in einer Kleinstadt im ländlichen Amerika wider.

Egal, ob sie Liebesromane schreibt oder draußen am Lagerfeuer sitzt und ein gutes Buch liest, Willow liebt die Magie des geschriebenen Wortes.

Sie träumt davon, von den Füßen gerissen zu werden und hofft, dass sie das auch bei ihren Lesern erreichen kann!

Besuche ihre Website unter:

https://authorwillowfox.com

Brutaler Boss

Böser Boss

Besitzergreifender Boss

Zwanghafter Boss